国学经典丛书
名家注译本

# 阅微草堂笔记

[清]纪昀 著
韩希明 注译

长江文艺出版社
长江出版传媒

图书在版编目（CIP）数据

阅微草堂笔记 /（清）纪昀著 ; 韩希明注译. -- 武汉 : 长江文艺出版社, 2019.6(2023.9 重印)
（国学经典丛书. 第二辑）
ISBN 978-7-5702-0425-0

Ⅰ. ①阅… Ⅱ. ①纪… ②韩… Ⅲ. ①笔记小说—小说集—中国—清代②《阅微草堂笔记》—注释③《阅微草堂笔记》—译文 Ⅳ. ①I242.1

中国版本图书馆 CIP 数据核字(2018)第 102148 号

责任编辑：梅若冰　　　　责任校对：毛季慧
封面设计：新华智品　　　　责任印制：邱　莉　　王光兴

出版：長江出版傳媒 | 长江文艺出版社
地址：武汉市雄楚大街 268 号　　　　邮编：430070
发行：长江文艺出版社
http://www.cjlap.com
印刷：三河市百盛印装有限公司

开本：880 毫米×1230 毫米　1/32　　　印张：7.125
版次：2019 年 6 月第 1 版　　　　2023 年 9 月第 2 次印刷
字数：208 千字

定价：68.00 元

# 总　序

郭齐勇　武汉大学国学院院长

国学大师钱穆先生曾说“今人率言‘革新’，然革新固当知旧”。对现代人尤其是青年一代来说，缺乏的也许不是所谓的“革新力量”，而是“知旧”，也即对传统的了解。

中国文化传统的源头，都在中国古代经典当中。从先秦的《诗经》《易经》，晚周诸子，前四史与《资治通鉴》，骚体诗、汉乐府和辞赋，六朝骈文，直到唐诗、宋词、元曲和明清小说，在传统经典这条源远流长的巨川大河中，流淌着多少滋养着我们精神的养分和元气！

《说文解字》上说“经”是一种有条不紊的编织排列，《广韵》上说“典”是一种法、一种规则。经与典交织运作，演绎中国文化的风貌，制约着我们的日常行为规范、生活秩序。中国文化的基调，总体上是倾向于人间的，是关心人生、参与人生、反映人生的，当然也是指导人生的。无论是春秋战国的诸子哲学，汉魏各家的传经事业，韩柳欧苏的道德文章，程朱陆王的心性义理；还是先民传唱的诗歌，屈原的忧患行吟，都洋溢着强烈的平民性格、人伦大爱、家国情怀、理想境界。尤其是四书五经，更是中国人的常经、常道。这些对当下中国人治国理政，建构健康人格，铸造民族精魂都具有重要意义。经典是当代人增长生命智

慧的源头活水！

长江文艺出版社历来重视中华民族优秀传统文化的传播及普及，近年来更在阐释传统经典、传承核心文化价值、建构文化认同的大纛下努力向中国古典文化的宝库掘进。他们欲推出《国学经典丛书》，殊为可喜。

怎么样推广这些传统文化经典呢？

古代经典和现代读者的阅读习惯及趣味本来有一定差距，如果再板起面孔、高高在上，只会让现代读者望而生畏。当然，经典也不是任人打扮的小姑娘，一味将它鸡汤化、庸俗化、功利化，也会让它变味。最好的办法就是，既忠实于经典的原汁原味，又方便读者读懂经典，易于接受。在这个原则的指导下，《国学经典丛书》首先是以原典为主，尊重原典，呈现原典。同时又照顾现实需要，为现代读者阅读经典扫除障碍，对经典作必要的字词义的疏通。这些必要精到的疏通，给了现代读者一把迈入经典大门的钥匙，开启了现代读者与古圣先贤神交的窗口。

放眼当下出版界，传统文化出版物鱼目混珠、泥沙俱下，诸多出版商打着传承古典文化的旗号，曲解经典，对现代读者尤其是广大青少年认知传承经典起了误导作用。有鉴于此，长江文艺出版社推出的《国学经典丛书》特别注重版本的选取。这套丛书大多数择取了当前国内已经出版过的优秀版本，是请相关领域的名家、专业人士重新梳理的。这些版本在尊重原典的前提下同时兼顾其普及性，希望读者能有一次轻松愉悦的古典之旅。

种种原因，这套丛书必然会有缺点和疏漏，祈望方家指正。

# 出版说明

《阅微草堂笔记》，清代纪昀晚年所作，体例为当时盛行的文言笔记志怪小说，是他唯一一部面向大众的通俗作品。

纪昀（1724—1805），字晓岚，又字春帆，晚号石云，道号观弈道人，直隶河间府（今河北献县）人。纪昀历雍正、乾隆、嘉庆三朝，乾隆十九年（1754）中甲戌科进士，授翰林院庶吉士、编修，历任詹事府左春坊左庶子、福建学政、翰林院侍读、贵州都匀知府、《四库全书》总纂官、翰林院侍读学士、詹事府詹事、兵部侍郎、内阁学士、都察院左都御史、礼部尚书、兵部尚书、协办大学士、太子少保。嘉庆帝御赐碑文“敏而好学可为文，授之以政无不达”，谥号文达。

《阅微草堂笔记》约1200则故事，记录了自己经历过的、道听途说的各种新奇故事，其中有官场见闻，炎凉世态，风土人情，京师风尚，边地民俗，奇闻异事，也包括自己和亲友的家庭轶事，浸染了浓烈的伦理色彩，试图以此唤醒人们在生活中遵循既定的伦理规则，堪称儒学伦理的普及教本。作为一种道德期待，《阅微草堂笔记》希望读者通过道德自律回归上古的理想世界。

纪昀创作目的首先在于劝世。为了表达劝善惩恶的思想，为了使道德训诫更为直观，为了突出自己的观点，为了迎合时尚、吸引读者，《阅微草堂笔记》以鬼狐精怪为主角，借助民间关于鬼形象的想象，把人间种种卑劣的品格习性夸张、怪异化，用这样的故事警戒世人，同时也用这样的故事平息人们在现实生活中积累的激愤。纪昀还放下身段，以有悖于他身份的琐屑和俚俗，书写那些闾里市井间的家长里短，显示了他的救世之婆心。但是纪昀故意忽略文艺的本身特征，以“神道设教”作为《阅微草堂笔记》写作的根本出发点，依据他自己的观念创作，《阅微草堂笔记》虽与《聊斋志异》分庭抗礼，体例固然合理，但缺乏生趣。

《阅微草堂笔记》全书共24卷，包括《滦阳消夏录》6卷，《如是我闻》4卷，《槐西杂志》4卷，《姑妄听之》4卷，《滦阳续录》6卷。本书是《阅微草堂笔记》的选本，分成五个部分，小标题为译注者自拟。

# 目　　录

## 阅微草堂笔记

光怪陆离的社会现象 · 001

无所不在的鬼神灵异 · 047

深谙世事的狐狸精怪 · 097

屡试不爽的因果报应 · 137

巧妙应变的处世智慧 · 169

# 光怪陆离的社会现象

# 题　记

纪昀写作《阅微草堂笔记》的目的是道德教化，而教化的对象则非常广泛，既有广大民众，也有属于民众精英的士人阶层，同时也包括了所有的在职各级官员。正因为如此，纪昀用来作为道德宣讲的素材，就涉及广阔社会生活的各个层面，既有高官云集的庙堂，也有普通百姓的寻常生活。纪昀赞扬正直善良，抨击邪恶残暴，揭露那些隐藏得比较隐秘的人性丑恶，为我们展示了封建社会末世的众生相。

沧州潘班，善书画，自称黄叶道人。尝夜宿友人斋中，闻壁间小语曰："君今夕毋留人共寝，当出就君。"班大骇，移出。友人曰："室旧有此怪，一婉娈女子，不为害也。"后友人私语所亲曰："潘君其终困青衿[①]乎？此怪非鬼非狐，不审何物，遇粗俗人不出，遇富贵人亦不出，惟遇才士之沦落者，始一出荐枕耳。"后潘果坎壈[②]以终。越十余年，忽夜闻斋中啜泣声。次日，大风折一老杏树，其怪乃绝。外祖张雪峰先生尝戏曰："此怪大佳，其意识在绮罗人[③]上。"

【注释】 ①青衿（jīn）：青色交领的长衫，周代学子的服装。古时用来指读书人。②坎壈（lǎn）：困顿，不顺利。③绮罗人：富贵人。

【译文】 沧州人潘班，擅长书画，自称黄叶道人。一次夜里在朋友的书斋里住宿，听见墙壁里有声音小声说："你今夜不要留别人在这儿一起住，我就出去陪你。"潘班吓得赶紧搬了出去。朋友说："书斋里过去就有这个怪物，是一个文雅温婉的女子，不害人的。"后来这位朋友私下里对密友说："潘君这一辈子就只能是个秀才了么？书斋里的这个怪物不是鬼也不是狐狸精，不知道是什么怪物。它遇见粗俗的人不出来，遇见富贵的人也不出来，唯有遇见了有才而落魄的人，它才出来侍寝。"后来潘班果然一生困顿不得志。十多年之后的一天夜里，忽然听到书斋里有抽抽搭搭的哭声。第二天，大风刮断一棵老杏树，这个怪物也绝迹了。外祖父张雪峰先生曾经开玩笑说："这个怪物真不错，它的见识可比富贵人家的女子高多了。"（滦阳消夏录一）

天津某孝廉，与数友郊外踏青，皆少年轻薄。见柳阴中少妇骑驴过，欺其无伴，邀众逐其后，嫚语[1]调谑。少妇殊不答，鞭驴疾行。有两三人先追及，少妇忽下驴软语，意似相悦。俄某与三四人追及，审视，正其妻也。但妻不解骑，是日亦无由至郊外。且疑且怒，近前诃[2]之，妻嬉笑如故。某愤气潮涌，奋掌欲掴其面。妻忽飞跨驴背，别换一形，以鞭指某数曰："见他人之妇，则狎亵百端；见是己妇，则恚恨如是。尔读圣贤书，一恕字尚不能解，何以挂名桂籍[3]耶？"数讫径行。某色如死灰，殆僵立道左，不能去。竟不知是何魅也。

**【注释】** ①嫚（màn）语：轻侮的言辞。嫚，轻视，侮辱。②诃（hē）：大声怒骂，同"呵"。③桂籍：科举登第人员的名籍。挂名桂籍，即中举了。

**【译文】** 天津某举人，与几个朋友到郊外踏青，一群人都年轻而且放荡不正经。见到柳荫中有个少妇骑驴路过，一帮年轻人欺负她孤身一人没有伙伴，就呼喝着一起在后面追逐，用轻薄的语言调笑。少妇并不答理，鞭打着驴子急步跑去。有两三个人先追了上来，少妇忽然下驴温和地与他们搭话，看意思好像很喜欢他们。说话间某举人和另外三四人也赶了上来，举人仔细一看，正是自己的妻子。但是他的妻子不会骑驴，这一天也没有理由到郊外来。他又疑惑又恼怒，上前责骂，可是妻子嬉笑如故。某举人激愤怒气如潮水般喷涌，挥舞手掌要打妻子的耳光，妻子忽然飞身跨上驴背，换成了另一副相貌，用鞭子指着某举人斥责道："见了别人的妻子，就百般调戏，见是自己的妻子，就这样的愤恨。你读圣贤之书，一个恕字还没有弄明白，你凭什么考中了举人？"数落完了，骑着驴子径直去了。某举人面如死灰，僵立在道旁，几乎不能挪步。最终也不知这个少妇是什么鬼魅。（滦阳消夏录一）

有卖花老妇言：京师一宅近空圃，圃故多狐。有丽妇夜逾短垣，与邻家少年狎。惧事泄，初诡托姓名。欢昵渐洽，度不相弃，乃自冒为圃中狐女。少年悦其色，亦不疑拒。久之，忽妇家屋上掷瓦骂曰："我居圃中久，小儿女戏抛砖石，惊动邻里，或有之，实无冶荡蛊惑事。汝奈何污我？"事乃泄。异哉，狐媚恒托于人，此妇乃托于狐。人善媚者比之狐，此狐乃贞于人。

**【译文】** 有一个卖花的老妇人说：京城有一所住宅离空园子很近，以前园中有不少狐狸精。有一个漂亮的女人夜里越过矮墙同邻家小伙子偷情。怕事情败露，开始时假托姓名。后来处得越来越融洽，估计不至于被抛弃了，就自己假冒成园子里的狐女。小伙子喜欢她的美色，也不疑心拒绝。过了好久，忽然有瓦片往这个女人家的屋上掷过来，还骂着说："我在园子里住得长久了，小儿女们戏耍抛掷砖头石块，惊动邻里，这种事情是有的。但实在是没有淫荡媚惑人的事，你为什么玷污我的名声？"事情就这样败露了。真是太不同寻常了，狐狸精常常假冒为人，这个女人却假冒狐狸精。善于诱惑的女人可以比作狐狸精，而这个狐狸精竟然比人还要贞洁。(滦阳消夏录二)

四川毛公振翧[①]，任河间同知时，言其乡人有薄暮山行者，避雨入一废祠，已先有一人坐檐下。谛视，乃其亡叔也，惊骇欲避。其叔急止之曰："因有事告汝，故此相待。不祸汝，汝勿怖也。我殁之后，汝叔母失汝祖母欢，恒非理见棰挞。汝叔母虽顺受不辞，然心怀怨毒，于无人处窃诅詈。吾在阴曹为伍伯[②]，见土神牒报者数矣。凭汝寄语，戒其悛改。如不知悔，恐不免魂堕泥犁也。"语讫而灭。乡人归，告其叔母。虽坚讳无有，然悚然变色，如不自容。知鬼语非诬矣。

【注释】 ①翾（xuān）：飞。此处为人名。②伍伯：古代五人曰伍，伍长为伯，故称伍伯。

【译文】 四川人毛公振翾，担任河间府同知时，说他的家乡有个人傍晚时在山间赶路，到一座废弃的祠庙避雨，发现已经先有一个人坐在屋檐下面。仔细一看，竟然是他已经去世的叔父，吓得想要躲避，他的叔父急忙止住他说："因为有事情告诉你，所以在这里等你。不会害你，你不要怕。我死了之后，你的叔母不讨你祖母的欢心，经常无缘无故地挨打。你的叔母虽然顺从忍受不说什么，但是心里怀着怨恨，在没有人的地方偷偷地咒骂。我在阴曹地府做差役领班，看到土地神行文通报多次了。想请你传话，劝她悔改。如果不知道悔悟，恐怕死后不免要堕入地狱呵。"说完就消失了。乡人回来后，告诉他的叔母，她虽然一口咬定说没有，但是惊慌得变了脸色，好像无地自容。可知鬼的话不是乱说的。(滦阳消夏录二)

再从兄旭升言：村南旧有狐女，多媚少年，所谓二姑娘者是也。族人某，意拟生致之，未言也。一日，于废圃见美女，疑其即是。戏歌艳曲，欣然流盼，折草花掷其前。方欲俯拾。忽却立数步外，曰："君有恶念。"逾破垣竟去。

后有二生读书东岳庙僧房，一居南室，与之昵；一居北室，无睹也。南室生尝怪其晏至，戏之曰："左挹浮丘袖，右拍洪崖肩[①]耶？"狐女曰："君不以异类见薄，故为悦已者容。北室生心如木石，吾安敢近？"南室生曰："何不登墙一窥？未必即三年不许。如使改节，亦免作程伊川[②]面向人。"狐女曰："磁石惟可引针，如气类不同，即引之不动。无多事，徒取辱也。"

时同侍姚安公侧，姚安公曰："向亦闻此，其事在顺治末年。居北室者，似是族祖雷阳公。雷阳一老副榜[3]，八比以外无寸长，只心地朴诚，即狐不敢近。知为妖魅所惑者，皆邪念先萌耳。”

【注释】 ①左挹浮丘袖，右拍洪崖肩：东晋文学家郭璞与许逊同游西山时，在他游仙诗中有“左挹浮丘袖，右拍洪崖肩……”的连句，是想象中神仙的生活和意态。其中“浮丘袖”指的是福建紫清山上的仰面释迦牟尼睡佛。②程伊川：程颐（1033—1107），字正叔，北宋洛阳伊川人，人称伊川先生，北宋理学家和教育家。③副榜：科举考试中的一种附加榜示，亦名备榜，即于录取正卷外，另取若干名。

【译文】 远房堂兄旭升说，村子的南边儿过去有个狐女，常常媚惑年轻人。人们所说的“二姑娘”就是这个狐女。家族里有个人，立意要活捉狐女，但对谁都没有说。有一天，他在一个废弃的园子里见到一个美女，怀疑就是狐女二姑娘，就对她唱起调情的曲子，挤眉弄眼挑逗她，还采了草花扔到她的面前。美女正要俯身去捡花草，忽然退后几步站着，说：“你有恶念。”随即就跳过破墙走了。

后来，有两个书生在东岳庙僧房里读书。一个住在南屋，跟狐女亲亲热热。另一个住在北屋，就像没看见狐女。南屋的书生曾经责怪狐女来晚了，怀疑她是从北屋来，开玩笑地说：“你这是左手拉住仙人浮丘的袖子，右手又拍着仙人洪崖的肩膀，同时还和另一个人相好吗？”狐女说：“先生不因为我是异类而轻视我，所以我要为悦己者容。至于北屋的书生，心如木石，我哪敢靠近呢？”南屋书生说：“你何不勾引勾引他？他未必就能做到三年不动心。若能让他动了心，也就免得他在人前摆出程伊川一样的道学家面孔了！”狐女说：“磁石只能吸引铁针，如果气质品类不同，就吸引不动。别多事了，免得白白自讨羞辱。”

当时我和堂兄旭升一起在先父姚安公身旁，姚安公说：“以前我也听人讲过这件事，事情发生在顺治末年。居住北屋的书生，好像就是族祖雷阳公。雷阳一个老贡生，除了八股文以外没有任何别的长项。只是雷阳公心地朴实诚挚，就是狐妖也不敢靠近他。由此可知，凡是被妖魅蛊惑的人，都是因为自己先萌生了邪念。”（滦阳消夏录四）

董曲江游京师时，与一友同寓，非其侣也，姑省宿食之资云尔。友征逐富贵，多外宿。曲江独睡斋中。夜或闻翻动书册，摩弄器玩声，知京师多狐，弗怪也。一夜，以未成诗稿置几上，乃似闻吟哦声，问之弗答。比晓视之，稿上已圈点数句矣。然屡呼之，终不应。至友归寓，则竟夕寂然。友颇自诧有禄相，故邪不敢干。偶日照李庆子借宿，酒阑之后，曲江与友皆就寝。李乘月散步空圃，见一翁携童子立树下。心知是狐，翳身窃睨[①]其所为。童子曰："寒甚，且归房。"翁摇首曰："董公同室固不碍。此君俗气逼人，那可共处？宁且坐凄风冷月间耳。"李后泄其语于他友，遂渐为其人所闻，衔李次骨。竟为所排挤，狼狈负笈[②]返。

【注释】 ①睨（nì）：斜着眼睛看。②负笈（jí）：背着书箱。

【译文】 董曲江游历京城时，和一个友人同住一个寓所，并不是志同道合的伙伴，姑且为了节省一点住宿饮食的费用罢了。友人追逐功名富贵，多半在外面住宿。董曲江独自睡在房舍里。夜里有时听到翻动书册、摩弄器玩的声音，知道京城里狐精多，也不奇怪。有一夜，他把未完成的诗稿放在小桌上，又好像听到吟诵的声音。董曲江问是何人，却听不到回答。等到天亮一看，稿子上已经被圈点过几句了。但是他多次呼喊发问，始终不应声。到了友人回到寓所的时候，就一夜寂静无声。友人颇感惊奇，以为自己有福禄的命相，所以妖邪不敢来侵犯。一次，日照的李庆子偶然来借宿，饮酒尽兴以后，董曲江同友人都睡了。李庆子趁月色在空园子里散步，看见一个老翁带着一个童子站立在树下，心里知道是狐精，于是躲藏起来偷看他做些什么。童子说："冷得厉害，还是回房去。"老翁摇头说："与董公同一个房间固然没有妨碍，但是这个先生俗气逼人，怎么可以共同相处？宁可坐在凄风冷月之中。"李庆子后来把这话泄露给别的朋友，结果渐渐被这个友人听说了，这个友人因此对李庆子恨之入骨。李庆子最终被这个友人排挤，狼狈地

背着书箱回去了。(滦阳消夏录四)

余两三岁时，尝见四五小儿，彩衣金钏，随余嬉戏，皆呼余为弟，意似甚相爱。稍长时，乃皆不见。后以告先姚安公，公沉思久之，爽然曰："汝前母恨无子，每令尼媪以彩丝系神庙泥孩归，置于卧内，各命以乳名，日饲果饵，与哺子无异。殁后，吾命人瘗[①]楼后空院中，必是物也。恐后来为妖，拟掘出之，然岁久已迷其处矣。"前母即张太夫人姊。一岁忌辰，家祭后，张太夫人昼寝，梦前母以手推之曰："三妹太不经事，利刃岂可付儿戏？"愕然惊醒，则余方坐身旁，掣姚安公革带佩刀出鞘矣。始知魂归受祭，确有其事。古人所以事死如生也。

【注释】 ①瘗（yì）：埋葬，掩埋。

【译文】 在我两二岁时，曾见到有四五个小孩子，穿着花衣裳、戴着金项圈，和我一起玩，他们都称我为弟弟，好像很喜欢我。我稍稍长大时，就都不见了。后来我把这事告诉了先父姚安公，他沉思了好久，豁然开朗道："你的前母遗憾没生孩子，每每叫尼姑用彩色丝线拴了神庙里的泥孩儿来，放在卧室里，她给每个泥孩儿都起了小名，每天都给他们供果品什么的，跟养育孩子一样。她去世后，我叫人把这些泥孩儿都埋在楼后的空院里，肯定是这些泥孩儿作怪。担心今后闹妖，我打算把泥孩儿挖出来，却因为年头长了，已经记不起埋在什么地方了。"前母就是张太夫人的姐姐。有一年的忌日，家祭之后，张太夫人正在睡午觉，梦见前母用手推她，说："三妹太粗心了，锋利的刀怎么能给小孩子玩？"张太夫人猛然惊醒过来，发现我正坐在她身旁，玩着姚安公的皮带，挂在上面的佩刀已经拉出刀鞘了。由此才知道灵魂回来接受祭祀，确有其事。古人因此侍奉死者就像侍奉活人一样。(滦阳消夏录五)

刘乙斋廷尉为御史时，尝租西河沿一宅。每夜有数人击柝[①]，声琅琅彻晓；其转更攒点，一一与谯鼓相应。视之则无形，聒耳至不得片刻睡。乙斋故强项[②]，乃自撰一文，指陈其罪，大书粘壁以驱之。是夕遂寂。乙斋自诧不减昌黎之驱鳄[③]也。余谓："君文章道德似尚未敌昌黎，然性刚气盛，平生尚不作暧昧事，故敢悍然不畏鬼。又拮据迁此宅，力竭不能再徙，计无复之，惟有与鬼以死相持。此在君为困兽犹斗，在鬼为穷寇勿追耳。君不记《太平广记》载周书记与鬼争宅，鬼惮其木强[④]而去乎？"乙斋笑击余背曰："魏收轻薄[⑤]哉！然君知我者。"

**【注释】** ①柝（tuò）：古代打更用的梆子。②强项：谓刚正不为威武所屈，出自历史典故，董宣，陈留人，曾任宣怀县令，后任洛阳令。因惩治光武帝的姐姐湖阳公主的家奴被称为"强项令"。③昌黎之驱鳄：唐代韩愈到潮州任职，了解到当地鳄鱼为患，作驱鳄文。④木强：质直刚强。《汉书·张周赵任等传赞》："周昌，木强人也。"颜师古注："言其强质如木石然。"⑤魏收轻薄：魏收（506—572），字伯起，钜鹿下曲阳（今河北平乡）人，北朝史学家、文学家。《魏书》的撰写者。因为纪晓岚曾主编《四库全书》，常自比魏收，朋友们也都这么叫他。

**【译文】** 大理寺卿刘乙斋任御史时，曾经租住西河沿一座房子。每到夜里都听有几个人敲梆子，声音琅琅地一直响到早上；转更时的梆子点，都一一和鼓楼相呼应。到外面去看，却什么也没有，就这么着吵闹得夜里得不到片刻的安睡。刘乙斋一贯刚正倔强，于是写了一篇文章，指责对方的罪状，用大字抄写贴在墙上，想以此逐驱吵闹者。当天晚上便没有声音了。刘乙斋感到惊讶，自认为自己跟韩愈驱赶鳄鱼差不多。我说："你的文章和德行，似乎还赶不上韩愈。但是你性气刚烈，这一辈子还没有做过什么见不得人的事，所以凶悍蛮横不怕鬼。加上你经济拮据，搬到这座房子，已经无力再迁往别处了。没有办法，只好和鬼拼死斗下去，你是困兽犹斗；鬼对你是穷寇勿追。你不记得《太平广记》中载周书记和鬼争房子的故事，最终还是鬼怕了周书记的倔强而离开的么。”刘乙斋笑着拍我的背说：“你这个魏收真是轻薄呵！不过你还是了解我的。”（滦阳消夏录六）

余次女适长山袁氏，所居曰焦家桥。今岁归宁，言：距所居二三里许，有农家女归宁，其父送之还夫家。中途入墓林便旋，良久乃出。父怪其形神稍异，听其语言音亦不同，心窃有疑，然无以发也。至家后，其夫私告父母曰：“新妇相安久矣，今见之心悸，何也？”父母斥其妄，强使归寝。所居与父母隔一墙。夜忽闻颠扑膈膈声，惊起窃听，乃闻子大号呼。家众破扉入，则一物如黑驴冲人出，火光爆射，一跃而逝。视其子，惟余残血。天曙，往觅其妇，竟不可得。疑亦为所啖矣。此与《太平广记》所载罗刹鬼事全相似，殆亦是鬼欤！观此知佛典不全诬。小说稗官，亦不全出虚构。

【译文】 我的二女儿嫁到长山的袁家，住的地方叫焦家桥。今年她回娘家探亲，说：离开她居所两三里路的地方，有个农家女回娘家，由父亲送她返回夫家。途中农家女到乱坟堆的树林中小便，很长时间才出来。父亲感到奇怪，出来后她的形貌和神色稍稍有了一点变化，听她说话的音调也不一样了，心里暗暗怀疑，可又说不出来到底是哪里不一样。农家女回到夫家后，丈夫私下里告诉自己的父母说：“我与新娘相安好些时候了，今天见到她却心里慌慌的，这是什么原因呢？”父母训斥他胡说，逼他回到自己房间睡觉。小夫妻居住的房间，与父母只隔着一堵墙。夜里，父母忽然听到隔壁有翻跌仆倒和膈膈的声音，惊讶地起来偷听，听见儿子大声号呼。家人们破门而入，见有一个像黑驴的怪物对着人冲过来，火光爆射，一跃就不见了。再看他的儿子，只剩下一滩血。天亮后，到处寻找新娘，始终没有找到。怀疑也是被怪物吃掉了。这与《太平广记》所记载的罗刹鬼事很相似，大概也是鬼吧？可见佛经并不全都是胡言妄语；小说和野史，也不全都是虚构出来的。(滦阳消夏录六)

山东刘君善谟，余丁卯[1]同年也。以其黠巧，皆戏呼曰“刘鬼谷”。刘故诙谐，亦时以自称。于是鬼谷名大著，而其字若别号，人转不知。乾隆辛未[2]，僦校尉营一小宅。田白岩偶过闲话，四顾慨然曰：“此凤眼张三旧居也，门庭如故，埋香黄土已二十余年矣。”刘骇然曰：“自卜此居，吾数梦艳妇来往堂庑间，其若人乎？”白岩问其状，良是。刘沉思久之，拊几曰：“何物淫鬼，敢魅刘鬼谷！果现形，必痛抶[3]之。”白岩曰：“此妇在时，真鬼谷子，捭阖[4]百变，为所颠倒者多矣。假鬼谷子何足云！京师大矣，何必定与鬼同往？”力劝之别徙。余亦尝访刘于此，忆斜对戈芥舟宅约六七家。今不能指其处矣。

【注释】　①丁卯：乾隆十二年（1747）。②辛未：乾隆十六年（1751）。③抶（chì）：用鞭、杖或竹板之类的东西打。④捭（bǎi）阖（hé）：利用手段分化拉拢。

【译文】　山东有个叫刘善谟的先生，是乾隆丁卯年和我一起考中的。由于他聪慧灵巧，人们都戏称他为“刘鬼谷”。刘先生本来就诙谐，再加上自己常以刘鬼谷自称，于是鬼谷的声名远扬，他的真名倒像是别号，不为人所知了。乾隆辛未年，他在珠市口南校尉营租了一座小宅院。田白岩偶尔到那儿去串门儿闲聊。田白岩看了看四周慨叹说：“这里原是凤眼张三住过的房子啊！门庭虽然还像以前一样，那位美女却已经死了二十多年了。”刘善谟惊骇地说：“自从挑选了房子住到这里，我多次梦见一个漂亮女子在宅子里里外外走动，难道就是她？”田白岩询问那个妇人的外貌，很像是她。刘善谟沉思良久，拍着几案说：“那个淫鬼是什么东西，胆敢作怪害我刘鬼谷！真要是现了形，一定要痛打她一顿。”田白岩告诉他说：“这个美妇在世时，是个真鬼谷子，手段高明，被她的妖冶弄得神魂颠倒的不知有多少，你这个假鬼谷子岂在她话下！京城这么大，何必一定要与鬼同住呢？”极力劝他搬到别处去住。我曾经也到过刘善谟的这个居所，记得斜对戈芥舟的宅院大约六七家，但现在不能指出确切的地点了。(如是我闻一)

有歌童扇上画鸡冠，于筵上求李露园题。露园戏书绝句曰：“紫紫红红胜晚霞，临风亦自弄夭斜[1]。枉教蝴蝶飞千遍，此种原来不是花。”皆叹其运意双关之巧。露园赴任湖南后，有扶乩[2]者，或以鸡冠请题，即大书此诗。余骇曰：“此非李露园作耶？”乩忽不动，扶乩者狼狈去。颜介子叹曰：“仙亦盗句。”或曰：“是扶乩者本伪托，已屡以盗句败矣。”

【注释】 ①夭斜：袅娜多姿的样子，亦作“夭邪”。②扶乩（jī）：一种迷信活动。

【译文】 有个歌童的扇面上画有鸡冠花，在筵席上他请李露园题字。李露园戏书绝句，诗写道：“紫紫红红胜晚霞，临风亦自弄夭斜。枉教蝴蝶飞千遍，此种原来不是花。”大家都赞叹这首绝句在表达意思方面有一语双关之妙。李露园赴任湖南后，我遇到一扶乩者，有人以“鸡冠”为题请求扶乩者写诗，扶乩者用大字书写了这首鸡冠诗，我惊异地说：“这不是李露园写的吗？”乩忽然不动，扶乩者狼狈逃走。颜介子感叹道：“乩仙也盗用他人诗句。”有人说：“这个扶乩者本来是假托的，经常因为剽窃句子而败露。”(如是我闻一)

聂松岩言：胶州一寺，经楼之后有蔬圃。僧一夕开牖纳凉，月明如昼，见一人徙倚老树下。疑窃蔬者，呼问为谁。磬折而对曰："师勿讶，我鬼也。"问："鬼何不归尔墓？"曰："鬼有徒党，各从其类。我本书生，不幸葬丛冢间，不能与马医夏畦伍。此辈亦厌我非其族。落落难合，故宁避嚣于此耳。"言讫，冉冉没。后往往遥见之，然呼之不应矣。

【译文】 聂松岩说：胶州有一座寺院，经楼后面有个菜园。有个僧人在一天夜里开窗乘凉，明月照得像白天一样。僧人看见有一个人在老树下走来走去，怀疑是偷菜的人，就呼问他是谁，那人鞠躬回答说："师父不要惊讶，我是鬼。"僧人问："鬼为什么不回到坟墓里去？"回答说："鬼也是成群结党各有归属的，各自跟随同类。我本来是个书生，不幸被埋葬在这片坟地里。我不愿与兽医农夫在一起，他们也讨厌我不是一类人。既然难以和他们相处，所以我宁愿在这里避避喧嚣。"说完渐渐消失了。后来僧人时常远远地看见他，但是再叫他也不回答了。（如是我闻三）

朱导江言：新泰一书生，赴省乡试。去济南尚半日程，与数友乘凉早行。黑暗中有二驴追逐行，互相先后，不以为意也。稍辨色后，知为二妇人。既而审视，乃一媪，年约五六十，肥而黑；一少妇，年约二十，甚有姿色。书生频目之。少妇忽回顾失声曰："是几兄耶？"生错愕不知所对。少妇曰："我即某氏表妹也。我家法中表兄妹不相见，故兄不识妹。妹则尝于帘隙窥兄，故相识也。"书生忆原有表妹嫁济南，因相款语。问："早行何适？"曰："昨与妹婿往问舅母疾，本拟即日返。舅母有讼事，浼[①]妹婿入京，不能即归；妹早归为治装也。"流目送盼，情态嫣然，且微露十余岁时一见相悦意。书生心微动。至路歧，邀至家具一饭。欣然从之，约同行者晚在某所候。至钟动不来。次日，亦无耗。往昨别处，循歧路寻之，得其驴于野田中，鞍尚未解。遍物色村落间，绝无知此二妇者。再询，访得其表妹家，则表妹殁已半年余。其为鬼惑、怪所啖，抑或为盗所诱，均不可知，而此人遂长已矣。此亦足为少年佻薄者戒也。

时方可村在座，言："游秦、陇时，闻一事与此相类，后有合窆于妻墓者，启圹，则有男子尸在焉。不知地下双魂，作何相见。《焦氏易林》[2]曰：'两夫共妻，莫适为雌。'若为此占矣。"戴东原亦在座，曰："《后汉书》[3]尚有三夫共妻事，君何见之不广耶？"余戏曰："二君勿喧。山阴公主[4]面首三十人，独忘之欤！然彼皆不畏其夫者。此鬼私藏少年，不虑及后来之合窆，未免纵欲忘患耳。"东原喟然曰："纵欲忘患，独此鬼也哉！"

**【注释】** ①浼（měi）：恳求，相托。②《焦氏易林》：焦氏指焦延寿，汉代的大学者。汉昭帝时任官，政绩很好。后来又专心读书，尤其下工夫研究《易经》，作《焦氏易林》。③《后汉书》：由南朝刘宋时期的历史学家范晔编撰，是一部记载东汉历史的纪传体史书，与《史记》《汉书》《三国志》合称"四史"。书中分十纪、八十列传和八志（司马彪续作）。④山阴公主：刘楚玉（446？—465），南朝孝武帝刘骏与皇后王宪嫄的第一个孩子，后与何戢结婚。在刘宋王朝，有皇族第一美人之称。山阴公主以淫乱放荡闻名于世。

**【译文】** 朱导江说：新泰县有个书生，到省城去参加乡试。在距离济南还有半天路程的时候，和几个朋友趁凉快在天没亮时就上路了。黑暗中有两头驴跟着，一会儿在前，一会儿在后，他们也没有在意。等到天蒙蒙亮时，这才看出骑驴的是两个女人。再仔细一看，一个是老太太，大约五六十岁，长得又胖又黑；另一个是少妇，差不多二十岁，身材相貌都很不错。那个书生不停地打量她。她忽然回头大声问道："是几哥吗？"书生惊愕地不知该怎样回答。少妇说："我就是某某家的表妹。我们的家法里规定，表兄表妹不能见面，所以你不认得我。我却曾经隔着门帘偷偷地见过表兄，所以我能认得你。”书生想起来，原先是有个表妹嫁到了济南。于是两个人就从从容容聊了起来。书生问：“清早赶路去哪儿呢？”少妇回答说：“昨天和你妹夫一起到舅母家去探问她的病情，本来打算当天就赶回来。可是舅母家碰上了件打官司的事，央求你妹夫到京城去周旋，就没有能在当天赶回来。我今早回来是为他收拾行装的。”少妇说话时眉目传情，神态妩媚动人，还流露出早在十几岁时就对书生一见钟情的意思。书生有点动心了。走到岔路口时，少妇邀请书生到家一起吃顿饭。书生高兴地答应了，就和一起赶路的人约定晚上在某个地方等着他。但他们一直等到报晓的钟声敲响也不见书生来。第二天，还是没有消息。后来他们又到那天分别的地方，沿着岔路寻找，发现他骑的那头驴还在田野里，驴鞍子都没卸下来。又找遍了村子的各个地方，竟没有一个人认得那两个女人。于是又打听，找到书生的表妹家，得知他表妹早就去世半年多了。那个书生到底是被鬼迷惑了，被妖怪吃掉了，还是让盗贼诱拐了？人们都不得而知了。而这个书生从此也就再没有消息了。这件事也足以让那些轻薄的青年男子引以为戒。

当时方可村也在座，他说：“我曾经去过秦、陇一带，也听说过一件类似的事情。有个男子死后，家人打算给他和亡妻合葬，打开墓穴一看，发现里面有个男人的尸首。真不知这对夫妻的鬼魂，在阴间该怎么相见呢。焦延寿《易林》中写道：“两个丈夫娶一个妻子，妻子死后不知该随哪一个。”这好像预先告诉有这种事似的。”戴东原也在座，他说：“《后汉书》中还记载了三个丈夫共娶一个妻子的事呢，您的见识也不算广博了。”我开玩笑地说：“两位先生不要吵闹。山阴公主有三十个面首，难道你们都忘了吗？但是，那种女人都是不怕丈夫的。而这个女鬼却私下收留另一个青年，不考虑以后与丈夫合葬的事，这未免太放纵情欲而不顾及后患了！”戴东原长叹一声说：“放纵情欲，忘记后患的人，难道只有这个鬼吗？”（槐西杂志二）

舅氏安公介然言：有柳某者，与一狐友，甚昵。柳故贫，狐恒周其衣食。又负巨室钱，欲质其女。狐为盗其券，事乃已。时来其家，妻子皆与相问答，但惟柳见其形耳。狐媚一富室女，符箓不能遣，募能劾治者予百金。柳夫妇素知其事。妇利多金，怂恿柳伺隙杀狐。柳以负心为歉。妇谇曰："彼能媚某家女，不能媚汝女耶？昨以五金为汝女制冬衣，其意恐有在。此患不可不除也。"柳乃阴市砒霜，沽酒以待。狐已知之。会柳与乡邻数人坐，狐于檐际呼柳名，先叙相契之深，次陈相周之久，次乃一一发其阴谋曰："吾非不能为尔祸，然周旋已久，宁忍便作寇仇？"又以布一匹、棉一束自檐掷下，曰："昨尔幼儿号寒苦，许为作被，不可失信于孺子矣。"众意不平，咸诮让柳。狐曰："交不择人，亦吾之过。世情如是，亦何足深尤？吾姑使知之耳。"太息而去。柳自是不齿于乡党，亦无肯资济升斗者。挈家夜遁，竟莫知所终。

【译文】　我舅舅安介然说：有个姓柳的人，和一个狐精交朋友，关系非常亲密。柳某很穷，那个狐友就常常给他吃的穿的救济他。柳某欠了一个大户的钱，大户想让柳某的女儿去抵债。狐友替他从大户家偷出了借钱的字据，了结了这件事。狐友时常到柳家去，妻子儿女都能和狐友对话，但是只有柳某能看到狐友的形貌。后来这个狐友媚惑了一个富家女，用符也赶不走。富家就用一百两银子招募能制伏狐精的人。柳某夫妇一向了解狐友的情况，柳某的妻子贪图赏金，就怂恿柳某找机会杀死狐狸。柳某觉得那样做背弃友情，对不住狐友。妻子骂道："那个狐精能勾引某家的女儿，就不能勾引你的女儿吗？昨天它还用五两银子为女儿做了一身棉衣，恐怕它有这种心思吧。这个祸害非除掉不可！"柳某于是暗地里买了砒霜，打了酒等狐友来喝。狐友已经知道了柳家夫妇的歹心。趁柳某和几个乡邻在一起的时候，它就在房檐上叫着柳某的名字，先叙往日交情的深厚，然后又述说周济柳某家已有很长的时间，之后一一揭发他们夫妇商定的阴谋。它说："我并不是不能给你家带来灾祸，只是我们交往时间长了，不能忍心与你们为敌！"说完，又把一匹布、一束棉花从房檐上扔下来，说："昨天你的小儿子哭着喊冷，我答应为他弄条被子。我不能对小孩子失信。"大伙听了狐精的话，都愤愤不平，一起谴责柳某。狐精说："我交友没选对人，这是我的过失。世态人情就是这样，你们又何必过多地指责他呢？我姑且让他心里明白就是了。"狐精说完，叹着气离去了。从此以后，柳某就被乡人看不起，也没人肯出个一升一斗资助他、救济他了。他只得携带一家老小连夜逃走，最终不知道上哪儿去了。（槐西杂志二）



奴子王敬，王连升之子也。余旧有质库在崔庄，从官久，折阅都尽，群从鸠资复设之，召敬司夜焉。一夕，自经于楼上，虽其母其弟莫测何故也。客作胡兴文，居于楼侧，其妻病剧，敬魂忽附之语，数其母弟之失，曰："我自以博负死，奈何多索主人棺敛费，使我负心！此来明非我志也。"或问："尔怨索负者乎？"曰："不怨也。使彼负我，我能无索乎？"又问："然则怨诱博者乎？"曰："亦不怨也。手本我手，我不博，彼能握我手博乎？我安意候代而已。"初附语时，人以为病者瞀乱耳；既而序述生平、寒温故旧，语言宛然敬也。皆叹曰："此鬼不昧本心，必不终沦于鬼趣。"



**【译文】** 奴仆王敬，是王连升的儿子。过去我在崔庄有个当铺，外出做官的时间长了，这家当铺亏损得差不多了，他的堂弟们又集资把当铺办了起来，叫王敬夜里值更。一天夜里，王敬在楼上上吊死了，他的母亲和弟弟也不知死因。雇工胡兴文，住在这间楼房隔壁，妻子病重时，王敬的灵魂忽然附在她身上，数落他母亲和弟弟的过失，说："我因为赌博输了钱而死，你们为何向主人索要那么多丧葬费，让我有愧于心！今天来声明这不是我的本意。"有人问："你怨恨向你要债的人吗？"他说："不恨。如果他欠了我的钱，我能不要吗？"又问："那么你怨恨引诱你赌博的人吗？"他说："也不恨。手是我的手，我不赌，别人能拉着我的手去赌吗？我现在只有安心等候替代就是了。”王敬刚开始附在胡兴文妻子身上说话时，人们还以为是病人说胡话，接着历述生平往事、与亲朋故旧寒暄，言语声调都是王敬的。人们说：“这个鬼没有丧失良心，一定不会永远沉沦留在阴间。”（槐西杂志三）

有选人在横街夜饮，步月而归。其寓在珠市口，因从香厂取捷径。一小奴持烛笼行，中路踣而灭。望一家灯未息，往乞火。有妇应门，邀入茗饮。心知为青楼，姑以遣兴。然妇羞涩低眉，意色惨沮。欲出，又牵袂固留。试调之，亦宛转相就。适携数金，即以赠之。妇谢不受，但祈曰：“如念今宵爱，有长随某住某处，渠久闲居，妻亡子女幼，不免饥寒。君肯携之赴任，则九泉感德矣。”选人戏问：“卿可相随否？”泫然曰：“妾实非人，即某妻也。为某不能赡子女，故冒耻相求耳。”选人悚然而出，回视乃一新冢也。后感其意，竟携此人及子女去。求一长随，至鬼亦荐枕，长随之多财可知。财自何来？其蠹官而病民可知矣。

**【译文】** 有个候选官员夜里到横街饮酒，酒后趁着月色散步回住处。他住在珠市口，就从香厂抄近路走。有个小僮仆拿着灯笼，走到半路，小僮仆跌了一跤，灯笼弄灭了。他远远看到有一户人家还没有熄灯，就过去借火。有个妇人开门出来，还请官员进去喝茶。官员心里明白，这是个妓女，就想消遣一下。但是妇人神情羞涩，低着头，神色像是沮丧无奈的样子。官员想离开时，妇人又拉着他的衣袖，一定要他留下。官员就和她调情，那个妇人也很温柔地顺从了。官员身边刚好带了几两银子，就拿出来给她。妇人推辞，不肯接受，只是请求地说：“如果您还念着今夜的恩爱，有个某人做过官员的仆役，住在某个地方，失业很久了，老婆死了，孩子年幼，难免吃不饱穿不暖。假如您能雇用这个人，带他去上任，那么他的亡妻也会感谢您的恩德。”候选官员开玩笑地说：“你能不能跟我去呢？”妇人流下泪来，说：“我实际上不是人，就是那个某人的妻子。因为他不能养活子女，所以我不顾羞耻来求您。”候选官员慌张惊恐地离开这所房子，回头看时，却是一座新坟。后来，候选官员被妇人的诚意所感动，真的带着那个某人和子女赴任去了。为了请求一个官员随从的职位，竟至于鬼也献身，官员的随从能发财就可以想见了。财从哪里来？他贪污公家的和搜刮百姓的情况，也就可想而知了。(槐西杂志三)

董秋原言：东昌一书生，夜行郊外。忽见甲第甚宏壮，私念此某氏墓，安有是宅，殆狐魅所化欤？稔闻《聊斋志异》青凤、水仙诸事，冀有所遇，踯躅[①]不行。俄有车马从西来，服饰甚华，一中年妇揭帏指生曰：“此郎即大佳，可延入。”生视车后一幼女，妙丽如神仙，大喜过望。既入门，即有二婢出邀。生既审为狐，不问氏族，随之入。亦不见主人出，但供张甚盛，饮馔丰美而已。生候合卺，心摇摇如悬旌。至夕，箫鼓喧阗，一老翁搴帘揖曰：“新婿入赘，已到门。先生文士，定习婚仪，敢屈为傧相，三党有光。”生大失望，然原未议婚，无可复语；又饫[②]其酒食，难以遽辞。草草为成礼，不别而归。家人以失生一昼夜，方四出觅访。生愤愤道所遇，闻者莫不拊掌曰：“非狐戏君，乃君自戏也。”

余因言有李二混者，贫不自存，赴京师谋食。途遇一少妇骑驴，李趁与语，微相调谑。少妇不答亦不嗔。次日，又相遇，少妇掷一帕与之，鞭驴径去，回顾曰：“吾今日宿固安也。”李启其帕，乃银簪珥数事。适资斧竭，持诣质库。正质库昨夜所失，大受拷掠，竟自诬为盗。是乃真为狐戏矣。秋原曰："不调少妇，何缘致此？仍谓之自戏可也。"

【注释】 ①踯（zhí）躅（zhú）：形容慢慢地走，徘徊不前，同"踟躇"。②饫（yù）：饱食。

【译文】 董秋原说：东昌有个书生，夜间在郊外赶路，忽然看见一所大宅子十分高大华丽，暗暗想这是某某家的墓地，怎么会有这所大宅子，大概是狐精变化出来的吧？他听多了《聊斋志异》中青凤、水仙一类的故事，希望自己也有这种艳遇，就故意磨磨蹭蹭地不肯离开。不久，有马匹车辆从西边过来，车马上的人们衣服装饰都很华丽，其中一个中年妇女揭开车帘，指着书生说："这位郎君就很好，可以请他进去。"书生看到车子后面坐着个少女，漂亮得像天仙似的，高兴极了。车子进了宅院大门，有两个婢女走出来邀请书生。书生已经知道这些是狐精，也不再问她们姓名门第，就跟着进了门。也没看到主人出来见面，只是陈设豪华，酒菜十分丰盛而已。书生等着做新郎，心思像挂着的旗帜一样摇摇荡荡激动不已。到了晚上，笙箫鼓乐十分热闹，有个老翁掀开门帘作揖，说："新女婿上门成亲，现在已经到门口了。先生是读书人，一定熟悉结婚仪式，委屈你当个傧相，我们整个家族都有光彩了。"书生大失所望，但是原本来就未曾议过婚事，现在就没话好说了；又饱吃了人家的酒菜，不好马上推辞，于是只好马马虎虎做一回婚礼傧相，然后不辞而别，回到家里。家里人因为书生失踪了一天一夜，正出外四处寻找。书生愤愤不平地把自己的遭遇讲了出来，听到的人都拍手大笑，说："这不是狐精戏弄你，是你自己戏弄自己啊。"

我也接着说有个叫李二混的人，穷得过不下去了，就到京城谋生。路上碰到一个骑驴的少妇，李二混趁着同她说话时，悄悄地跟她调笑。少妇不回答，也不恼怒。第二天，两人又碰到了，少妇扔了个手帕包给李二混，鞭打着驴子自己先走，还回头说道："我今天住在固安。"李二混打开手帕包，里面有几件银首饰。李二混正缺少盘缠，就拿着银首饰到当铺去当。这些银首饰恰好是当铺昨夜失窃的东西，李二混受尽拷打，只好招认是偷盗。这才真的是被狐精戏弄了。董秋原说："他不去调戏少妇，怎么会到这个地步？这仍然可以说是自己戏弄自己啊。"（槐西杂志三）

陈瑞庵言：献县城外诸邱阜，相传皆汉冢也。有耕者误犁一冢，归而寒热谵语，责以触犯。时瑞庵偶至，问："汝何人？"曰："汉朝人。"又问："汉朝何处人？"曰："我即汉朝献县人，故冢在此，何必问也？"又问："此地汉即名献县耶？"曰："然。"问："此地汉为河间国，县曰乐成。金始改献州。明乃改献县。汉朝安得有此名？"鬼不语。再问之，则耕者苏矣。盖传为汉冢，鬼亦习闻，故依托以求食。而不虞适以是败也。

【译文】　陈瑞庵先生说：献县城外的一些土丘，相传都是汉代的坟墓。有个耕地的农夫，不小心耕错了一座坟，回家后发冷发热说胡话，责难他触犯了古人。这时陈瑞庵先生偶然到了这里，问："你是什么人？"回答说："汉朝人。"又问："是汉朝什么地方的人？"回答说："我就是汉朝献县人，所以坟墓就在这儿，这又何必问啊？"又问："这地方汉朝时就叫献县吗？"鬼回答："是。"陈瑞庵问："这个地方汉朝时是河间国封地，这个县叫乐城，金朝时改为献州，明朝时才改为献县，汉朝时怎么会叫献县？"鬼不说话。再问时，那个农夫已经苏醒了。大概是因为传说这里是汉代的坟墓，鬼也经常听到人这么说，所以假冒汉鬼来讹诈人们供奉酒食，不料恰恰因为这个露了馅。(槐西杂志四)

同年邹道峰言：有韩生者，丁卯夏读书山中。窗外为悬崖，崖下为涧。涧绝陡，两岸虽近，然可望而不可至也。月明之夕，每对岸有人影，虽知为鬼，度其不能越，亦不甚怖。久而见惯，试呼与语。亦响应，自言是堕涧鬼，在此待替。戏以余酒凭窗洒涧内，鬼下就饮，亦极感谢。自此遂为友，诵肄之暇，颇消岑寂。

一日试问："人言鬼前知。吾今岁应举，汝知我得失否？”鬼曰：“神不检籍，亦不能前知，何况于鬼。鬼但能以阳气之盛衰，知人年运；以神光之明晦，知人邪正耳。若夫禄命，则冥官执役之鬼，或旁窥窃听而知之；城市之鬼，或辗转相传而闻之；山野之鬼弗能也。城市之中，亦必捷巧之鬼乃闻之，钝鬼亦弗能也。譬君静坐此山，即官府之事不得知，况朝廷之机密乎！”一夕，闻隔涧呼曰：“与君送喜，顷城隍巡山，与社公相语，似言今科解元是君也。”生亦窃自贺。及榜发，解元乃韩作霖，鬼但闻其姓同耳。生太息曰：“乡中人传官里事，果若斯乎！”

**【译文】** 与我同年考取科举的举人邹道峰说：有个姓韩的书生，在乾隆丁卯年夏天住进山里，用功读书。他的窗外是悬崖，悬崖下面是山涧。山涧十分陡峭，与对面峭壁虽相距不远，却只能相望而到不了对面。月明之夜，韩生常常看见对面峭壁下面的岸边有影子晃动，虽然知道那一定是鬼，但估计他到不了这边，所以也不怎么害怕。时间一长，渐渐习惯了，就试探着跟他对话。那边也有回应，自己说是坠入山涧摔死的鬼，在这里等着找替身。韩生试着把喝剩下的酒从窗子洒到山涧内，鬼在下面接着喝了，也很感谢。从此后，一人一鬼成了说话聊天的朋友，在读书闲暇时，很能消愁解闷。

一天，韩生试探地问：“人都说鬼有先知。我今年要去应举，你知道我能不能考中？”鬼说：“神仙不查阅簿册，也不能提前知道，何况我们鬼呢。鬼只能通过阳气的盛衰，推测人的寿数与命运；根据人神采的明朗与晦暗，知道人是正直还是邪恶。至于官场前途之类的事，那些给冥官当差的鬼，也许在旁边偷听了才能得知；城市里的鬼，是从传来传去的传闻中获取信息；而山野之鬼连这些也达不到啊。在城市里面得到消息的，也得是机灵乖巧的鬼，至于愚钝笨拙的，照样是什么消息也得不到。就像您独自住在山里，官府的事尚不得而知，何况朝廷的机密呢？”一天夜里，鬼隔着山涧喊他，说：“给您报喜，刚才，城隍到这里巡山，和土地爷聊了一会儿，好像是说，今科解元是您。”韩生暗自庆贺。等到发榜时，解元是韩作霖。原来，鬼只是

听到同姓罢了。韩生叹息道："乡里的人传说官府里的事，果真就像这样吧。"（槐西杂志四）

蒋苕生编修言：一士人北上，泊舟北仓、杨柳青之间。（北仓去天津二十里，杨柳青距天津四十里）时已黄昏，四顾淼漫，去人家稍远，独一小童倚树立，姣丽特甚；然衣裳华洁，而神意不似大家儿。士故轻薄，自上岸与语。口操南音，自云流落至此，已有人相约携归，待尚未至。渐相款洽，因挑以微词，解扇上汉玉佩为赠。赪颜谢曰："君是解人，亦不能自讳。然故人情重，实不忍别抱琵琶。"置佩而去。士人意未已，欲觇[①]其居停，蹑迹从之。数十步外，倏已灭迹，惟丛莽中一小坟，方悟为鬼也。女子事夫，大义也，从一则为贞，野合乃为荡耳。男子而抱衾裯[②]，已失身矣，犹言从一，非不揣本而齐末[③]乎？然较反面负心，则终为差胜也。

【注释】 ①觇（chān）：暗中察看。②抱衾裯：侍寝。出自《诗经·召南·小星》："嘒彼小星，维参与昴，肃肃宵征，抱衾与裯，寔命不同。"③揣本而齐末：不是度量考虑底端根部位置，而只对齐他们的末端来比较，指舍本求末。

【译文】 蒋苕生编修说：有个书生坐船北上，停泊在北仓、杨柳青之间。（北仓离天津二十里，杨柳青离天津四十里）当时已是黄昏，四面环顾是迷迷蒙蒙的水面，离开人家比较远，岸上只有个男孩子靠着树站着。这个男孩长得很俊俏，服饰非常华丽整洁；但神情气质不像大户人家的儿郎。书生本来是轻薄人，就自己上岸跟男孩子交谈。男孩说话带南方口音，说自己流落在这里，已经有人约定带他回去，等到现在还没有来。两人聊得渐渐熟络，书生就用轻薄的话挑逗男孩，还解下扇带上的汉代玉佩送给他。男孩红着脸拒绝了，辞谢说："你是个明白人，我也不必隐瞒。不过旧友情深意重，我实在不忍投进别人的怀抱。”把玉佩放在地上就走了。书生还不死心，想偷看少男孩住在哪里，就轻手轻脚在后面跟踪。走出几十步，男孩一下子就不见了，只见草木丛中有一座小坟堆，书生这才醒悟男孩是个鬼。女子侍奉丈夫，是天经地义，从一而终叫做贞节，在野外与情人幽会就叫做放荡。身为男子却给人侍寝，已经算是失身，还说要从一而终，这不是舍本求末吗？但是，比那种翻脸负心的人，毕竟还好一些。（槐西杂志四）

刘东堂言：狂生某者，性悖妄，诋訾[①]今古，高自位置。有指摘其诗文一字者，衔之次骨，或至相殴。值河间岁试，同寓十数人，或相识，或不相识。夏夜散坐庭院纳凉，狂生纵意高谈。众畏其唇吻，皆缄口不答。惟树后坐一人，抗词与辩，连抵其隙。理屈词穷，怒问："子为谁？"暗中应曰："仆焦王相也（河间之宿儒）。"骇问："子不久死耶？"笑应曰："仆如不死，敢捋虎须耶？"狂生跳掷叫号，绕墙寻觅。惟闻笑声吃吃，或在木杪，或在檐端而已。

【注释】 ①诋訾（zǐ）：毁谤非议。

【译文】 刘东堂说：有个书生某人，十分狂妄，任意贬斥古今人物，以抬高自己。如果有谁指出他的诗文某个字用得不好，他就恨之入骨，甚至动手打人。当时正逢河间府乡试，住在一起的十几个人，有相识的，也有不认识的，因为天热都散坐在院子里乘凉。狂生肆意高谈阔论，众人怕他那张嘴，都闭口不答理。只有树背后坐着的一个人，发话与他辩论，连连指出他的漏洞，狂生理屈词穷，怒问道："你是谁？"暗中一个声音回答道："我是焦王相（河间的博学老先生）。"狂生吃惊问道："你不是早就死了吗？"那个声音笑着回答："我如果不死，敢给老虎捋胡须吗？"狂生气得又跳又叫，绕着墙寻找，只听见"吃吃"的笑声，一会儿在树顶上，一会儿在屋檐边。（姑妄听之二）

相传魏环极[①]先生尝读书山寺，凡笔墨几榻之类，不待拂拭，自然无尘。初不为意，后稍稍怪之。一日晚归，门尚未启，闻室中窸窣有声；从隙窃觇，见一人方整饬书案。骤入掩之，其人瞥穿后窗去。急呼令返，其人遂拱立窗外，意甚恭谨。问："汝何怪？"磬折对曰："某狐之习儒者也。以公正人，不敢近，然私敬公，故日日窃执仆隶役。幸公勿讶。"先生隔窗与语，甚有理致。自是虽不敢入室，然遇先生不甚避，先生亦时时与言。

一日，偶问："汝视我能作圣贤乎？"曰："公所讲者道学，与圣贤各一事也。圣贤依乎中庸，以实心励实行，以实学求实用。道学则务语精微，先理气，后彝伦[②]，尊性命，薄事功，其用意已稍别。圣贤之于心，有是非心，无彼我心；有诱导心，无苛刻心。道学则各立门户，不能不争，既已相争，不能不巧诋以求胜。以是意见，生种种作用，遂不尽可令孔孟见矣，公刚大之气，正直之情，实可质鬼神而不愧，所以敬公者在此。公率其本性，为圣为贤亦在此。若公所讲，则固各自一事，非下愚之所知也。"公默然遣之。后以语门人曰："是盖因明季党祸，有激而言，非笃论也。然其抉摘情伪，固可警世之讲学者。"

【注释】　①魏环极：魏象枢，字环极，顺治丙戌（1646年）进士，历官至都察院左都御史，迁刑部尚书，以病乞休，圣祖御书"寒松堂"额以宠其归，卒谥敏果。平生立朝端劲，为人望所归，讲学亦醇正笃实，无空谈标榜之习，文章朴直，亦如其为人。有《寒松堂集》九十二卷。②彝伦：常理，常道，伦常。

【译文】　相传魏象枢先生曾经在山间寺庙读书，一应笔墨几榻之类，不用擦拭，自然没有灰尘。开始时他没有在意，后来才感到有些惊讶。一天回来晚了，还没有开门，就听见屋里窸窸窣窣有声音。他悄悄从门缝往里看，发现一个人正在整理书桌。他突然冲进去关上门，那个人倏然穿过后窗出去了。魏环极急忙叫他回来，那个人就拱手站在窗外，看上去极为恭谨。魏先生问："你是什么怪物？"那个人躬身回答："我是学习儒教的狐狸精，因为你是正人君子，不敢靠近你，但是心里敬重你，所以天天偷着给你做仆人应该做的事，请不要吃惊。"魏先生隔着窗户和他说话，对方谈吐很有学问。从此以后虽然不敢进到房间里，但是遇到先生也不怎么回避，先生也经常跟他对话。

有一天，魏先生偶然问："你看我能当圣贤么？"狐精说："你讲习的是道学，和儒家圣贤是两回事。圣贤的依据是中庸，以诚信来激励实际行为，以真实的学问来求得实际运用。道学则讲求精微，首先重视理气，其次才讲人伦道德，重视性命，轻视事业和功绩，宗旨已经和圣贤之道有些不同了。圣贤对于人，有是非心，没有彼此之心；有诱导心，没有苛刻心。道学则各立门派，因此就不可能不相争。既然已经相争，不能不巧立名目互相诋毁以压倒对方。由此种种，造成种种后果，于是有许多东西就见不得孔孟了。先生宏大的气魄，正直的性情，可以面对鬼神而无愧，我敬重你，原因就在这里。先生言行正大出自本性，这也是当圣贤的条件。至于先生讲习的学说，则是另外一回事，我这个愚昧的人就说不好了。"魏先生一言不发打发狐精走了。后来他和门生讲起这事，说："因为有明代晚期党派之争造成的灾难，狐狸有所感触才说了这番话，这个评论并不公正中肯。然而他揭露某些人的真实心理，剔出虚假之处，的确可以给道学家敲警钟。"（姑妄听之二）

司爨王媪（即见醉钟馗者）言：有樵者伐木山冈，力倦小憩。遥见一人持衣数袭，沿路弃之，不省其何故。谛视之，履险阻如坦途，其行甚速，非人可及；貌亦惨淡不似人，疑为妖魅。登高树瞰之，人已不见。由其弃衣之路，宛转至山坳，则一虎伏焉。知人为伥鬼，衣所食者之遗也。急弃柴自冈后遁。次日，闻某村某甲于是地死于虎矣。路非人径所必经，知其以衣为饵，导之至是也。物莫灵于人，人恒以饵取物，今物及以饵取人，岂人弗灵哉！利汩[①]其灵，故智出物下耳。然是事一传，猎者因循衣所在，得虎窟，合铳群击，殪其三焉。则虎又以智败矣。辗转倚伏，机械又安有穷欤？或又曰："虎至悍而至愚，心计万万不到此。闻伥役于虎，必得代乃转生。是殆伥诱人自代，因引人捕虎报冤也。"伥者人所化，揆诸人事，固亦有之。又惜虎知伥助己，不知即伥害己矣。

【注释】 ①汩（gǔ）：弄乱，扰乱。

【译文】 给人家烧火做饭的王老妇人（就是见到过醉钟馗的）说：有个打柴的人到山冈上砍树，砍累了稍微歇会儿。远远望见一人拿着几件衣服，沿途丢弃。他不明白是何缘故。仔细看过去，那个人走崎岖艰险的山路像走平地，走得很快，不是正常人能赶得上的；容貌暗淡无光，面色惨白，不像正常人的样子，就怀疑他是妖魅。打柴人爬到一棵高树上瞭望，那个人已经不见了。沿着那个人丢衣服的路，曲曲弯弯到山坳，却是一只老虎伏着。他这才明白那个人是个伥鬼，那些衣服是被害者的遗物。赶忙丢了柴，从山冈后面逃了。第二天，打柴人听说某村的某甲在那个地方被老虎吃了。这条路不是人的必经之路，打柴人猜老虎是用衣服做诱饵，引诱人来到这里的。动物不会比人更聪明，人总是用诱饵捕获猎物，现在动物竟然利用诱饵吃人，哪里是因为人不聪明！是因为利欲扰乱了心智，所以人反倒不如动物聪明了。但这件事一传出来，猎人们顺着衣服丢弃的路线，发现了虎窝，火枪齐发，打死了三只老虎。老虎又因为心智不全而招来灭顶之灾。祸福辗转互相变化，机巧变幻又怎么会有尽头啊？又有人说："老虎最强悍但也最愚蠢，心计万万到不了这种地步。听说伥鬼受老虎奴役，必须找到替身才能投生。大概是伥鬼诱使别人代替自己，又引来猎人捕杀老虎报仇。"伥鬼是人

变的，考察一下人间世事，当然会有这种事情，可惜老虎只知道伥鬼帮助自己，却不知也是它害了自己啊！（姑妄听之三）

张铉耳先生家，一夕觅一婢不见，意其逋逃。次日，乃醉卧宅后积薪下。空房锁闭，不知其何从入也。沃发渍面，至午乃苏。言昨晚闻后院嬉笑声，稔知狐魅，习惯不惧，窃从门隙窥之。见酒炙罗列，数少年方聚饮。俄为所觉，遽跃起拥我逾墙入。恍惚间如睡如梦，噤不能言，遂被逼入坐。陈醖醇浓，加以苛罚，遂至沉酣，不记几时眠，亦不知其几时去也。

铉耳先生素刚正，自往数之曰："相处多年，除日日取柴外，两无干犯。何突然越礼，以良家婢子作倡女侑觞？子弟猖狂，父兄安在？为家长者宁不愧乎？"至夜半，窗外语曰："儿辈冶荡，业已笞之。然其间有一线乞原者：此婢先探手入门，作谑词乞肉，非出强牵。且其月下花前，采兰赠芍，阅人非一，碎璧多年，故儿辈敢通款曲。不然，则某婢某婢色岂不佳，何终不敢犯乎？防范之疏，仆与先生似当两分其过，惟俯察之。"先生曰："君既笞儿，此婢吾亦当痛笞。"狐哂曰："过摽梅之年，而不为之择配偶，郁而横决，罪岂独在此婢乎？"先生默然。次日，呼媒媪至，凡年长数婢尽嫁之。

【译文】 张铉耳先生家，有个婢女，一天晚上忽然找不到了，以为她逃走了。第二天，却发现她醉倒在宅子后院的柴堆下面。通后院里的空房都锁着，不知她是从哪儿进去的。她头发散乱，满脸灰尘，直到中午才醒过来。她说，昨天晚上，听到后院有嬉笑声，因为早知道里面住着狐魅，听惯了这样的声音所以并不害怕；偷偷隔着门缝看，只见排列着酒菜，几个年轻人正在一起喝酒。不一会儿他们发现了我，就跳起来拥着我翻墙进了院子。

恍惚之中，我像是在睡梦里，说不出话，被他们强拉着入座。酒很醇厚酒劲儿也很大，他们还逼我罚酒，以至于沉醉，不知什么时候睡着的，也不知他们什么时候散去的。

张铉耳先生一向刚强正直，亲自到宅后数落道："相处多年，我们除了每天来取柴禾以外，彼此并没有干扰。为什么突然这么无礼，把好人家的婢女当作娼妓陪酒？子弟这么猖狂，父兄哪里去了？当家长的难道不惭愧吗？"到了半夜，先生听到窗外说："儿辈们放荡无礼，我已经责罚过他们了。但是，其中有一个情节请求原谅：那天晚上，是这个婢女先把手伸进门，说着不正经的话讨肉吃，并不是儿辈强拉进来的。而且，她在花前月下与人偷偷约会，互赠信物，交往的人不止一个，失身多年了，所以儿辈们才敢和她调笑。不然，某婢女某婢女长得不是不漂亮，为什么始终不敢招惹她们呢？疏于防范之责，在下和先生似乎应该各负一半，请您明察。"先生说："您既然责打儿辈，这个婢女也该痛打。"狐精冷笑了一下讽刺说："过了怀春的年龄，您不为她选配人家，过分郁结而做出非礼之事，罪过难道只在这个婢女身上吗？"先生默然无语。第二天，他叫来媒婆，把年岁大的几个婢女都嫁了出去。（姑妄听之三）



壬午[1]顺天乡试，与安溪李延彬前辈同分校。偶然说虎，延彬曰："里有入山樵采者，见一美妇隔涧行，衣饰华丽，不似村妆，心知为魅。伏丛薄中觇所往。适一鹿引麑[2]下涧饮，妇见之，突扑地化为虎，衣饰委地如蝉蜕，径搏二鹿食之。斯须仍化美妇，整顿衣饰，款款循山去。临流照影，妖媚横生，几忘其曾为虎也。"秦涧泉前辈曰："妖媚蛊惑，但不变虎形耳，搏噬之性则一也。偶露本质，遽相惊讶，此樵何少见多怪乎！"

【注释】 ①壬午：乾隆二十七年（1762）。②麑（ní）：幼鹿。

【译文】 乾隆壬午年顺天乡试，我和安溪人李延彬前辈为同考官。偶然说起了老虎，李延彬说："村里有个人进山打柴，看见隔着山涧有个漂亮女人在走，衣服和妆容都很华丽，不像村妇打扮，心里便明白是妖魅。砍柴的躲在草丛中悄悄看她往哪里去。这时有一只鹿带着小鹿下涧饮水，美女见了，突然扑在地上化为老虎，衣服首饰就像知了脱壳一样脱落在地上，它直冲过去，抓住两只鹿吃掉了。一会儿工夫，它又变成美女，整理了衣服首饰，然后袅袅婷婷顺着山路走远了。她在溪边照自己的影子，妖媚无比，让人几乎忘了她刚才还是只老虎。”秦涧泉前辈说：“妖媚女子迷惑人，只不过不变出虎的形状而已，吃人害人的本性并没有变。这个美女偶然露了一下原形，这个打柴的就如此惊讶，真是少见多怪啊！”（姑妄听之三）

又，舅氏安公五占，居县东留福庄。其邻家二犬，一夕吠甚急。邻妇出视无一人，惟闻屋上语曰：“汝家犬太恶，我不敢下。有逃婢匿汝家灶内，烦以烟熏之，当自出。”妇大骇，入视灶内，果嘤嘤有泣声。问是何物，何以至此？灶内小语曰：“我名绿云，狐家婢也。不胜鞭捶，逃匿于此，冀少缓须臾死，惟娘子哀之。”妇故长斋礼佛，意颇怜悯，向屋仰语曰：“渠畏怖不出，我亦实不忍火攻。苟无大罪，乞仙家舍之。（里俗呼狐曰仙家。）”屋上应曰：“我二千钱新买得，那能即舍？”妇曰：“二千钱赎之，可乎？”良久，乃应曰：“是或尚可。”妇以钱掷于屋上，遂不闻声。妇扣灶呼曰：“绿云可出，我已赎得汝。汝主去矣。”灶内应曰：“感活命恩，今便随娘子驱使。”妇曰：“人那可蓄狐婢，汝且自去；恐惊骇小儿女，亦慎勿露形。”果似有黑物瞥然逝。后每逢元旦，辄闻窗外呼曰：“绿云叩头。”

【译文】　又，我舅舅安五占先生，家住本县东留福庄。他邻居家有两条狗，一天晚上，两条狗叫得很急。邻居的女人出外查看，连个人影也没看到，只听见屋顶上有声音说：“你家的狗太凶，我不敢下去。我有个丫环逃进你们家的灶洞里了，麻烦你用烟熏一熏，她自然会出来的。”这个女人吓坏了，连忙回到屋内向灶洞里看，果然听到里面有嘤嘤的哭泣声。她问是什么东西，怎么到这儿来了？灶洞里小声说：“我叫绿云，是狐家的丫环。因为忍受不了主人的鞭打，才逃到这里躲着，请求让我等会儿再死，求娘子可怜我。”这个女人一向吃斋念佛，可怜狐婢，于是仰脸向屋顶上说：“她害怕，不敢出来，我也实在不忍心点火烧她。如果她没犯什么大罪，求仙家（乡里人习惯称狐狸为“仙家”）放了她吧。”屋顶上应声道：“我刚用二千钱买了她，哪能轻易放走呢？”女人问：“我用二千钱赎她，行不行？”过了半天，才回答道：“这样也许还行。”女人把钱扔到了屋顶上，上面没有动静了。女人敲着灶台说：“绿云，可以出来了，我已经拿钱赎了你。你家主人已经走了。”灶洞里应声道：“感谢您的救命之恩，从现在开始，我就听从您的使唤了。”女人说：“人的家里怎么能养着狐婢呢？你赶紧走吧，随便去哪儿；走时千万不要现出原形，别吓着孩子。”果然，有个黑乎乎的东西转眼间不见了。后来，每逢大年初一夜里，女人都会听到窗外呼喊：“绿云给您叩头了。”（姑妄听之三）

多小山言：尝于景州见扶乩者，召仙不至。再焚符，乩摇撼良久，书一诗曰：“薄命轻如叶，残魂转似蓬。练拖三尺白，花谢一枝红。云雨期虽久，烟波路不通。秋坟空鬼唱，遗恨宋家东。”知为缢鬼，姑问姓名。又书曰：“妾系本吴门，家侨楚泽。偶业缘之相凑，宛转通词；讵好梦之未成，仓皇就死。律以圣贤之礼，君子应讥；谅其儿女之情，才人或悯。聊抒哀怨，莫问姓名。”此才不减李清照；其“圣贤”“儿女”一联，自评亦确也。

**【译文】** 多小山说：他曾经在景州见到有人扶乩，召请乩仙，乩仙不下坛。再次焚烧符箓召请，只见乩笔摇动了半天，才写了一首诗：“薄命轻如叶，残魂转似蓬。练拖三尺白，花谢一枝红。云雨期虽久，烟波路不通。

秋坟空鬼唱，遗恨宋家东。”看诗的意思，乩仙是个吊死鬼。有人请教乩仙姓名，乩仙又写道：“妾本是江苏吴县人，全家移居湖北湖南一带，因为前世缘正巧相合，与情郎得以相近，颇费周折倾诉心曲。谁料想好梦未成，仓促之间含恨上吊自杀。如果按圣贤制定的礼法来看待，我应该受到正人君子的讥讽；如果能原谅这种儿女私情，也许还才子会给予怜悯。面对诸位，我不过聊以抒发心中的哀怨，请不要再问姓名。”这个乩仙的才情，不亚于南宋李清照；其中“圣贤”“儿女”一联，对自己的评价也是很实在的。（姑妄听之四）

丁药圃言：有孝廉年四十无子，买一妾，甚明慧。嫡不能相安，旦夕诟谇。越岁，生一子。益不能容，竟转鬻于远处。孝廉惘惘如有失。独宿书斋，夜分未寐，妾忽搴帷入。惊问：“何来？”曰：“逃归耳。”孝廉沉思曰：“逃归虑来追捕，妒妇岂肯匿？且事已至此，归何所容？”妾笑曰：“不欺君，我实狐也。前以人来，人有人理，不敢不忍诟；今以狐来，变幻无端，出入无迹，彼乌得而知之？”因嬿婉如初。

久而渐为僮婢泄，嫡大恚，多金募术士劾治。一术士檄将拘妾至，妾不服罪，攘臂与术士争曰：“无子纳妾，则纳为有理；生子遣妾，则夫为负心。无故见出，罪不在我。”术士曰：“既见出矣，岂可私归？”妾曰：“出母未嫁，与子未绝；出妇未嫁，于夫亦未绝。况鬻我者妒妇，非见出于夫。夫仍纳我，是未出也，何不可归？”术士怒曰：“尔本兽类，何敢据人理争？”妾曰：“人变兽心，阴律阳律皆有刑。兽变人心，反以为罪，法师据何宪典耶？”术士益怒曰：“吾持五雷法，知诛妖耳，不知其他。”妾大笑曰：“妖亦天地之一物，苟其无罪，天地未尝不并育。上帝所不诛，法师乃欲尽诛乎？”术士拍案曰：“媚惑男子，非尔罪耶？”妾曰：“我以礼纳，不得为媚惑；倘其媚惑，则摄精吸气，此生久槁矣。今在家两年，复归又五六年，康强无恙，所谓媚惑者安在？法师受妒妇多金，锻炼周内，以酷济贪耳，吾岂服耶！”问答之顷，术士顾所召神将，已失所在。无可如何，嗔目曰：“今不与尔争，明日会当召雷部。”

明日，嫡再促设坛；则宵遁矣。盖所持之法虽正，而法以贿行，故魅亦不畏，神将亦不满也。相传刘念台先生官总宪时，题御史台一联曰：“无欲常教心似水，有言自觉气如霜。”可谓知本矣。

【译文】 丁药圃说：有个举人年过四十还没有儿子，就买了个妾，很聪明伶俐。他的正妻容不下，一天到晚辱骂她。过了一年，妾生了一个儿子。正妻更容不下，竟把她转卖到远方。举人精神恍惚，若有所失。他独自一人睡在书斋里，夜深了还没有睡着，小妾突然掀开帷帐进来了。举人吃惊地问：“怎么回来了？”小妾说：“逃回来的。”举人沉吟着思考着道：“你虽然逃回来了，恐怕有人来追捕。妒妇怎么肯窝藏你呢？而且事情已经到这一步，你回来她怎么能容得下？”小妾笑道：“我不想骗你，我其实是狐精。原来我是以人的身份到你家来的，人有人的伦理，我不得不忍着挨骂。今天我是作为狐精来的，变化万端，来去都没有形迹，她怎么会知道？”于是两人还像原来一样恩爱缠绵。

时间一长这事情被仆人婢女走漏了风声，正妻非常嫉恨狐精，就花了很多钱请来术士镇治。一个术士焚符箓请天将把小妾捉来，她不承认罪责，撸起袖子露出胳膊和术士争论道：“主人没有儿子而纳妾，纳妾就是有理；生了儿子又把妾卖了，那就是丈夫背弃情义。我无缘无故遭到休弃，罪不在我。”术士说：“你既然被休了，怎么可以私自回来？”小妾说：“母亲被休但没有改嫁，跟儿子就没有断绝关系；妻子被休但没有改嫁，跟丈夫就没有断绝关系。况且卖我的是嫉妒我的正妻，并不是丈夫休了我。丈夫既然收留我，就等于没有休我。我为什么不能回来？”术士怒道：“你本来是兽类，怎么能根据人理来争论？”小妾说：“人变了兽心，阴间、人间的法律都能制裁；兽变了人心，反而认为是罪过，法师依据的是什么法律典章呢？”术士越发大怒道：“我掌握着五雷法，只知诛杀妖怪，不讲什么依据。”小妾大笑道：“妖怪也是天地间的一种东西，如果没罪，天地也允许它与万物并存。上天没有诛杀的，法师却要诛杀干净吗？”术士拍着桌子道：“以美色迷惑男子，不是你的罪吗？”小妾说：“我按照礼法被纳为妾，不能说是媚惑；倘若真是媚惑，就会摄取他的精气，这个先生早就干瘦而死了。我在这个家里住了两年，逃回来后又过了五六年，他身体健康无病无灾，所谓以美色迷惑又从何说起？法师接受了那个妒妇许多钱财，就千方百计罗织我的罪名，不过是借残忍的手段达到贪婪的目的罢了。我又怎么能服你？”问答之间，术士四面寻找招来的神将，已不见了。他无可奈何，只好瞪着眼睛喊道：“今天不和你争，明天我就请雷神来。”

第二天，举人的妻子还想催他设坛镇治，术士却已经在夜里逃走了。看起来术士依仗的法术虽然光明正大，却是因为接受贿赂才施行法术，所以狐精不怕，神将也不满。相传明代末年刘宗周先生做左都御史时，在都察院题了　副对联：“无欲常使心似水，有言自觉气如霜。”真可谓说到根本上了。（姑妄听之四）

刘拟山家失金钏，掠问小女奴，具承卖与打鼓者（京师无赖游民，多妇女在家倚门，其夫白昼避出，担二荆筐，操短柄小鼓击之，收买杂物，谓之打鼓。凡僮婢幼孩窃出之物，多以贱价取之。盖虽不为盗，实盗之羽翼。然赃物细碎，所值不多，又踪迹诡秘，无可究诘，故王法亦不能禁也）。又掠问打鼓者衣服形状，求之不获。仍复掠问，忽承尘上微嗽曰：“我居君家四十年，不肯一露形声，故不知有我。今则实不能忍矣。此钏非夫人检点杂物，误置漆奁中耶？”如言求之，果不谬，然小女奴已无完肤矣。拟山终身愧悔，恒自道之曰："时时不免有此事，安能处处有此狐！"故仕宦二十余载，鞫狱未尝以刑求。

【译文】 刘拟山家丢了金手镯，拷问小女奴，小女奴承认卖给了打着鼓收破烂的（京城中的无业游民，女人在家倚门卖笑招揽嫖客，男人白天回避，就挑着一对柳条筐，拿着一只短柄的小鼓敲打，收买杂物废品，称为"打鼓"。凡是仆人或小孩偷出的东西，打鼓人往往用很低的价钱买去。他们虽然不直接偷盗，实际上是盗贼的同伙。然而收买的赃物很零碎，值不了几个钱，行踪又很隐秘不为人知，根本无法追查，所以国法也禁不了）。又拷问收破烂的衣着长相，找来找去没有收获。于是又拷打小女奴，忽然听见天棚上轻声咳了两声说："我住在先生家四十年，从来不愿露出身形声音，所以你不知道有我。今天我实在忍不住了。这个金手镯不是夫人检点杂物时，错放到漆妆盒里了么？"按照所说的去找，果然不差，而小女奴已经被打得体无完肤了。刘拟山为此终生惭愧后悔，他总是说："时时难免有这种事，怎么可能处处有这样的狐狸？"所以他为官二十多年，审案时从未用刑讯逼供。（姑妄听之四）

门人伊比部秉绶言：有书生赴京应试，寓西河沿旅舍中。壁悬仕女一轴，风恣艳逸，意态如生。每独坐，辄注视凝思，客至或不觉。一夕，忽翩然自画下，宛一好女子也。书生虽知为魅，而结念既久，意不自持，遂相与笑语嬿婉。比下第南归，竟买此画去。至家悬之书斋，寂无响灵，然真真[1]之唤弗辍也。三四月后，忽又翩然下。与话旧事，不甚答。亦不暇致诘，但相悲喜。自此狎媟无间，遂患羸疾。其父召茅山道士劾治。道士熟视壁上，曰："画无妖气，为祟者非此也。"结坛作法。次日，有一狐殪坛下。知先有邪心，以邪召邪，狐故得而假借。其京师之所遇，当亦别一狐也。

**【注释】** ①真真：唐杜荀鹤《松窗杂记》："唐进士赵颜于画工处得一软障，图一妇人甚丽，颜谓画工曰：'世无其人也，如可令生，余愿纳为妻。'画工曰：'余神画也，此亦有名，曰真真，呼其名百日，昼夜不歇，即必应之，应则以百家彩灰酒灌之，必活。'颜如其言，遂呼之百日……果活，步下言笑如常。"后用"真真"泛指美人。

**【译文】** 我的门人刑部郎中伊秉绶说：有个书生进京应试，住在西河沿的一家旅馆。房间墙壁上挂着一幅仕女图轴，风姿潇洒，姿色艳丽，栩栩如生。每当独坐时，书生都凝视画面陷入沉思，客人来了他都察觉不到。一天夜里，画中女子翩然而下，真是一个美女。书生虽然明知她是鬼魅，因为念念不忘，无法把持，就与她谈笑亲热。科考落第南下回乡，他竟然买下这幅画带走了。到家就把画挂到了书房里，却始终没有动静，但是他像赵颜呼唤真真一样一直没有中断。三四个月后，那个画中女子忽然又翩然而下。书生跟她谈论往事叙旧情，她却不怎么答话。书生来不及追问原因，只顾诉说悲喜之情。从此，二人厮混无度，书生的身体越来越虚弱。书生的父亲请茅山道士来劾治妖魅，道士反复观看壁上的画幅，说："画并没有妖气，作祟的不是这幅画。"道士登坛作法。第二天，人们发现有一只狐狸死在坛下。可见是书生先存有邪念，邪心召来了妖邪，狐魅才能假借画中人作怪。他在京城见的那个女子，应该是另外一只狐狸幻化的。(滦阳续录一)

疡医殷赞庵，自深州病家归，主人遣杨姓仆送之。杨素暴戾，众名之曰横（去声）虎，沿途寻衅，无一日不与人竞也。一日，昏夜至一村，旅舍皆满，乃投一寺。僧曰："惟佛殿后空屋三楹。然有物为祟，不敢欺也。"杨怒曰："何物敢祟杨横虎！正欲寻之耳。"促僧扫榻，共赞庵寝。赞庵心怯，近壁眠；横虎卧于外，明烛以待。人定后，果有声呜呜自外入，乃一丽妇也。渐逼近榻，杨突起拥抱之，即与接唇狎戏。妇忽现缢鬼形，恶状可畏。赞庵战栗，齿相击。杨徐笑曰："汝貌虽可憎，下当不异人，且一行乐耳。"左手揽其背、右手遽褪其裤，将按置榻上，鬼大号逃去，杨追呼之，竟不返矣。遂安寝至晓。临行，语寺僧曰："此屋大有佳处，吾某日还，当再宿，勿留他客也。"赞庵尝以语沧州王友三曰："世乃有逼奸缢鬼者，横虎之名，定非虚得。"

【译文】 专门诊疗痈疽的医生殷赞庵，从深州病人家回来，主人派了个姓杨的仆人护送他。杨一向凶暴残忍，众人都叫他横（读去声）虎，一路上惹事生非，没有一天不与别人争吵。有一天，天黑才到了一个村庄，旅舍已经客满，他们就投奔一座寺庙。庙里的和尚说："只有佛殿后面有三间空屋。但是有怪物作怪害人，我不敢隐瞒。"杨横虎发怒道："什么怪物敢危害我杨横虎！我正想找它呢。"催促和尚打扫整理好床铺，就和殷赞庵睡下了。殷赞庵心里害怕，靠近墙壁睡下。杨横虎睡在外侧，点亮蜡烛等待怪物。半夜里人们都睡了，果然有呜呜的声音从门外进来，是一个漂亮女人。她慢慢靠近床榻，杨横虎突然跳起来抱住她，就亲嘴调戏。女人忽然现出吊死鬼的原形，样子可怕极了。殷赞庵浑身发抖，牙齿直打架，杨横虎优哉游哉笑着说："你的相貌虽然讨厌，下身应当跟人没什么差别，暂且行乐一下。"左手揽住她的背，右手就去脱她的裤子，将她按倒在床上。鬼大叫着逃走，杨横虎追出去喊她回来，她再也没有来。于是他们就安睡到天亮。临走时，杨横虎对和尚说："这间屋大有好处，我某天回来，还要住这间屋，不要留宿别的客人。"殷赞庵曾将这件事告诉沧州王友三说："世上居然有逼奸吊死鬼的人，横虎的名字，决不是凭空得来的。"（滦阳续录二）

吴青纡前辈言：横街一宅，旧云有祟，居者多不安。宅主病之，延僧作佛事。

入夜放焰口时，忽二女鬼现灯下，向僧作礼曰："师等皆饮酒食肉，诵经礼忏殊无益；即焰口施食，亦皆虚抛米谷，无佛法点化，鬼弗能得。烦师传语主人，别延道德高者为之，则幸得超生矣。”僧怖且愧，不觉失足落座下，不终事，灭烛去。后先师程文恭公居之，别延僧禅诵，音响遂绝。此宅文恭公殁后，今归沧州李臬使随轩。

**【译文】** 前辈吴青纡说，横街有一所宅院，以前说闹鬼，住在里面的大多不得安宁。主人很担忧，请来和尚做佛事超度鬼魂。

夜里放焰口时，忽然灯下出现两个女鬼，向和尚行礼道：“师傅们都是酒肉之徒，念经忏悔根本没有什么用处；即使放焰口布施食物，也不过是浪费粮食，没有佛法点化，布施的食物鬼也享用不到。烦请师傅转告主人，另请道德高尚的来做佛事，我们才有幸得到超生。”和尚又惭愧又害怕，有人还跌下了座位，佛事还没做完，就熄灭烛火悄悄溜走了。后来，先师程文恭先生住进了这所宅院，另请了一拨和尚念经，鬼魂作祟的事情从此绝迹了。程文恭先生去世后，这所宅院现在归沧州李随轩按察使所有。（滦阳续录三）

董天士先生，前明高士，以画自给，一介不妄取，先高祖厚斋公老友也。厚斋公多与唱和，今载于《花王阁剩稿》者，尚可想见其为人。故老或言其有狐妾，或曰天士孤僻，必无之。

伯祖湛元公曰：“是有之，而别有说也。吾闻诸董空如曰：天士居老屋两楹，终身不娶；亦无仆婢，井臼皆自操。一日晨兴，见衣履之当著者，皆整顿置手下；再视则盥漱俱已陈。天士曰：‘是必有异，其妖将媚我乎？’窗外小语应曰：‘非敢媚公，欲有求于公。难于自献，故作是以待公问也。’天士素有胆，命之入。入辄跪拜，则娟静好女也。问其名，曰：‘温玉。’问何求，曰：‘狐所畏者五：曰凶暴，避其盛气也；曰术士，避其劾治也；曰神灵，避其稽察也；曰有福，避其旺运也；曰有德，避其正气也。然凶暴不恒有，亦究自败。术士与神灵，吾不为非，皆无如我何。有福者运衰亦复玩之。惟有德者则畏而且敬。得自附于有德者，则族党以为荣，其品格即高出侪类上。公虽贫贱，而非义弗取，非礼弗为。倘准奔则为妾之礼，许侍巾栉，三生之幸也；如不见纳，则乞假以虚名，为画一扇，题曰某年月日为姬人温玉作，亦叨明公之末光矣。’即出精扇置几上，濡墨调色，拱以立俟。天士笑从之。女自取天士小印印扇上，曰：“此姬人事，不敢劳公也。’再拜而去。次日晨兴，觉足下有物，视之，则温玉。笑而起曰：‘诚不敢以贱体玷公，然非共榻一宵，非亲执媵御之役，则姬人字终为假托。’遂捧衣履侍洗漱讫，再拜曰：“妾从此逝矣。’瞥然不见，遂不再来。岂明季山人声价最重，此狐女亦移于风气乎？然襟怀散朗，有王夫人林下风[①]，宜天士之不拒也。”

【注释】　①王夫人林下风：指东晋谢道韫。谢道韫，东晋才女，嫁给王羲之的儿子、会稽内史王凝之。南朝宋人刘义庆《世说新语·贤媛》：“王夫人神情散朗，故有林下风气。”后明代文学家徐渭《跋书卷一》称：“谢道韫，虽是夫人，却有林下风韵，是谓秀中现雅。”之后，“林下风”即用来称颂妇女闲雅飘逸的风采。

【译文】　董天士先生，是明代的高士，超凡脱俗，以画画为生，来路不正的钱一文不取。他是先高祖厚斋公的老朋友，厚斋公常与他以诗唱和，从如今载于《花王阁剩稿》中的诗作里，还能想象出他的为人。老人们有的说他可能有个狐妾，也有人说他性情孤僻，一定没有。

我的伯祖湛元公说：“是有这么回事，但说法不一样。我听董空如说：天士住在两间老屋里，终身不娶；也没有仆人婢女侍奉，打水舂米都是亲自做。一天早上起来，看见所有要穿戴的衣服鞋子，都整整齐齐放在手够得着的地方；再一看，连梳洗用具都摆好了。董天士说：‘这必定有怪，难道是妖物想来媚惑我么？’窗外小声应道：‘我不敢媚惑你，是有求于你。因为难以主动献身，所以做了这些事等着先生来问。’董天士本来胆大，叫她进来。她进来就跪拜，原来是个娟秀娴静的女子。问她叫什么，答：‘温玉。’问她有什么要求，她说：‘狐狸畏惧五种人：一是凶暴的人，躲避他的盛气；二是术士，躲避他的镇治；三是神灵，躲避他的稽察；四是有福的人，躲避他的旺运；五是有德行的人，躲避他的正气。不过凶暴的人不常有，而且这种人也往往自取败亡；术士和神灵，我不做坏事，他们也不能把我怎样；有福的人运气衰竭，也就玩玩他们而已；唯独对有德行的人，我们怕他而且敬重他。如果哪个能够依附于有德行的人，那么本族同党都会引以为荣，它的品位也就高出于同类之上。先生虽然贫贱，不义之财分文不取，违礼的事一点不做。假如允许我私奔到您这里作为一个妾向您行礼，允许我侍奉您，就是我三生有幸了。如果您不接纳我，那么请求借这个虚名，替我画一个扇面，题上某年某月某日为侍姬温玉作，那么也能沾先生一点点光。’随即拿出一把精致的扇子放在几案上，研了墨调好色，恭恭敬敬站在一旁等着。董天士笑着答应了。温玉自己拿来董天士的小印盖在扇子上，说：‘这是侍姬的事，不敢有劳先生。’又拜了两拜离去了。第二天早上，董天士醒来，觉得脚下有什么东西，一看，却是温玉。她笑着起来说：‘我实在不敢以我的贱体玷污您，但是如果不在一张床上睡一夜，不是真的做一回侍姬应该做的事，那么侍姬这个名字终究是虚的。’接着她捧来衣服伺候董天士穿衣梳洗完毕，之后又拜了两拜道：‘妾从此走了。’眨眼间就不见了，后来也没有再来过。明代遗民隐居者声价最高，莫非这个狐女也受到这种风气的影响吗？然而，她的胸怀爽朗、洒脱，颇有王夫人谢道韫的闲雅、超逸风度，怪不得董天士没有拒绝她。”（滦阳续录三）

门人吴钟侨，尝作《如愿小传》，寓言滑稽，以文为戏也。后作蜀中一令，值金川之役，以监运火药殁于路。诗文皆散佚，惟此篇偶得于故纸中，附录于此。

其词曰：如愿者，水府之女神，昔彭泽请洪君以赠庐陵欧明者是也。以事事能给人之求，故有是名。水府在在皆有之，其遇与不遇，则系人之禄命耳。有四人同访道，涉历江海，遇龙神召之，曰："鉴汝等精进，今各赐如愿一。"即有四女子随行。其一人求无不获，意极适，不数月病且死，女子曰："今世之所享，皆前生之所积；君夙生所积，今数月销尽矣。请归报命。"是人果不起。又一人求无不获，意犹未已。至冬月，求鲜荔巨如瓜者。女子曰："溪壑可盈，是不可餍，非神道所能给。"亦辞去。又一人所求有获有不获，以咎女子。女子曰："神道之力，亦有差等，吾有能致不能致也。然日中必昃[①]，月盈必亏。有所不足，正君之福，不见彼先逝者乎？"是人惕然，女子遂随之不去。又一人虽得如愿，未尝有求。如愿时为自致之，亦蹙然不自安。女子曰："君道高矣，君福厚矣，天地鉴之，鬼神佑之。无求之获，十倍有求，可无待乎我；我惟阴左右之而已矣。"他日相遇，各道其事，或喜或怅。曰："惜哉！逝者之不闻也。"

此钟侨弄笔狡狯之文，偶一为之，以资惩劝，亦无所不可；如累牍连篇，动成卷帙，则非著书之体矣。

【注释】 ①昃（zè）：太阳偏西。

【译文】 我的门生吴钟侨，曾经写过《如愿小传》，寓深意于滑稽之中，是一篇游戏文字。后来，他做四川一个县令，正值金川之战，因为监运火药死在路上。他的诗文都已经散佚，只有这一篇偶然从故纸堆中翻出，附录在此。

《如愿小传》这样写道：如愿，是水府的女神，以前彭泽湖湖神青洪君赠送庐陵欧明的就是她。因为她事事都能满足别人的请求，所以有"如愿"这个名称。处处都有水府，能否遇上水神，却是由各人的福禄和命运决定的。有四个人一起访道，遍游江海，到处寻觅，遇到龙神召见。龙神说："鉴于你们精神至诚而有上进心，我现在赐给你们每人一个如愿。"就有四位女子出来跟随他们。其中一人任何请求都获得满足，过得极其适意，没过几个月就得病濒死，女子说："今世的享受，都是前生的积德。你前生的积攒，这几个月已经消耗完了。请让我回去复命吧。"这个人果然去世了。又有一人的请求没有不实现的，却还觉得不满足。到了冬天，他请求弄来像瓜那么大的鲜荔枝。女子说："溪壑可以填满，这个要求却不能满足，这不是神道所能供给的。"她也离开了。另有一个人的请求，有实现的，也有未能实现的，他因此责怪女子。女子说："神道的能力，也有差别，我有能做到和不能做到的事。然而，太阳当空必定要西斜，月亮圆满必定要亏缺。有不能满足的事，正是你的福分。你没有看到那个已经去世的人吗？"这个人警惕起来，女子就跟随他而不离去。还有一个人虽然得到如愿，却从不曾有什么请求。如愿有时主动替他做点事，他也皱着眉头表示不安。女子说："你的道德高尚，福泽深厚，天地明鉴你，鬼神保佑你。没有请求的获取，比有请求的获取高十倍。你可以无须我的帮助，我只在暗地里帮助你而已。"此后，四位如愿相遇，各人说出自己的经历，有的欢喜有的感叹。她们说："可惜啊，去世的人已听不到这些了！"

这是吴钟侨弄笔游戏之文，偶尔为之，用来帮着劝世，也没有什么不可以的，如果写起来累牍连篇，成本成卷地写，就不是著书应有的体裁了。(滦阳续录四)

张助教潜亭言：昔与一友同北上，夜宿逆旅。闻綷䌨[①]有声，或在窗外，或在室之外间。初以为虫鼠，不甚讶。后微闻叹息，乃始栗然，侦之则无睹也。至红花埠，偶忘收笔砚，夜分闻有阁笔声。次早，几上有字迹，阴黯惨淡，似有似无。谛审，乃一诗，其词曰："上巳好莺花，寒食多风雨。十年汝忆吾，千里吾随汝。相见不得亲，悄立自凄楚。野水青茫茫，此别终万古。"

似香魂怨抑之语。然潜亭自忆无此人，友自忆亦无此人，不知其何以来也。程鱼门曰：“君肯诵是诗，定无是事。恐贵友讳言之耳。”众以为然。

【注释】 ① 綷（cuì）縩（cài）：衣服摩擦的声音。

【译文】 学官张潜亭助教说：过去和一个朋友一起北上，夜里宿在旅舍里。听到有细碎的声响，有时在窗外，有时在房间的外室。开始以为是虫子老鼠，也没在意。后来隐隐约约听到叹息声，这才害怕起来，暗中查看，又什么也没有。到红花埠，一时忘记收拾笔砚，半夜听见有放笔的声音。第二天早上一看，茶几上有字，笔迹阴暗惨淡，似有似无。仔细辨认，却是一首诗，写道：“上巳好莺花，寒食多风雨。十年汝忆吾，千里吾随汝。相见不得亲，悄立自凄楚。野水青茫茫，此别终万古。”好像是女子鬼魂怨恨忧郁的语气。不过张潜亭回忆并不认识这么个女子；他的朋友也想不起这个女子是谁。不知她为什么跟了这两个人来。程鱼门说：“你肯给我们读这首诗，肯定没有什么事。你的朋友恐怕没有说真话。”大家认为有理。(滦阳续录六)

古人祠宇，俎豆一方，使后人挹想风规，生其效法，是即维风励俗之教也。其间精灵常在，肸蚃[①]如闻者，所在多有；依托假借，凭以猎取血食者，间亦有之。相传有士人宿陈留一村中，因溽暑散步野外。黄昏后，冥色苍茫，忽遇一人相揖。俱坐老树之下，叩其乡里名姓。其人云：“君勿相惊，仆即蔡中郎也。祠墓虽存，享祀多缺；又生叨士流，殁不欲求食于俗辈。以君气类，故敢布下忱。明日，赐一野祭可乎？”士人故雅量，亦不恐怖，因询以汉末事，依违酬答，多罗贯中《三国演义》中语，已窃疑之；及询其生平始末，则所述事迹与高则诚《琵琶记》纤悉曲折，一一皆同。因笑语之曰：“资斧匮乏，实无以享君，君宜别求有力者。

惟一语嘱君：自今以往，似宜求《后汉书》《三国志》、中郎文集稍稍一观，于求食之道更近耳。”其人面赪彻耳，跃起现鬼形去。是影射敛财之术，鬼亦能之矣。

【注释】 ①肸（xī）蚃（xiǎng）：散布，弥漫；引申为连绵不绝。

【译文】 古人的祠堂庙宇，享受一方祭祀，使后人遥想他们的风范榜样，萌生效法的愿望，这也起到了维持风化的作用。这里有许多古人精灵常在，极为灵验，往往是这样的；冒名假托，用来骗取祭祀，往往也是有的。相传有个书生住在陈留的一个村子里，因为天气闷热在野外散步。黄昏之后，暮色苍茫，忽然遇到一个人作揖搭话。书生和这个人坐在老树下面，问起他的籍贯姓名。这个人说：“你不要怕，我就是蔡邕蔡中郎。我的祠堂坟墓虽然还在，但不大有人祭祀了；而我生前是个读书人，死后还不愿意向那些世俗之辈求祭。因为和你趣味相投，所以来说说我的心情。明天在这里祭奠我一次行么?”士子一向度量宽宏，也不害怕，随便问起汉代末年的事。但这个人回答得模棱两可，大多是罗贯中《三国演义》中的内容，书生已经暗暗生疑；再问蔡邕的生平，这个人详细叙述的，与高则诚《琵琶记》的情节一一相合。于是书生笑道：“我不大富裕，实在无力祭奠你，你应该去求别的有能力祭奠的人。我只有一句话嘱咐先生：从今以后，似乎应该找《后汉书》《三国志》和蔡中郎文集来翻翻，这样你求祭，就更像一些了。”这个人的脸一下红到了耳根，跳起来现了鬼的原形跑了。这个故事是在影射某些人骗取财物，其实鬼也会这种骗术。（滦阳续录六）

# 无所不在的鬼神灵异

# 题　记

鬼神信仰一直深深植根于古代中国百姓之中，而纪昀尽管有所质疑有所摇摆，但是在《阅微草堂笔记》中还是透露了他对鬼神的虔敬态度和一再的内心自证。他不仅相信鬼神的存在，而且以大量的篇幅，用故事的形式试图巩固读者的鬼神信仰、灵魂信仰，屡屡宣扬鬼神出人意料的非凡功力。纪昀与大众的认识取齐，强调鬼神无所不在，强调鬼神对人类道德行为的监察作用和治理作用。也许，纪昀并不是有志于宣扬鬼神信仰，而是借此宣扬伦理道德，通过鬼神在人们心目中浓重的投影而谨言慎行，加强自律。

屠者许方，尝担酒二罂夜行，倦息大树下。月明如昼，远远呜呜声，一鬼自丛薄[①]中出，形状可怖。乃避入树后，持担以自卫。鬼至罂前，跃舞大喜，遽开饮，尽一罂，尚欲开其第二罂，缄[②]甫半启，已颓然倒矣。许恨甚，目视之似无他技，突举担击之，如中虚空。因连与痛击，渐纵驰委地，化浓烟一聚。恐其变幻，更棰百余。其烟平铺地面，渐散渐开，痕如淡墨，如轻縠[③]，渐愈散愈薄，以至于无。盖已澌[④]灭矣。

余谓鬼，人之余气也。气以渐而消，故《左传》称新鬼大，故鬼小。世有见鬼者，而不闻见羲、轩以上鬼，消已尽也。酒，散气者也。故医家行血发汗、开郁驱寒之药，皆治以酒。此鬼以仅存之气，而散以满罂之酒，盛阳鼓荡，蒸铄微阴，其消尽也固宜。是澌灭于醉，非澌灭于棰也。闻是事时，有戒酒者曰："鬼善幻，以酒之故，至卧而受棰。鬼本人所畏，以酒之故，反为人所困。沉湎者念哉！"有耽酒者曰："鬼虽无形而有知，犹未免乎喜怒哀乐之心。今冥然醉卧，消归乌有，反其真矣。酒中之趣，莫深于是。佛氏以涅槃[⑤]为极乐，营营者恶乎知之！庄子所谓'此亦一是非，彼亦一是非'欤？

【注释】 ①丛薄：茂密的草丛或丛生的草木。②缄（jiān）：封，闭。③轻縠（hú）：轻细的绸。④澌（sī）：尽。⑤涅槃：佛教用语，指一种从痛苦中解脱出来的状态。

【译文】 屠夫许方，有一次挑着两坛子酒夜间赶路，走累了就在大树底下歇脚。这时月光亮得像白天一样，听到远处有呜呜的声音。一个鬼从草丛中出来，相貌极其可怕。许方于是躲在树后，手持扁担准备自卫。鬼来到酒坛子前，高兴得手舞足蹈，打开盖子就喝起酒来。喝完了一坛子，还要开另一个坛子。刚开到一半，鬼便颓然倒在地上。许方恨极了，看了看鬼，好像没有别的什么能耐，就突然用扁担猛打，感觉好像打在虚空一样。他连连痛打，鬼渐渐懈怠委顿在地上，化作一团浓烟。许方怕鬼变幻，又重重打了一百多下。浓烟平铺在地面上，渐渐散开，淡如墨迹，又像轻纱，渐渐地越散越薄，终于不见了，大概这个鬼就这样消亡了。

我认为鬼，是人剩余的气息，气息会一点一点地消散，所以《左传》中说新鬼大，旧鬼小。世上有能见到的鬼，但没有听说谁见过远古伏羲、黄帝以前的鬼，那就是因为已经消散尽了。酒是散气的，所以医家活血、发汗、散郁结、驱寒气的药，都用酒来配。这个鬼仅存那么点点气息，却用满坛子的酒来发散，炽盛的阳气振动鼓荡，蒸发熔化了微弱的阴气，那么他消散也是势所必然。他是被酒消灭的，而不是被扁担打得消散的。听到这件事，有个戒了酒的人说："鬼善于变幻，因为喝酒醉倒了挨打。本来是人害怕鬼，因为酒的缘故，反而被人治住了。沉湎于酒而不醒悟的人应该记住这事。"有个沉湎于酒的人说："鬼虽然没有形体，但也有感知，还没散尽喜怒哀乐的情绪。如今他昏昏然地醉卧，消失不见了，这才是消失于虚无，返回到了它的本原了。酒的意趣，没有比这更深远的了。佛家以涅槃为极乐境界，那些为生计而忙忙碌碌的人是体会不到的。"这就是《庄子》中所说的这里有它的对错，那里也有它的对错，各有各的是非标准吧？（滦阳消夏录二）

景州戈太守桐园，官朔平时，有幕客夜中睡醒，明月满窗，见一女子在几侧坐。大怖，呼家奴。女子摇手曰："吾居此久矣，君不见耳。今偶避不及，何惊骇乃尔？"幕客呼益急。女子哂曰："果欲祸君，奴岂能救？"拂衣遽起，如微风之振窗纸，穿棂而逝。

【译文】 景州戈桐园太守，在朔平做官时，有个师爷夜里醒来，这时满窗照进明亮的月光，看见一个女子坐在小桌旁坐着，吓坏了，呼喊家奴。女子摇手说："我住在这里很久了，你没有见到罢了。今天偶然来不及回避，何必吓成这样？"师爷喊得更急了。女子嘲笑道："果真要想害你，奴仆救得了么？"说完一抖衣服站了起来，就像微风吹动窗纸，穿过窗棂就不见了。(滦阳消夏录二)

王半仙尝访其狐友，狐迎笑曰："君昨夜梦至范住家，欢娱乃尔。"范住者，邑之名妓也。王回忆实有是梦，问何以知。曰："人秉阳气以生，阳亲上，气恒发越于顶。睡则神聚于心，灵光与阳气相映，如镜取影。梦生于心，其影皆现于阳气中，往来生灭，倏忽变形一二寸小人，如画图，如戏剧，如虫之蠕动。即不可告人之事，亦百态毕露，鬼神皆得而见之，狐之通灵者亦得见之，但不闻其语耳。昨偶过君家，是以见君之梦。"又曰："心之善恶，亦现于阳气中。生一善念，则气中一线如烈焰；生一恶心，则气中一线如浓烟。浓烟幂首，尚有一线之光，是畜生道中人；并一线之光而无之，是泥犁狱中人矣。"王问："恶人浓烟幂首，其梦影何由复见？"曰："人心本善，恶念蔽之。睡时一念不生，则此心还其本体，阳气仍自光明。即其初醒时，念尚未起，光明亦尚在。念渐起，则渐昏。念全起，则全昏矣。君不读书，试向秀才问之，孟子所谓夜气，即此是也。"王悚然曰："鬼神鉴察，乃及于梦寐之中。"

【译文】 王半仙曾经拜访他的狐精朋友，狐友迎着他笑道："你昨夜做梦到了范住家，快活成那样。"范住，是镇上的名妓。王半仙想了想确实做过这样的梦。问狐友怎么会知道，狐友说："人秉承阳气而生，阳气惯于往上升，阳气升腾就常冒出头顶。睡着的时候精神凝聚，灵光与阳气互相映照，就像照镜子一样显出影相。梦因心意而生，影相就在阳气中显示出来了，来来往往生生灭灭，都能倏忽变成一二寸高的缩微形象，像图画，像演戏，像虫在蠕动一样。即使是不可告人的心底秘事，也会百态毕露，鬼神都能看得清清楚楚，狐精中通灵性的也能看得见，只是听不到缩微的人物说话声音而已。昨晚偶然路过先生家，恰好观赏了先生的美梦。"狐友又说："心中的善恶，也反映在阳气里。产生一个善念，阳气中射出一线烈焰；产生一个恶念，阳气中喷出一缕浓烟。浓烟罩头，顶端如果还有一丝光亮，表明此人是畜生道中的人；若连一丝光亮也没有，表明此人是地狱里的人。"王半仙问："恶人浓烟罩头，梦影还怎么能够出现呢？"狐友说："人心本来是善良的，被恶念所遮蔽。熟睡时什么念头都不生发，良心还其本来面貌，阳气仍然是光明的。就是恶人刚睡醒时，恶念还没产生出来，光亮也还存在。恶念渐渐产生，阳气就渐渐昏暗，恶念全部活跃起来，阳气就全部昏暗了。先生不读书不知这个道理，不妨去问问秀才，孟子所说的夜气，就是指的阳气。"王半仙惊恐地说："鬼神的鉴察，竟然能管到人的睡梦里边。"（滦阳消夏录三）



德郎中亨，夏日散步乌鲁木齐城外，因至秀野亭纳凉。坐稍久，忽闻大声语曰："君可归，吾将宴客。"狼狈奔回，告余曰："吾其将死乎？乃白昼见鬼。"余曰："无故见鬼，自非佳事。若到鬼窟见鬼，犹到人家见人尔，何足怪焉？"盖亭在城西深林，万木参天，仰不见日，旅榇[1]之浮厝者，罪人之伏法者，皆在是地，往往能为变怪云。

【注释】 ①榇（chèn）：棺材。

【译文】 郎中德亨，夏天在乌鲁木齐城外散步，趁便到秀野亭乘凉。坐的时间稍微长了点，忽然听到大声说话道："先生可以回去了，我要宴请客人。"德亨狼狈地奔了回来，告诉我说："我将要死了吗？怎么大白天见鬼。”我说：“无缘无故见到鬼，自然不是好事。如果到了鬼聚集的地方见到鬼，就像到了人家见到人罢了，有什么好奇怪的呢？”大概是秀野亭在城西幽深的树林里，万木高耸于天空，抬头看不见太阳，客居他乡人的棺木暂时停放等待归葬的，罪人被依法处死的，都在这个地方，所以往往能出现怪异现象。(滦阳消夏录四)

边随园征君言：有入冥者，见一老儒立庑下，意甚惶遽。一冥吏似是其故人，揖与寒温毕，拱手对之笑曰：“先生平日持无鬼论，不知先生今日果是何物？”诸鬼皆粲然。老儒蝟缩而已。

**【译文】** 随园先生边征说：有个走无常的到了阴间，看见一位老儒生立在廊庑下，神情非常惊恐慌张。一个冥间小吏好像是他的老相识，向他作揖寒暄，拱手对他笑着说：“先生平日坚持无鬼论，不知先生今天该算是什么？”群鬼听了都笑。老儒生蜷缩在一边，什么都说不出来。（滦阳消夏录四)

里妇新寡，狂且赂邻媪挑之。夜入其闼[①]，阖扉将寝，忽灯光绿黯，缩小如豆，俄爆然一声，红焰四射，圆如二尺许，大如镜，中现人面，乃其故夫也。男女并嗷然仆榻下。家人惊视，其事遂败。或疑嫠妇堕节者众，何以此鬼独有灵？余谓鬼有强弱，人有盛衰。此本强鬼，又值二人之衰，故能为厉耳。其他茹恨黄泉，冤缠数世者，不知凡几，非竟神随形灭也。或又疑妖物所凭，作此变怪，是或有之。然妖不自兴，因人而兴。亦幽魂怨毒之气，阴阳感召，邪魅乃乘而假借之。不然，陶婴[②]之室，何未闻黎邱[③]之鬼哉？

【注释】 ①闼（tà）：小门，这里指内室的门。②陶婴：春秋时期鲁国陶门的女儿，汉代刘向《列女传·鲁寡陶婴》记载：陶婴年轻守寡作歌明志表示自己不愿再嫁，后代以陶婴为妇女贞节的典型。③黎邱：《吕氏春秋·疑似》记载，魏国有个叫黎邱的村子，有个奇怪的鬼，喜欢装扮别人的儿子、侄子、兄弟的样子。

【译文】 村里一个女人刚死了丈夫，一个轻佻的家伙贿赂邻居老太太牵线挑逗，夜里进了寡妇的卧房，关上门要睡觉时，忽然灯光变得暗绿，灯焰缩得像豆子那么小，不一会儿一声爆响，红色的火焰四射，圆圆的有直径二尺左右的镜子那么大，里面映出一张人脸，竟然是寡妇的亡夫。这两个男女一声嚎叫，昏倒在床下。家人闻声吃惊地查看，结果奸情败露。有人说，寡妇失节的不少，为什么只是这个鬼有灵？我认为鬼有强弱，人有盛衰。寡妇的亡夫本来就是刚强的鬼，又赶上这两个人神气不足，所以鬼就能作怪。其他的鬼饮恨于地下，几世也翻不了身的，不知有多少；不能认为他们的灵魂就随着形体一起消失了。又有人怀疑是妖物假托亡夫作怪，这种事倒也不是没有。不过妖物不会自己无端作怪，它是因人而作怪。也许是在幽魂怨毒之气的感召之下，妖物乘机假托作怪。不然的话，在贞节的鲁国陶婴房里，怎么没听说有黎邱的鬼呢？（滦阳消夏录五）

肃宁老儒王德安，康熙丙戌[①]进士也，先姚安公从受业焉。尝夏日过友人家，爱其园亭轩爽，欲下榻于是。友人以夜有鬼物辞。王因举所见一事曰："江南岑生，尝借宿沧州张蝶庄家。壁张钟馗像，其高如人。前复陈一自鸣钟。岑沉醉就寝，皆未及见。夜半酒醒，月明如昼，闻机轮格格，已诧甚，忽见画像，以为奇鬼，取案上之端砚仰击之。大声砰然，震动户牖。僮仆排闼入视，则墨瀋[②]淋漓，头面俱黑；画前钟及玉瓶磁鼎，已碎裂矣。闻者无不绝倒。然则动云见鬼，皆人自胆怯耳，鬼究在何处耶？”语甫脱口，墙隅忽应声曰：“鬼即在此，夜当拜谒，幸勿以砚见击。”王默然竟出。后尝举以告门人曰：“鬼无白昼对语理，此必狐也。吾德恐不足胜妖，是以避之。”盖终持无鬼之论也。

【注释】 ①康熙丙戌：康熙四十五年（1706）。②渖（shěn）：汁。古同“瀋”。

【译文】 肃宁的老儒生王德安，是康熙丙戌年的进士，先父姚安公曾经跟随他读书学习。一年夏天，他到朋友家做客，喜欢园中的亭子宽敞凉爽，就想夜里在这儿睡觉。朋友说这儿闹鬼，不让他睡在亭子里。于是王德安说了亲眼见到的一件事：“江南的岑某，曾经在沧州的张蝶庄家借宿。屋里墙上挂着钟馗像，有人那么高，像前摆着一架自鸣钟。岑某醉醺醺地躺下就睡着了，没有看见这些。半夜酒醒时，外面月光明亮得像白天。他听见自鸣钟的齿轮声格格响，已经惊讶极了，忽然又看见画像，以为是形怪状的鬼，顺手拿过桌上的端砚，朝上面打去。砰然一声巨响，震动了门窗。僮仆们闯进门来查看，只见岑某身上墨汁淋漓，头脸都是黑的。画像前面的自鸣钟和玉瓶瓷鼎，都已碎裂了。听到这事的人都笑破了肚皮。人们动不动就说有鬼，都是自己吓唬自己。鬼究竟在哪儿呢？”他刚说完，墙角忽然有声音搭腔说：“鬼就在这儿，夜里就来拜访你，希望别用砚台砸我。”王德安一言不发地出来了。后来他把这件事告诉门生，说：“没有鬼在大白天和人对话的道理，这肯定是狐精。我的德行恐怕制不住妖狐，所以避开它。”也就是说，他还是坚持无鬼论。(滦阳消夏录五)





朱青雷言：尝与高西园散步水次[①]，时春冰初泮[②]，净绿瀛溶[③]。高曰：“忆晚唐有‘鱼鳞可怜紫，鸭毛自然碧’句，无一字言春色，而晴波滑笏[④]之状，如在目前。惜不记其姓名矣。”朱沉思未对，闻老柳后有人语曰：“此初唐刘希夷诗，非晚唐也。”趋视无一人。朱悚然曰：“白日见鬼矣。”高微笑曰：“如此鬼，见亦大佳，但恐不肯相见耳。”对树三揖而行。归检刘诗，果有此二语，余偶以告戴东原，东原因言：有两生烛下对谈，争《春秋》周正夏正，往复甚苦。窗外急太息言曰：“左氏周人，不容不知周正朔，二先生何必词费也？”出视窗外，惟一小童方酣睡。观此二事，儒者日谈考证，讲“曰若稽古”，动至十四万言。安知冥冥之中，无在旁揶揄者乎？

【注释】 ①水次：水边。②泮（pàn）：散，解。③瀛溶：水波浮动的样子。④滑笏：水波动荡不定的样子。

【译文】 朱青雷说：他曾经同高西园在水边散步，时值早春，河冰刚刚融解，明净的绿水波纹流动。高西园说：“想起晚唐有‘鱼鳞可怜紫，鸭毛自然碧’的句子，没有一个字说到春水，而晴天的水波动荡不定的样子，好像就在眼前。可惜不记得他的姓名了。”朱青云正在沉思没来得及回答，听见老柳树后面有人说话道：“这是初唐刘希夷的诗，并不是晚唐人所作。”快步赶过去看，并无一人。朱青云惊恐不安地说：“大白天见鬼了。”高西园微笑着说：“像这样的鬼，能见一见太好了，只是恐怕他不肯出来相见罢了。”说完，对着树作了三个揖才离开。回来翻检刘希夷的诗，果然有这两句话。我偶然把这事告诉了戴东原，东原接着这个话头说，有两个书生在灯下对坐着谈论，为《春秋》的历法是周代的还是夏代的争了起来，言来语去，僵持不下。窗外忽然有声音叹息说：“左氏是周时人，不会不知道周代的历法，两位先生何必费那么多话。”到窗外查看，只有一个小僮正在熟睡。从这两件事来看，儒家学者天天谈考证，讲《尚书·尧典》的“话说查到上古”，动不动至于十四万字，怎么知道渺渺茫茫之中，没有人在旁边嘲笑呢？（滦阳消夏录五）

姚安公在滇时，幕友言署中香橼[①]树下，月夜有红裳女子靓妆立，见人则冉冉没土中。众议发视之。姚安公携卮酒浇树下，自祝之曰：“汝见人则隐，是无意于为祟也。又何必屡现汝形，自取暴骨之祸?”自是不复出。又有书斋甚轩敞，久无人居。舅氏安公五章，时相从在滇，偶夏日裸寝其内。梦一人揖而言曰：“与君虽幽明异路，然眷属居此，亦有男女之别。君奈何不以礼自处?”矍[②]然醒，遂不敢再往。姚安公尝曰：“树下之鬼可谕之以理，书斋之魅能以理谕人。此郡僻处万山中，风俗质朴，浑沌未凿[③]，故异类亦淳良如是也。”

【注释】 ①香橼（yuán）：又名枸橼，为芸香科柑橘属植物。②矍（jué）：惊慌的样子。③浑沌未凿：世界尚处于蒙昧状态之中，天地尚未形成。比喻人的本性纯真朴实。混沌，古人想像中的天地形成以前的状态；凿，凿开。

【译文】 姚安公在云南时，师爷说衙署院里的香橼树下，月夜里常见有一个红衣女子，浓妆艳抹地站在那儿，见了人就缓缓地没进土里。大家提议挖开看看。姚安公拿来一壶酒浇到树下，亲自祝祷说：“你见了人就藏起来，说明没打算作怪害人，那又何必屡屡现形，自找暴露尸体之灾祸呢?”从此以后红衣女子不再出来了。还有一间书房极为宽敞，好久空在那儿没有人住。舅舅安五章，跟随姚安公在云南，夏天偶尔光着身子睡在书房里，梦见一个人向他作了个揖说道：“我和你虽然是两个世界的人，但我的眷属在这儿，也有男女之别，你为什么举止轻浮，不守礼节呢?”安五章猛然醒来，再也不敢再住在书房里了。姚安公说：“树下的鬼，可以通过讲道理使它明白事理；书房的鬼，能通过讲道理让人明白事理。这个郡地处偏僻的万山丛中，风俗朴实而不开化，所以鬼怪什么的也都这么淳厚善良。”（滦阳消夏录五）

里人王驴耕于野，倦而枕块以卧。忽见肩舆从西来，仆马甚众，舆中坐者先叔父仪南公也。怪公方卧疾，何以出行。急近前起居。公与语良久，乃向东北去。归而闻公已逝矣。计所见仆马，正符所焚纸器之

数。仆人沈崇贵之妻，亲闻驴言之。后月余，驴亦病卒。知白昼遇鬼，终为衰气矣。

【译文】 村里的王驴在田里耕作，累了便枕着土块躺下来。忽然，他看见一顶轿子从西面来，后面随着的仆从车马很多。轿里面坐着的是他的先叔父仪南公。他惊讶仪南公正卧病在床，怎么出来了？急忙到跟前去问安。仪南公和他说了好一会儿话，才往东北方向去了。王驴回来，听说仪南公已经去世了。他在地里见到仪南公的仆从车马，与烧化的纸人纸马数目正好相符。仆人沈崇贵的妻子，亲耳听到王驴讲了上面的事。一个多月后，王驴也病故了。可知大白天见鬼，终究是因为精气衰竭了。（滦阳消夏录五）



乾隆己未[①]，余与东光李云举、霍养仲同读书生云精舍。一夕偶论鬼神，云举以为有，养仲以为无。正辨诘间，云举之仆卒然曰：“世间原有奇事，倘奴不身经，虽奴亦不信也。尝过城隍祠前丛冢间，失足踏破一棺。夜梦城隍拘去，云有人诉我毁其室。心知是破棺事，与之辨曰：‘汝室自不合当路，非我侵汝。’鬼又辨曰：‘路自上我屋，非我屋故当路也。’城隍微笑顾我曰：‘人人行此路，不能责汝；人人踏之不破，何汝踏破？亦不能竟释汝。当偿之以冥镪[②]。’既而曰：‘鬼不能自葺[③]棺。汝覆以片板，筑土其上可也。’次日如神教，仍焚冥镪，有旋风卷其灰去。一夜复过其地，闻有人呼我坐。心知为曩鬼，疾驰归。其鬼大笑，音磔磔[④]如枭鸟[⑤]。迄今思之，尚毛发悚立也。”养仲谓云举曰：“汝仆助汝，吾一口不胜两口矣。然吾终不能以人所见为我所见。”云举曰：“使君鞫狱，将事事目睹而后信乎？抑以取证众口乎？事事目睹无此理，取证众口，不以人所见为我所见乎？君何以处焉？”相与一笑而罢。

【注释】 ①乾隆己未：乾隆四年（1739）。②镪（qiǎng）：钱串，引申为成串的钱。后多指银子或银锭。③葺（qì）：原指用茅草覆盖房子，后泛指修理房屋。④磔磔（zhé）：鸟叫的声音。⑤枭鸟：一种与猫头鹰相似的鸟。

【译文】 乾隆己未年，我和东光人李云举、霍养仲一起在生云精舍读书。一天晚上，三人偶然谈论起鬼神来。云举认为有，养仲认为没有，正在辩论之时，李云举的仆人忽然说："世间原本有很多奇事，如果我没有亲身经历，我也不会相信。我曾经路过城隍庙前的乱坟间，不小心跌了一跤，踩破了一具棺材。夜里做梦被城隍抓去，说是有人告我毁了他的屋子。我知道是踩破棺材的事，就辩解说：'你的屋子不该在路上，不是我侵犯了你。'鬼争辩说：'是路通到了我的屋子上，不是我故意把屋子建在路当中。'城隍微笑着对我说：'人人都走这条路，这不能责怪你；人人都踩不破，为什么你就踩破了？也不能就这么把你放回去，你应该用阴间通用的钱来赔偿。'之后又说：'鬼不能自己修理棺材。你在上面盖上木板，把土夯实就行了。'第二天，我按城隍的指示办了，之后又焚烧纸钱，一阵旋风把纸钱灰卷走了。又有一天夜里我又路过那儿，听见有人叫我坐一会儿。我知道又是原先那个鬼，就急急跑了回来。那个鬼大笑，笑声磔磔的像是猫头鹰。直到现在想起来，还毛发倒竖。"霍养仲对李云举说："你的仆人帮你，我一张嘴胜不过你们两张嘴。但是我不能把别人见到的当作是我见到的。"李云举说："如果叫你审案，你是事事亲眼见了之后才相信呢，还是从众人的证词中取证呢？事事都亲眼看见，这是不可能的；从众人证词中取证，不就是将别人见到的当成我亲眼见到的么？你还有什么可说的？"大家一笑结束了这个话题。（滦阳消夏录六）

牛公悔庵，尝与五公山人散步城南，因坐树下谈《易》。忽闻背后语曰："二君所论，乃术家《易》，非儒家《易》也。"怪其适自何来。曰："已先坐此，二君未见耳。"问其姓名。曰："江南崔寅。今日宿城外旅

舍，天尚未暮，偶散闷闲行。”山人爱其文雅，因与接膝，究术家儒家之说。

崔曰：“圣人作《易》，言人事也，非言天道也；为众人言也，非为圣人言也。圣人从心不逾矩，本无疑惑，何待于占？惟众人昧于事几，每两歧罔决，故圣人以阴阳之消长，示人事之进退，俾知趋避而已。此儒家之本旨也。顾万物万事，不出阴阳。后人推而广之，各明一义。杨简、王宗传阐发心学，此禅家之《易》，源出王弼者也。陈抟、邵康节推论先天，此道家之易，源出魏伯阳者也。术家之《易》衍于管、郭，源于焦、京，即二君所言是矣。《易》道广大，无所不包，见智见仁，理原一贯。后人忘其本始，反以旁义为正宗。是圣人作《易》，但为一二上智设，非千万世垂教之书，千万人共喻之理矣。经者常也，言常道也；经者径也，言人所共由也。曾是《六经》之首，而诡秘其说，使人不可解乎？”二人喜其词致，谈至月上未已。

诘其行踪，多世外语。二人谢曰：“先生其儒而隐者乎？”崔微哂曰：“果为隐者，方韬光晦迹之不暇，安得知名？果为儒者，方反躬克己之不暇，安得讲学？世所称儒称隐，皆胶胶扰扰者也。吾方恶此而逃之。先生休矣，毋污吾耳。”翻然长啸，木叶乱飞，已失所在矣。方知所见非人也。

**【译文】** 牛悔庵公，曾经同五公山人在城南散步，走累了就坐在树下讨论《易》。忽然听到背后有人说话道：“二位所论，只是方术家的《易》，不是儒家的《易》啊。”两人觉得奇怪他刚才是从哪里来的，回答说：“我已经先坐在这里，二位先生没有看见罢了。”问他的姓名，答：“江南崔寅。今天住宿在城外的旅店里，天还没黑，偶尔闲走走解解闷。”五公山人欣赏他文雅的风度，就和他促膝而谈，推究方术家儒家的说法。

崔寅说："圣人作《易》，是说人事，不是说天道；是为大众而说，不是为圣人而说。圣人处事随心所欲但不会超越法度，本来没有疑惑，为何要依赖占卜来决定呢？只有一般的人不了解行事的时机，遇到矛盾分歧常常犹豫不决，所以圣人用阴阳的消长盛衰，来兆示人事的进退得失，让人们知道趋吉避凶罢了。这是儒家的本义。考察万事万物，都超不出阴阳两端，后人推而广之，各自发展了自己的学说。杨简、王宗传阐发心学，这是佛家的《易》，起源于王弼。陈抟、邵康节推论生来就有的，这是道家的《易》，起源于魏伯阳。方术家的《易》，由管辂、郭璞推论演绎，起源于焦延寿、京房，就是刚才二位所说的了。《易》所涉及的道理范围广阔，无所不包，仁者见仁智者见智，各有各的见解，道理原本是一贯的。后人忘记了它的根本原理，反而以旁生的歧义作为正宗。其实圣人作《易》，只是为一两个上等智慧的人而设，不是流传千代万世用来教育大众的书，并不是要千万人共同理解的道理。所谓"经"就是"常"的意思，说的是常理；"经"也就是"径"，说的是所有人都要沿着走的道路。《易》，曾经是《六经》之首，把它说得神秘莫测，难道就是让人理解不了吗？"牛悔庵公和五公山人欣赏他谈吐雅致，一直谈论到月亮升起来还没有尽兴。

牛悔庵公和五公山人询问崔寅的经历，回答多半是尘世之外的话。两人施礼道："先生难道是隐居的儒士吗？"崔寅微笑说："如果真的是隐士，隐姓埋名掩藏踪迹都来不及，怎么还能让你们知道我的名字？如果真的是儒者，修养自身都来不及，怎么能讲学？世上所谓的儒者隐士，都是些庸庸碌碌乱七八糟的角色。我正就是厌恶这些人而躲避在此，先生别说了，不要脏了我的耳朵。"他忽然劐的一声长啸，树叶乱飞的时候，他已经消失了。两人这才知道这个崔寅不是人。(滦阳消夏录六)

南皮许南金先生，最有胆。在僧寺读书，与一友共榻。夜半，见北壁燃双炬。谛视，乃一人面出壁中，大如箕，双炬其目光也。友股栗欲死。先生披衣徐起曰：

“正欲读书，苦烛尽。君来甚善。”乃携一册背之坐，诵声琅琅。未数页，目光渐隐；拊壁呼之，不出矣。又一夕如厕，一小童持烛随。此面突自地涌出，对之而笑。童掷烛扑地。先生即拾置怪顶，曰：“烛正无台，君来又甚善。”怪仰视不动。先生曰：“君何处不可往，乃在此间？海上有逐臭之夫[①]，君其是乎？不可辜君来意。”即以秽纸拭其口。怪大呕吐，狂吼数声，灭烛而没。自是不复见。先生尝曰：“鬼魅皆真有之，亦时或见之；惟检点生平，无不可对鬼魅者，则此心自不动耳。

**【注释】** ①逐臭之夫：追逐奇臭的人。比喻嗜好怪癖，与众不同的人。出自《吕氏春秋·遇合》，有人身上奇臭，他的亲戚、兄弟、妻妾、相识的人，都不愿和他一起生活和交往。他苦恼至极，迁到海边居住。海边却有一个人非常喜欢他身上的臭味，昼夜跟随着他，一步也舍不得离开。

**【译文】** 南皮人许南金先生，最有胆量。他在寺院读书，与一位友人同睡一张床上。半夜，见北墙壁上燃起了两支灯炬。仔细一看，原来是一张巨人面孔从墙壁里突出来，像簸箕那样大，两支灯炬就是双目发出的光亮，友人两腿发抖，几乎要被吓死。许先生披上衣服，慢吞吞地起来说：“正想读书，发愁蜡烛已经点完了。先生来得正好。”于是拿起一本书背向墙壁坐着，琅琅吟诵起来。没读几页，目光就渐渐消失了；他拍着墙壁呼唤，巨人脸再没有出来。还有一天夜里许先生上厕所，一个小童举着蜡烛随往。巨人脸又突然从地上冒出来，对着他们笑，小童吓得扔了灯烛扑倒在地。许先生拾起蜡烛放在巨面怪的头顶，说：“蜡烛正好没有烛台，先生来得又很及时。”巨面怪仰视着许先生没有动。许先生说：“先生哪里不能去，偏要在这里。海上有追逐臭味的人，先生难道就是吗？那么，不能辜负先生的来意。”说罢，就拿起一团厕所的秽纸朝巨面怪的嘴擦去，巨面怪呕吐起来，狂吼了几声，把蜡烛弄灭自己消失了。从此再也没见过巨面怪。许南金先生曾说：“鬼魅都是确实存在的，也时而亲眼见过。只是查点生平，没有一件事（使我）不能面对鬼魅，所以我内心自然一点都不害怕。”（滦阳消夏录六）

徐公景熹，官福建盐道时，署中箧笥每火自内发，而扃钥如故，又一夕，窃剪其侍姬发，为祟殊甚。既而徐公罢归，未及行而卒。山鬼能知一岁事，故乘其将去肆侮也。徐公盛时，销声匿迹；衰气一至，无故侵陵。此邪魅所以为邪魅欤！

【译文】 徐景熹公，任福建盐道时，衙署里的箱笼往往有火从里面烧起来，而关锁还是原样。又一天夜里，他侍妾的头发被偷偷剪掉了，妖物暗地里作祟闹得很厉害。不久之后，徐公被罢了官，没有来得及动身回归故乡就去世了。山鬼能够知道一年中的事情，所以趁他将要离去的时候肆意地侮弄。徐公兴盛时，山鬼隐声藏迹，衰气一到，就无缘无故地侵害凌辱。这就是妖邪鬼魅之所以为妖邪鬼魅吧！（滦阳消夏录六）

余乡青苗被野时，每夜田陇间有物，不辨头足，倒掷而行，筑地登登如杵声。农家习见不怪，谓之青苗神。云常为田家驱鬼，此神出，则诸鬼各归其所，不敢散游于野矣。此神不载于古书，然确非邪魅。从兄懋园尝见于李家洼见之，月下谛视，形如一布囊，每一翻折，则一头著地，行颇迟重云。

【译文】 在我的家乡，春苗绿满田野的时候，每到夜里田垄间就有一样东西，看不出头和脚，只见它折着跟头走路，捣在地上有“噔噔”的像棒槌的声音。农家司空见惯，不以为怪，说是青苗神。据说青苗神常为种田人驱鬼，青苗神一出来，群鬼就各自回到自己的地方，不敢在田野闲逛了。古书上没有青苗神的记载，但它确实不是邪魅。堂兄懋园曾在李家洼亲眼见到过，在月下仔细观察，形状像一个布袋子，每一次翻跟头，总是一头着地，行动起来非常笨重迟缓。（滦阳消夏录六）

族叔棨庵言：景城之南，恒于日欲出时，见一物，御旋风东驰。不见其身，惟昂首高丈余，长鬣鬖鬖[①]，不知何怪。或曰："冯道墓前石马，岁久为妖也。"考道所居，今曰相国庄。其妻家，今曰夫人庄。皆与景城相近。故先高祖诗曰："青史空留字数行，书生终是让侯王。刘光伯[②]墓无寻处，相国夫人各有庄。"其墓则县志已不能确指。北村之南，有地曰石人洼。残缺翁仲[③]，犹有存者。土人指为道墓，意或有所传欤。董空如尝乘醉夜行，便旋其侧。倏阴风横卷，沙砾乱飞，似隐隐有怒声。空如叱曰："长乐老[④]顽钝无耻！七八百年后岂尚有神灵？此定邪鬼依托耳。敢再披猖[⑤]，且日日来溺汝。"语讫而风止。

【注释】 ①鬖鬖（sān）：毛发长长垂落或散乱的样子。②刘光伯：刘炫，隋经学家，字光伯。河间景城（今河北献县东北）人。刘献之的三传弟子。开皇（581-600）中，奉敕修史。③翁仲：最初指的是匈奴的祭天神像，大约在秦汉时代就被汉人引入关内，当作宫殿的装饰物。初为铜制，称为"金人""铜人"等，但后来却专指陵墓前面及神道两侧的文武官员石像，成为中国古代上层社会墓葬及祭祀活动重要的代表物件。除了人像外，还包括动物及瑞兽造型的石像。④长乐老：五代宰相冯道。一生仕唐晋汉周四朝，相六帝，自号"长乐老"。⑤ 披猖：猖獗，猖狂，亦作"披昌"。

【译文】 族叔棨庵说：在景城的南边，常常能在太阳将要出来时看见一样东西，风驰电掣一般往东奔驰。看不见它的身子，只见它昂着头，有一丈多高，长鬃飘飘，不知是什么怪物。有人说："这是冯道墓前的石马，年岁久了作怪。"查考冯道故居，如今叫相国庄。他妻子的家，如今叫夫人庄，离景城都很近。所以先高祖在诗中写道："青史空留字数行，书生终是让侯王。刘光伯墓无寻处，相国夫人各有庄。"冯道的墓到底在哪儿，县志上也已指不出准确的位置。北村的南边，有个地方叫石人洼，残缺的石像，那儿还有。当地人说这就是冯道的墓，我觉得这或许是传说吧。董空如曾经乘着酒劲夜里赶路，在墓旁小便。突然间阴风横扫，沙石乱飞，好像隐隐约约有发怒的声音。董空如怒斥道："长乐老愚顽无耻，死了七八百年，哪里还能有神灵？这一定是邪鬼假冒他的名义闹妖，你敢再猖狂，我天天来用小便浇你！"说完风也停了。(滦阳消夏录六)

福建曹藩司绳柱言：一岁司道会议臬署，上食未毕。一仆携小儿过堂下，小儿惊怖不前，曰："有无数奇鬼，皆身长丈余，肩承梁柱。"众闻号叫，方出问，则承尘上落土簌簌，声如撒豆；忽跃而出，已栋摧仆地矣。咸额手谓鬼神护持也。湖广定制府长，时为巡抚，闻话是事，喟然曰："既在在处处有鬼神护持，自必在在处处有鬼神鉴察。"

【译文】　福建布政使曹绳柱说：有一年司道官员在按察使衙署里开会议事，食品还没有上完，一个仆人领着个小孩子经过堂下，小儿惊恐地不肯往前走，说："有无数个奇鬼，都是身长一丈多，用肩膀顶扛着屋梁柱子。"众人听到惊叫的声音，刚出来问，天花板上掉落泥土簌簌的声音好像在抛撒豆子。众人急忙跳出来，转眼间栋梁已经折断倒地了。众人都以手加额庆幸说是鬼神的护佑。湖广总督定长，当时任巡抚，听说这件事，叹息道："既然处处有鬼神护佑，自然必定是处处有鬼神在监视。"(滦阳消夏录六)

客作秦尔严，尝御车自李家洼往淮镇。遇持铳击鹊者，马皆惊逸。尔严仓皇堕车下，横卧辙中，自分无生理。而马忽不行。抵暮归家，沽酒自庆，灯下与侪[①]辈话其异。闻窗外人语曰："尔谓马自不行耶？是我二人掣其辔也。”开户出视，寂无人迹。明日，因赍酒脯，至堕处祭之。先姚安公闻之，曰：“鬼如此求食，亦何恶于鬼！”

【注释】 ①侪（chái）：辈，同类的人们。

【译文】 雇工秦尔严，曾经驾车从李家洼前往淮镇，碰到有人拿火铳打鸟鹊，把马惊得狂奔起来。秦尔严慌慌张张坠落车下，横躺在车辙中，自料无论如何活不成了，但是马突然停了下来。晚上回到家，买酒自己庆贺，灯下和同伴谈起这件事的奇异。听到窗外有人说话道：“你说马是自己不走了吗？是我们两人扯住了辔绳呵。”开门出去观看，屋外安安静静没有人迹。于是第二天带着酒肉，到坠落的地方祭奠。先父姚安公听到这件事，说：“鬼这样求食，又有什么可恨的！”（如是我闻一）

王菊庄言：有书生夜泊鄱阳湖，步月纳凉。至一酒肆，遇数人，各道姓名，云皆乡里。因沽酒小饮，笑言既洽，相与说鬼。搜异抽新，多出意表。

一人曰：“是固皆奇，然莫奇于吾所见矣。曩在京师，避嚣寓丰台花匠家，邂逅一士共谈。吾言此地花事殊胜，惟墟墓间多鬼可憎。士曰：‘鬼亦有雅俗，未可概弃。吾曩游西山，遇一人论诗，殊多精诣，自诵所作，有曰：深山迟见日，古寺早生秋。又曰：钟声散墟落，灯火见人家。又曰：猿声临水断，人语入烟深。又曰：林梢明远水，楼角挂斜阳。又曰：苔痕侵病榻，雨气入昏灯。又曰“鸺鹠[①]岁久能人语，魍魉山深每昼行，又曰：空江照影芙蓉泪，废苑寻春蛱蝶魂。皆楚楚有致。方拟问其居停，忽有铃驮琅琅，欻然灭迹。此鬼宁复可憎耶？’吾爱其脱洒，欲留共饮。其人振衣起曰：‘得免君憎，已为大幸，宁敢再入郇厨[②]？’一笑而隐。

方知说鬼者即鬼也。”

书生因戏曰：“此称奇绝，古所未闻。然阳羡鹅笼③，幻中出幻，乃辗转相生，安知说此鬼者，不又即鬼耶?”数人一时色变，微风飒起，灯光黯然，并化为薄雾轻烟，濛濛四散。

【注释】 ①鸺（xiū）鹠（liú）：亦作“鸺留”。捕食鼠、兔等，对农耕有益，但在古书中却常常被视为不祥之鸟。②郇（xún）厨：唐代韦陟袭封郇国公。性侈纵，穷治馔羞，厨中多美味佳肴。后人因以“郇公厨”称膳食精美的人家。③阳羡鹅笼：东晋时，阳羡（今江苏宜兴）的许彦遇见一个书生，说自己脚痛，并请求待在许彦鹅笼里，书生进去后，笼子不变大，书生也没变小，与一对鹅并坐鹅也不惊。休息时，书生说设宴以示感谢。书生从嘴里吐出奁子，奁子中有山珍海味，又从嘴里吐出一个女子，一起饮酒。书生醉倒，女子从口中吐出一个少年，与许彦畅叙。那少年又从口中吐出一个女子，一同宴饮。之后，又依次序逐一收回。事见南朝梁吴均《续齐谐》。

【译文】 听王菊庄说：有个书生夜里在鄱阳湖边泊船，他在月下散步纳凉，不知不觉来到了一家酒店，碰到几个人，他们各自说出姓名，说彼此都是同乡，于是他们一起买酒小酌，谈笑融洽，一起讲起鬼故事来，他们纷纷搜罗奇闻异事，大多在意料之外。

一个人说：“这些怪异故事固然新奇，可没有比我所见到的更奇异。从前在京城，我躲清静在丰台的一个花匠家住，邂逅一个读书人，攀谈起来。我说这里的花养得很好，只是坟墓间有鬼，太可恨了。读书人说：‘鬼也有雅俗之分，不可一概否定。我从前游西山时，碰到一个人谈论诗文，见解精辟。他吟诵自己的诗，如“深山迟见日，古寺早生秋”，又说“钟声散墟落，灯火见人家”，又说“猿声临水断，人语入烟深”，又说“林梢明远水，楼角挂斜阳”，又说“苔痕侵病榻，雨气入昏灯”，又说“鸺鹠岁久能人语，魍魉山深每昼行”，又说“空江照影芙蓉泪，废苑寻春蛱蝶魂”等诗句，都辞藻华美很有情致。我正想问他住在哪里，忽然听到驮铃琅琅作响，这人忽然就不见了。这鬼难道可恨吗?’我喜欢这位读书人的洒脱，就想留他共饮。

读书人抖抖衣服站了起来说：‘能不让您憎恶已经是大幸了，怎么敢麻烦您下厨呢？’说着一笑就不见了。我才知道那个说鬼的人原来也是鬼。”

书生接过话头开玩笑说：“这事的确奇异，从古到今都没有听说过。然而正如阳羡的鹅笼，奇幻中又有变幻，来回翻转着演绎新的故事，怎么知道你这个说鬼的人，会不会又是鬼呢？”没想到这几个人一下子都变了脸色。忽然起了一阵风，灯光也变得昏暗，那些人化作薄雾轻烟，迷迷茫茫四下散开了。(如是我闻一)

姜白岩言：有士人行桐柏山中，遇卤簿前导，衣冠形状，似是鬼神，暂避林内。舆中贵官已见之，呼出与语，意殊亲洽。因拜问封秩[①]。曰：“吾即此山之神。”又拜问：“神生何代？冀传诸人世，以广见闻。”曰：“子所问者人鬼，吾则地祇[②]也。夫玄黄剖判，融结万形。形成聚气，气聚藏精，精凝孕质，质立含灵。故神祇与天地并生，惟圣人通造化之原，故燔柴[③]、瘗玉[④]，载在《六经》[⑤]。自稗官琐记，创造鄙词，曰刘，曰张，谓天帝有废兴；曰吕、曰冯，谓河伯有夫妇，儒者病焉。紫阳崛起，乃以理诘天，并皇矣之下临，亦斥为乌有。而鬼神之德，遂归诸二气之屈伸矣。夫木石之精，尚生夔罔[⑥]；雨土之精，尚生羵羊[⑦]。岂有乾坤斡运，元气鸿洞，反不能聚而上升，成至尊之主宰哉！观子衣冠，当为文士。试传吾语，使儒者知圣人飨报之由。”士人再拜而退。然每以告人，辄疑以为妄。余谓此言推鬼神之本始，植义甚精。然自白岩寓言，托诸神语耳。赫赫灵祇，岂屑与讲学家争是非哉？

【注释】 ①封秩：泛指官爵。②祇（qí）：地神。③燔（fán）柴：古代祭天仪式。将玉帛、祭祀用的牲畜等置于积柴上而焚烧。④瘗（yì）

玉：古代祭山礼仪。仪式结束后埋玉于坑，称为瘗玉。⑤《六经》：指《诗》《书》《礼》《易》《乐》《春秋》，是历代中华先王累积遗传下来的文教经典。⑥夔罔：夔，传说中的一条腿的怪物。罔，同“魍”。⑦羵羊：土怪。孔子辨“羵羊”，是中国历史上的一个大事件，很多古代典籍都有记载。古人对“羵羊”的认识，始终没有超出“精怪”“神怪”“妖怪”等迷信说法的范畴。

**【译文】** 姜白岩说，有个书生在桐柏山里赶路，忽然遇到个车队，有仪仗队做前导，看他们的衣冠相貌，像是鬼神。他想暂且在树林里躲避一下，但是车里的贵官已经看到了他，叫他出来说话，态度很亲切。书生于是拜问对方怎么称呼。贵官说：“我就是这座山的山神。”书生又拜问：“神灵生于哪个朝代的神？希望能告诉世间的人们，增长他们的见识。”贵官说：“你要打听的是人与鬼之间的事，但我是地神。自从开天辟地之后，混沌之气融结成万物的形体，有形体就能聚集元气，聚集元气就能潜藏精华，精华凝结孕育内质，内质坚实就蕴含灵通，所以神灵和天地是相生并存的。只有圣人才会通晓天地造化的原理，因此才将祭天时燔柴、祭山时瘗玉这些礼仪记载在《六经》里。自从小说杂记一类的野史出现后，就编造出了不少鄙俗的文词，说某神姓刘姓张啦，说天帝有兴废之变化啦，说河伯姓吕姓冯啦，竟然还说成有夫有妇的，儒士对此十分不满。宋代朱熹的学说崛起，用‘理’来阐释天，一并把《诗经·皇矣》中‘皇矣上帝，临下有赫’也说成是子虚乌有的，而把鬼神的存在归之于阴阳二气的相互作用。木石的精气还能生出夔和魍魉这样山林中的精怪，雨土的精气都能生出羵羊这样土里的怪物；乾坤运转、元气弥漫无际，怎么反倒不能聚万物之精气而上升，成为至尊的主宰呢！我看你的衣着是个文人学士，请帮我传话，让儒家学者懂得圣人为报功德而祭飨、尊崇上天的缘由。”书生拜了又拜才退下。但是他每次将这个经历告诉给别人，别人猜疑他是胡说，没有人相信。我认为用这话去推论鬼神的始末，寓意很是深刻，这不过是姜白岩的寓言，假托鬼神的话罢了。赫赫神灵，哪有工夫去跟讲学家争论这些是是非非呢？（如是我闻一）

海之有夜叉，犹山之有山魈，非鬼非魈，乃自一种类，介乎人物之间者也。刘石庵参知言：诸城滨海处，有结寮[①]捕鱼者。一日，众皆棹舟出，有夜叉入其寮中，盗饮其酒，尽一罂，醉而卧。为众所执，束缚捶击，毫无灵异，竟困踣而死。

【注释】 ①寮（liáo）：小屋。

【译文】 海里有夜叉，犹如山里有山魈；不过夜叉既不是鬼也不是魅，而是另一个种类，介于人和动物之间。参知刘石庵说：诸城县靠近海边的地方，有搭个小棚子住在那里捕鱼的人。一天，众人驾船出海捕鱼，有个夜叉到棚子里，偷喝渔人的酒，喝完一坛，结果醉倒在地。返航回来，众渔人逮住夜叉，捆起来打，夜叉一点没有显出有什么灵异，竟然困顿倒地死掉了。（如是我闻二）

族侄贻孙言：昔在潼关，宿一驿。月色满窗，见两人影在窗上，疑为盗；谛视，则腰肢纤弱，鬟髻宛然，似一女子将一婢。穴纸潜觑，乃不睹其形。知为妖魅，以佩刀隔棂斫之。有黑烟两道，声如鸣镝，越屋脊而去。虑其次夜复来，戒仆借鸟铳以俟。夜半果复见影，乃二虎对蹲。与仆发铳并击，应声而灭。自是不复至。疑本游魂，故无形质；阳光震炼，消散不能聚矣。

【译文】 侄子贻孙说：过去在潼关时，他曾住在一个驿站里。月色满窗时分，见窗纸上有两个人影，先以为是盗贼；仔细看，却见腰肢纤弱，好像挽着发髻，似乎是一女子带着一个婢女。他捅破窗纸向外偷看，却什么也看不见。他心知是鬼魅，抽出佩刀隔窗劈去。人影立时化为两道黑烟，声如响箭般越过屋脊而去。贻孙怕她们第二天夜里还会来，吩咐仆人借来火铳以防万一。第二天半夜黑影果然出现了，原来是两只老虎面对面蹲着。他们一起用火铳射击，两只老虎应声消失了，此后，就再也没有来过。估计那个影

子原本是游魂，所以没有形状实体，碰到闪光震动照耀，消散以后就不能再聚合了。（如是我闻二）

同年柯禺峰，官御史时，尝借宿内城友人家。书室三楹，东一室隔以纱厨，扃不启。置榻外室南牖下，睡至半夜，闻东室有声如鸭鸣，怪而谛视。时明月满窗，见黑烟一道，从东室门隙出，著地而行，长可丈余，蜿蜒如巨蟒，其首乃一女子，鬟鬓俨然，昂而仰视，盘旋地上，作鸭鸣不止。禺峰素有胆，拊榻叱之。徐徐却行，仍从门隙敛而入。天晓，以告主人。主人曰："旧有此怪，或数年一出，不为害，亦无他休咎。"或曰："未买是宅前，旧主有侍姬幽死此室。"未知其审也。

**【译文】** 与我同科取中的柯禺峰，做御史时，曾经借住在市中心朋友家。朋友家有三间书房，东面一间用纱橱隔开，锁着门。他就在外间的南窗下安了床，睡到半夜时，听到东间有鸭叫一样的声音，惊讶得定睛细看。当时明亮的月光照着窗户，只见有一道黑烟从东间门缝里钻出来，贴着地移动，大约有一丈多长，蜿蜒着像条巨蟒。黑烟的头部却是一个女子，梳着考究的发髻，抬头仰视，身子盘旋在地上，不停地发出鸭叫的声音。柯禺峰向来胆大，就拍着床大声呵斥。那股黑烟慢慢地退后，仍然从门缝里缩了进去。天亮后，柯禺峰将这件事告诉朋友。朋友说："以前是有这个妖怪，有时几年出现一次，不危害人，也没有其他吉凶之事。"有人说："没买这座住宅之前，旧房主有个侍妾幽禁在这个房间里死了。"不知是不是真的。（如是我闻三）

河间献王墓在献县城东八十里。墓前有祠，祠前二柏树，传为汉物，未知其审，疑后人所补种。左右陪葬二墓，县志称左毛苌，右贯长卿；然任邱又有毛苌墓，亦莫能详也。或曰："苌宋代追封乐寿伯，献县正古乐寿地。任邱毛公墓，乃毛亨也。"理或然欤！

从舅安公五占言：康熙中，有群盗觊觎玉鱼之藏，乃种瓜墓旁，阴于团焦中穿地道。将近墓，探以长锥，有白气随锥射出，声若雷霆，冲诸盗皆仆。乃不敢掘。论者谓王墓封闭二千载，地气久郁，故遇隙涌出，非有神灵。余谓王功在《六经》，自当有神呵护。穿古冢者多矣，何他处地气不久郁而涌乎？

**【译文】** 河间献王墓在献县城东八十里。墓的前面有座祠堂，祠堂前面有两棵柏树，传说是汉代时栽种的，不知真假，怀疑是后人补种的。左右是两座陪葬的墓，县志上说左边的是毛苌，右边的是贯长卿；可是任邱县也有毛苌墓，也没有人能说得清。有人说："毛苌在宋代被追封为乐寿伯，献县正好是古代乐寿的所在地。任邱的毛公墓是毛亨的墓。"按道理说也许是这样吧！

堂舅安五占公说，康熙年间，有一伙盗墓的人对墓里的珠宝玉器起了贪念，就在墓地前面种瓜，偷偷地在看瓜的小屋中挖地道盗墓。接近墓穴时，他们用长铁锥试探，突然一道白气随着铁锥喷射出来，声音像雷鸣一般，把盗贼全冲倒了，他们也不敢再挖下去了。有人议论说献王墓封闭了两千年，地气长久郁积，所以遇到缝隙就喷涌而出，并非有什么神灵。我觉得献王的功绩在于《六经》，自然应该有神灵保护。盗古墓的事情多了，怎么别处的地气长久郁积却不喷涌而出呢？（如是我闻三）

鬼魅在人腹中语，余所闻见，凡三事：一为云南李编修衣山，因扶乩与狐女唱和。狐女姊妹数辈，并入居其腹中，时时与语。正一真人劾治弗能遣，竟颠痫终身。余在翰林目睹之。一为宛平张丈鹤友，官南汝光道时，与史姓幕友宿驿舍。有客投刺谒史，对语彻夜。比晓，客及其仆皆不见，忽闻语出史腹中。后拜斗祛之去。俄仍归腹中，至史死乃已。疑其夙冤也。闻金听涛少宰言之。一为平湖一尼，有鬼在腹中，谈休咎多验，檀施鳞集。鬼自云夙生负此尼钱，以此为偿。如《北梦琐言》所记田布事。人侧耳尼腋下，亦闻其语，疑为樟柳神也。闻沈云椒少宰言之。

【译文】 鬼怪在人的肚子里说话，我看见和的听到的，有三件事。一件是云南的李衣山编修，扶乩时同狐女一起唱和诗歌。狐女姐妹几个，都住进他肚子里，时常在肚子里跟他讲话。正一真人作法镇治也没能把她们赶走，后来他竟然终生疯疯癫癫的。我在翰林院亲眼见过他。另一件是宛平张文鹤的朋友，在南汝光道做官时，与一个姓史的幕僚同住在驿站。有个客人递上自己的名片拜访史某，他们说了一夜的话。到天亮，客人和他的仆人都不见了。忽然从史某的肚子里传来了说话的声音。后来史某对着北斗跪拜，把他们从肚里赶了出去，但是不一会儿他们又回到了史某的肚里，一直到他去世。怀疑是前世的冤孽。这是听吏部侍郎金听涛讲的。还有一件是说平湖有一个尼姑，有一个鬼在她的肚子里，谈吉凶祸福大多很灵验，施主们也就越来越多。鬼自称前生欠了这个尼姑的钱，所以用这种方式偿还。就像《北梦琐言》记载的田布故事一样，人们在尼姑的腋下侧着耳朵倾听，可以听到鬼的说话声，怀疑是樟柳神。这是听吏部侍郎沈云椒说的。(如是我闻三)





族侄肇先言：有书生读书僧寺，遇放焰口[①]。见其威仪整肃，指挥号令，若可驱役鬼神。喟然曰："冥司之敬彼教，乃过于儒。"灯影朦胧间，一叟在旁语曰："经纶宇宙，惟赖圣贤，彼仙佛特以神道补所不及耳。故冥司之重圣贤，在仙佛上，然所重者真圣贤。若伪圣伪贤，则阴干天怒，罪亦在伪仙伪佛上。古风淳朴，此类差稀。四五百年以来，累囚日众，已别增一狱矣，盖释道之徒，不过巧陈罪福，诱人施舍。自妖党聚徒谋为不轨外，其伪称我仙我佛者，千万中无一，儒则自命圣贤者，比比皆是。民听可惑，神理难诬。是以生拥皋比[2]，殁沉阿鼻[3]，以其贻害人心，为圣贤所恶故也。”书生骇愕，问：“此地府事，公何由知？”一弹指间，已无所睹矣。

**【注释】** ①放焰口：佛教仪式，为一种根据救拔焰口饿鬼陀罗尼经而举行的施食饿鬼之法事。该法会以饿鬼道众生为主要施食对象；施放焰口，则饿鬼皆得超度；亦为对死者追荐的佛事之一。②皋比：铺设有虎皮的座位。古代将帅军帐、儒师讲堂、文人书斋中常用之。后人因此称任教为“坐拥皋比”。③阿鼻：阿鼻，梵语 Avīci 的译音，意为“无有间断”，即痛苦无有间断的意思，为佛教传说中八大地狱中最下层、最苦之处。

**【译文】** 我的本家侄子肇先说，有个书生在寺院读书，遇到放焰口。看见和尚威严整肃，指挥号令，好像真的在驱使鬼神。书生慨叹说：“阴司敬重佛教，竟然胜过了儒教。”影影绰绰朦朦胧胧的昏暗灯影里，有个老翁在旁边说道：“处理天下大事，只能靠圣贤，那些仙佛只是以神道来补圣贤顾及不到的地方罢了。所以阴司敬重圣贤，在仙佛之上；但所敬重的是真圣贤。如果是伪圣伪贤，就不知不觉中触犯天怒，罪过也比伪仙伪佛要重。古代风俗淳朴，这类事很少。近四五百年以来，拘押的犯人一天比一天多，已经另外增加一所地狱了。因为和尚道士之流，不过是花言巧语说祸说福，引诱人施舍。除了妖党聚众、图谋不轨以外，假称我是仙我是佛的人，千万人中没有一个。儒生中自命为圣贤的人，却比比皆是。老百姓可能被迷惑，神却难以被骗。因此活着时高坐讲学，死后却沉入阿鼻地狱，都是因为他贻害人心，被圣贤所嫌恶的缘故。”书生大惊，问：“这是地府里的事，你怎么会知道？”弹指之间，已经看不见老翁了。（如是我闻四）

文安王岳芳言：其乡有女巫，能视鬼。尝至一宦家，私语其仆妇曰："其娘子床前，一女鬼着惨绿衫，血渍胸臆，颈垂断而不殊[1]，反折其首，倒悬于背后，状甚可怖。殆将病乎？"俄而寒热大作。仆妇以女巫言告，具楮钱[2]酒食送之，顷刻而痊。余尝谓风寒暑暍[3]，皆可作疾，何必定有鬼为祟。一女巫曰："风寒暑暍之疾，其起也以渐而觉，其愈也以渐而减。鬼病则陡然而起，陡然而止。以此为别，历历不失也。"此言似亦近理。

【注释】 ①殊：这里指断、绝。②楮（chǔ）钱：旧俗祭祀时焚化的纸钱。③暍（yē）：热。

【译文】 文安人王岳芳说：家乡有个女巫能看见鬼。她曾经到过一户官宦人家，悄悄对女仆说："某娘子床前，有一个女鬼，穿着暗绿色衣衫，胸前沾满了血，颈子折了但是没有断，脑袋倒挂在背后，样子非常可怕。大概你家娘子快要生病了吧？"不久，夫人寒热大作。女仆把女巫的话告诉了主人，主人准备了纸钱酒食送鬼，夫人的病就好了。我觉得风寒暑热都可能引发疾病，何必非得说是鬼在作祟呢。一个女巫说："风寒暑热引起的疾病，发病时是渐渐有感觉，病好也是渐渐退去。鬼作祟的病症却是突然而起，突然而止的。就这样辨别，一次一次都没有错。"这话似乎也有些道理。（如是我闻四）





人字汪场中有积柴（俗谓之垛），多年矣。土人谓中有灵怪，犯之多致灾祸；有疾病，祷之亦或验。莫敢撷一茎，拈一叶也。雍正乙巳[1]，岁大饥，光禄公捐粟六千石，煮粥以赈。一日，柴不给，欲用此柴，而莫敢举手。乃自往祝曰："汝既有神，必能达理。今数千人枵[2]腹待毙，汝岂无恻隐心？我拟移汝守仓，而取此柴活饥者，谅汝不拒也。”祝讫，麾众拽取，毫无变异。柴尽，得一秃尾巨蛇，蟠伏不动；以巨畚舁入仓中，斯须不见。从此亦遂无灵。然迄今六七十年，无敢窃入盗粟者，以有守仓之约故也。物至毒而不能不为理所屈，妖不胜德，此之谓矣。

【注释】 ①雍正乙巳：雍正三年（1725）。②枵（xiāo）：空虚。

【译文】 人字汪的场院上有堆积的柴草（老百姓叫垛），很多年了。当地人说柴堆里面有灵怪，冒犯了它会招来天灾人祸；有人生病，到柴堆前祈祷有时也灵验。人们都不敢取柴堆上的一枝一叶。雍正乙巳年，闹大饥荒，光禄公捐助六千石粮食，煮粥赈济灾民。有一天，柴草不够用，想用这垛柴禾，却没有人敢动手。光禄公亲自前往禀告神灵说：“你既然有灵验，一定能通情达理。现在，几千人空着肚子等死，你难道没有恻隐之心吗？我准备把你移去看守粮仓，用这堆柴来煮粥救活那些饥饿的人，大概你不会拒绝吧？”禀告祝祷之后，指挥众人拉取柴草，一点怪异变化也没有。柴草搬完，现出一条秃尾巴的巨蛇，蟠着一动也不动。大家就用大畚箕把巨蛇抬到粮仓里，一下子就不见了。从此以后，也没有什么灵怪出现。不过，至今六七十年，没有人敢进粮仓偷粮，因为有过叫巨蛇守粮仓的约定。最毒的东西也不能不被道理所制服，妖怪不能战胜德行，指的就是这种事情了。（槐西杂志一）

田氏姊言：赵庄一佃户，夫妇甚相得。一旦，妇微闻夫有外遇，未确也。妇故柔婉，亦不甚愠，但戏语其夫：“尔不爱我而爱彼，吾且缢矣。”次日，馌田间，遇一巫能视鬼，见之骇曰：“尔身后有一缢鬼，何也？”乃知一语戏，鬼已闻之矣。夫横亡者必求代，不知阴律何所取，殆恶其轻生，使不得速入转轮，且使世人闻之，不敢轻生欤？然而又启鬼瞰之渐，并闻有缢鬼诱人自裁者。故天下无无弊之法，虽神道无如何也。

【译文】 田家的姐姐说，赵庄有个佃户，夫妇感情很好。有一次，妻子隐约听到丈夫有外遇的风声，又不很确定。妻子本来温柔和顺，也不很生气，只是和丈夫开玩笑说："你不喜欢我却喜欢她，我要上吊了。"第二天，妻子送饭到田头，碰到一位看得见鬼的巫师，巫师吃惊地说："你身后有个吊死鬼，这是怎么回事呢？"这才知道一时的玩笑话，鬼已经听到了。遭遇意外自求死亡的人一定要寻找替身，不知道阴间法律是怎么定的。大概是讨厌这个人轻生，让他不能够很快进入轮回，并且让世上的人知道，因此不敢轻生吧？不过，这又推动了鬼偷偷监看人间的由头，还听到有吊死鬼引诱人自杀的。所以，天下没有一点缺陷的法律是不存在的，即使是鬼神制定的，也难以避免啊。（槐西杂志二）

大同宋中书瑞言：昔在家中戏扶乩，乩动，请问仙号。即书曰："我本住深山，来往白云里。天风忽飒然，云动如流水。我偶随之游，飘飘因至此。荒村茅舍静，小坐亦可喜。莫问我姓名，我忘已久矣。且问此门前，去山凡几里？"书讫，乩遂不动。或者此乃真仙欤？

【译文】 大同人宋瑞中书说：以前他在家里扶乩玩玩，乩动起来的时候，他请问仙人法号。乩坛上即写道："我本住深山，来往白云里。天风忽飒然，云动如流水。我偶随之游，飘飘因至此。荒村茅舍静，小坐亦可喜。莫问我姓名，我忘已久矣。且问此门前，去山凡几里？"写完，乩就不动了。或许这是真仙吧？（槐西杂志四）

和和呼通诺尔之战，兵士有没蕃者。乙亥[①]平定伊犁，望大兵旗帜，投出宥死，安置乌鲁木齐，群呼之曰"小李陵"。此人不知李陵为谁，亦漫应之。久而竟迷其本名。己丑、庚寅[②]间，余在乌鲁木齐，犹见其人，已老矣。言在准噶尔转鬻数主，皆司牧羊。大兵将至前一岁八月中旬，夜栖山谷，望见沙碛有火光。西域诸部，每互相钞掠，疑为劫盗。登冈眺望，乃见一巨人，长丈许，衣冠华整，侍从秉烛前导，约七八十人。俄列队分立，巨人端拱向东拜，意甚虔肃，知为山灵。时适准噶尔乱，已微闻阿睦尔撒纳[③]款塞清兵事，窃意或此地当内属，故鬼神预东向耶？既而果然。时尚不知八月中旬为圣节[④]，归正后乃悟天声震叠，为遥祝万寿云。

【注释】 ①乙亥：乾隆二十年（1755）。②己丑、庚寅：乾隆三十四年（1769）、三十五年（1770）。③阿睦尔撒纳：阿睦尔撒纳（1723—1757）：乾隆十七年（1752）冬，助达瓦齐夺取汗位，不久又与达瓦齐发生火并，被击败。十九年（1754）秋，为借助清军之力翦除政敌，归附清廷，封为亲王（后晋封双亲王）。次年春，清军兵分两路进攻伊犁、征伐达瓦齐时，任定边左副将军。攻占伊犁后发动天山南北战乱，二十一年（1757）三月逃亡，投靠国外势力。④圣节：唐开元十七年（729）八月五日玄宗生日，左丞相源乾曜、右丞相张说等上表请以是日为千秋节，制许之。后历代皇帝生日或定节名，或不定节名，皆称为“圣节”。

【译文】 在和和呼通诺尔战役中，有个士兵被番邦俘获。乾隆乙亥年，平定伊犁，这个士兵看到大军旗帜，就逃回来，被免去死罪，安置在乌鲁木齐，大家叫他“小李陵”。这个人不知道李陵是谁，就随口答应。时间长了，大家竟然忘了他的本名。乾隆己丑、庚寅年间，我在乌鲁木齐时，还见到这个人，已经老了。他说在准噶尔时，被转卖过几个主人，都让他牧羊。大军到来前一年的八月中旬，他夜里歇在山谷里，远远看见沙漠中有火光。西域各个部落，经常相互抢掠，他疑心碰上了强盗，就爬上山头瞭望，看见一个巨人，有一丈多高，衣帽华美整齐，有侍从举着火炬在前面开路，大概有七八十个人。不一会儿，就分两边站立。巨人恭恭敬敬地向东方拱手行礼，神情虔诚肃穆，他心知这是山神。当时正是准噶尔叛乱，又听到传说阿睦尔撒纳请求朝廷出兵的事，心里暗想，也许这个地方要归属内地了，所以鬼神预先向东朝拜？后来果然是这样。当时还不知道八月中旬是天子的生日。回归之后才醒悟到，天上的声音不断震响，是在遥祝皇上万寿无疆。（槐西杂志四）

客作田不满（初以其取不自满假之义，称其命有古意。既乃知以饕餮得此名，取田填同音也），夜其失道，误经墟墓间，足踏一髑髅。髑髅作声曰："毋败我面！且祸尔。"不满戆且悍，叱曰："谁遣尔当路！"髑髅曰："人移我于此，非我当路也。"不满又叱曰："尔何不祸移尔者？"髑髅曰："彼运方盛，无如何也。"不满笑且怒曰："岂我衰耶？畏盛而凌衰，是何理耶？"髑髅作泣声曰："君气亦盛，故我不敢祟，徒以虚词恫喝也。畏盛凌衰，人情皆尔，君乃责鬼乎！哀而拨入土窟中，公之惠也。"不满冲之竟过，惟闻背后呜呜声，卒无他异。余谓不满无仁心。然遇莽卤之人而以大言激其怒，鬼亦有过焉。

**【译文】** 有个雇工叫田不满（最初以为他取名包含不能自满的意思，还说他这个名字有古代君子的味道。后来才知道他以贪吃出名，取"田""填"同音），夜间走错了路，误走到坟地里，一脚踩上一个骷髅。骷髅说："别踹破我的脸，我要报复你！"不满戆愚而且蛮横，喝斥道："谁让你挡在路上？"骷髅说："有人把我移到这里，并不是我想挡路。"不满又骂道："你为什么不报复移动你的人？"骷髅说："他的阳运正旺盛，我拿他没有什么办法。"不满又笑又气发怒说："难道我衰败了吗？害怕强盛欺负衰弱，这是什么道理？"骷髅抽抽搭搭带着哭腔说："您的阳气也很旺盛，所以我不敢害你，只是用空话吓唬您。害怕强盛，欺凌衰弱，世道人情都这样，您怎么能责怪鬼呢？您可怜我将我拨进土坑里，这就是您对我的恩情了。"田不满理也不理冲过去了。只听见背后呜呜的哭声，最终也没有什么怪异的事。我

认为田不满没有仁爱之心。但是遇上粗鲁莽撞的人，却还要用大话激起他的怒气，这个鬼也有错。(槐西杂志四)

李义山诗“空闻子夜鬼悲歌”，用晋时鬼歌子夜事也。李昌谷诗“秋坟鬼唱鲍家诗”，则以鲍参军有《蒿里行》，幻窅[1]其词耳。然世固往往有是事。田香沚言：尝读书别业。一夕，风静月明；闻有度昆曲者，亮折清圆，凄心动魄。谛审之，乃《牡丹亭》“叫画”一出也。忘其所以，静听至终。忽省墙外皆断港荒陂[2]，人迹罕至，此曲自何而来？开户视之，惟芦荻瑟瑟而已。

【注释】 ①窅（yǎo）：幽深。②陂（pí）：水边，池边。

【译文】 李商隐的诗有“空闻半夜鬼悲歌”的句子，用的是晋代鬼唱《子夜歌》的典故；李贺诗有“秋坟鬼唱鲍家诗”的句子，是因为鲍照有《蒿里行》一诗，他加以想象发挥。然而世上本来往往有这种事。田香沚说：他曾经在另外一个住处读书，一天晚上，风静月明，听见有人在唱昆曲。歌声宏亮曲折，清丽圆润，听来让人伤心动魄。细细一听，原来是《牡丹亭》的“叫画”一出戏。香沚听得入神，忘了想别的，静静听到唱完。忽然醒悟墙外都是荒废的水边和码头，很少见到人来人往，这唱曲儿的声音是从哪儿来的？开门看去，只有芦苇在秋风中瑟瑟摇动而已。(姑妄听之三)

李秋崖与金谷村尝秋夜坐济南历下亭，时微雨新霁，片月初生。秋崖曰：“韦苏州‘流云吐华月’句兴象天然，觉张子野‘云破月来花弄影’句便多少着力。”谷村未答，忽暗中人语曰：“岂但着力不着力，意境迥殊。一是诗语，一是词语，格调亦迥殊也。即如《花间集》‘细雨湿流光’句，在词家为妙语，在诗家则靡靡矣。"愕然惊顾，寂无一人。

【译文】　有一次，李秋崖和金谷村秋夜里坐在济南历下亭，正值小雨刚过，天色晴朗，一弯新月刚刚升起。李秋崖说："韦应物的诗句'流云吐华月'，兴味意象得自天然，比较起来，张先的诗句'云破月来花弄影'这一句人为的痕迹就明显得多了。"金谷村还没来得及回答，忽然黑暗中有人说："岂但只是天然与人为的区别，意境也迥然不同。一是诗的语言，一是词的语言，格调也大不一样。就像《花间集》中'细雨湿流光'的句子，从词的角度看是妙句，从诗的角度看则太细巧低靡了。"两人惊讶地往四周寻看，空旷寂静不见一个人影。(姑妄听之三)

乌鲁木齐参将海起云言：昔征乌什时，战罢还营，见崖下树桠间一人探首外窥。疑为间谍，奋矛刺之（军中呼矛曰苗子，盖声之转），中石上，火光激迸，矛折，臂几损。疑为目眩，然矛上地上皆有血迹，不知何怪。余谓此必山精也。深山大泽，何所不育。《白泽图》[①]所载，虽多附会，殆亦有之。又言：有一游兵，见黑物蹲石上，疑为熊，引满射之。三发皆中，而此物夷然如不知。骇极，驰回呼火伴，携铳往，则已去矣。余谓此亦山精耳。

【注释】　①《白泽图》：《白泽图》在中古时期相当流行，久已失传。清末马国翰等人从唐宋类书辑出佚文，零散而无图。

【译文】　乌鲁木齐参将海起云说，当年，他征讨乌什的时候，一次打完仗回营，发现山崖下的树杈之间有个人探头探脑向外偷看。疑心那人是敌军的探子，就奋力挺矛刺去（军队中称矛叫苗子，大约是音相近而变）。没想到却刺在了山石上，一时间火光迸射，矛折断了，他的胳膊也差点受了伤。他以为自己看花了眼，刺错了地方，然而矛上地上都有血迹，不知被刺中的是个什么怪物。我认为，这一定是个山精。深山大泽中，什么东西生长不出来？《白泽图》记载的各种妖怪，虽然有很多是附会假造出来的，大概也有实际存在的。海起云又说，有个巡逻兵，看见一个黑东西蹲在山石上，他以为是个熊，就拉满弓射击。眼看三箭都射中了，可是这个黑东西却好像浑然不觉。士兵怕得要命，赶忙跑回营地招呼同伴，带上火枪回到原地，黑东西已经不在那里了。我认为这个东西也是山精。(姑妄听之四)

汪主事厚石言：有在西湖扶乩者，下坛诗曰："旧埋香处草离离，只有西陵夜月知。词客情多来吊古，幽魂肠断看题诗。沧桑几劫湖仍绿，云雨千年梦尚疑。谁信灵山散花女，如今佛火对琉璃。"众知为苏小小[①]也。客或请曰："仙姬生在南齐，何以亦能七律？"乩判曰："阅历岁时，幽明一理。性灵不昧，即与世推移。宣圣[②]惟识大篆，祝词何写以隶书？释迦不解华言，疏文何行以骈体？是知千载前人，其性识至今犹在，即能解今之语，通今之文。江文通[③]、谢玄晖[④]能作爱妾换马[⑤]八韵律赋，沈休文[⑥]子青箱能作《金陵怀古》五言律诗，古有其事，又何疑于今乎？"又问："尚能作永明体[⑦]否？"即书四诗曰："欢来不得来，侬去不得去。懊恼石尤风[⑧]，一夜断人渡。""欢从何处来？今日大风雨。湿尽杏子衫，辛苦皆因汝。""结束蛱蝶裙，为欢棹舴艋。宛转沿大堤，绿波双照影。""莫泊荷花汀，且泊杨柳岸。花外有人行，柳深人不见。"盖《子夜歌》也。虽才鬼依托，亦可云俊辩矣。

【注释】 ①苏小小：史书中没有记载的青楼才女，传说中的名妓，杭州西湖有苏小小墓。②宣圣：平帝元始元年谥孔子为褒成宣公。此后历代王朝皆尊孔子为圣人，诗文中多称为"宣圣"。③江文通：江淹(444—505)，字文通，南朝著名文学家、散文家。④谢玄晖：应该是谢庄（421—466），字希，逸南朝宋辞赋家、诗人。⑤爱妾换马：最早见于唐代李冗的《独异记》，说曹操的儿子曹彰看上了一匹骏马，就用自己的爱妾交换。其实，在此之前之后，此类事被当成英雄豪举，频见于歌咏。⑥沈休文：沈约（441—513），字休文，南朝吴兴武康（今浙江德清县西）人，先后在宋、齐、梁三朝做官，旧史一般称他是梁朝人。⑦永明体：永明是南朝齐武帝的年号，"永明体"亦称"新体诗"，这种诗体要求严格，强调声韵格律。⑧石尤风：逆风、顶头风的俗称。传说有商人尤某娶石氏女，情好甚笃。尤远行不归，石思念成疾，临终前叹曰："吾恨不能阻其行，以至于此。今凡有商旅远行，吾当作大风为天下妇人阻之。"因此后人称逆风、顶头风为"石尤风"。

**【译文】** 汪厚石主事说，有人在杭州西湖扶乩，乩仙降临作诗说："旧埋香处草离离，只有西陵夜月知。词客情多来吊古，幽魂肠断看题诗。沧桑几劫湖仍绿，云雨千年梦尚疑。谁信灵山散花女，如今佛火对琉璃。"众人知道是苏小小降临。有人问："你是南朝齐时的人，为什么也能作唐代以后才有的七言律诗呢？"乩仙又写道："经历年年月月，阴间与阳间是相同的。鬼神的性灵没有堙灭，就能跟随时间推移的习俗。孔子生前只认识大篆，为什么现在人们祭祀他用的祭文却用隶书？释迦牟尼不懂中国话，为什么现在的祈祷文却可以用汉语的骈体文来写？由此可见，千年以前的人，他们的性灵至今还存在，就能听懂现在的话，能精通现在的文章。南朝齐梁时的文人江淹、谢朓能够作《爱妾换马》的八韵律赋（按：谢朓当是谢庄之误，爱妾换马的故事见于《纂异记》），而这种赋体是唐代才有的；沈约的儿子青箱能够作《金陵怀古》的五言律诗，而这种诗体也是唐代才有的。古人化为乩仙能作后代的诗文，这种事情从前早就有过，今天的事情又有什么好怀疑的呢？"在场的人又问："你还能作齐梁时盛行的'永明体'诗吗？"乩仙随即写了四首："欢来不得来，侬去不得去。懊恼石尤风，一夜断人渡。""欢从何处来，今日大风雨。湿尽杏子衫，辛苦皆因汝。""结束蛱蝶裙，为欢棹舴艋。宛转沿大堤，绿波双照影。""莫泊荷花汀，且泊杨柳岸。花外有人行，柳深人不见。"这些都是《子夜歌》的形式。虽然这是个有才华的鬼依托苏小小，但他也算得上能言善辩了。（姑妄听之四）

李庆子言：朱生立园，辛酉[1]北应顺天试。晚过羊留之北，因绕避泥泞，遂迂回失道，无逆旅可栖。遥见林外有人家，试往投止。至则土垣瓦舍，凡六七楹，一童子出应门。朱具道乞宿意。一翁衣冠朴雅，延宾入，止旁舍中。呼灯至，黯黯无光。翁曰："岁歉油不佳，殊令人闷，然无如何也。"又曰："夜深不能具肴馔，村酒小饮，勿以为亵。"意甚款洽。朱问："家中有何人？"曰："零丁孤苦，惟老妻与僮婢同居耳。"问朱何适，朱告以北上。曰："有一札及少物欲致京中，僻路苦无书邮。今遇君甚幸。"朱问："四无邻里，独居不怖乎？"曰："薄田数亩，课奴辈耕作，因就之卜居。贫无储蓄，不畏盗也。"朱曰："谓旷野多鬼魅耳。"翁曰："鬼魅即未见，君如怖是，陪坐至天曙，可乎？"因借朱纸笔，入作书札；又以杂物封函内，以旧布裹束，密缝其外。付朱曰："居址已写于函上，君至京拆视自知。"天曙作别，又切嘱信物勿遗失，始殷勤分手。

朱至京，拆视布裹，则函题"朱立园先生启"字，其物乃金簪银钏各一双。其札称："仆老无子息，误惑妇言，以婿为嗣。至外孙犹间一祭扫，后则视为异姓，纸钱麦饭，久已阙如；三尺孤坟，亦就倾圮。九泉茹痛，百悔难追。谨以殉棺薄物，祈君货鬻，归途以所得之直，修治荒茔，并稍浚冢南水道，庶淫潦不浸幽窀[2]。如允所祈，定如杜回结草[3]。知君畏鬼，当暗中稽首，不敢见形，勿滋疑虑。亡人杨宁顿首。"朱骇汗浃背，方知遇鬼；以书中归途之语，知必不售，既而果然。还至羊留，以所卖簪钏钱遣仆往治其墓，竟不敢再至焉。

【注释】 ①辛酉：乾隆六年（1741）。②窀（zhūn）：墓穴。③杜回结草："《左传·宣公十五年》记载：春秋时期，晋国大夫魏颗的父亲魏武子临死前，要小妾殉葬。魏颗却把那个小妾嫁了。后来，魏颗奉命率兵抵抗秦将杜回。两军激战时，一个老人把地上的草打成结把杜回绊倒，魏颗因此打败秦军。当天夜里，魏颗梦见老人说："我是你所嫁的那个妇人的父亲，特来战场上结草报恩。"后世比喻感恩报德，至死不忘。

【译文】 李庆子说：有个名叫朱立园的秀才，辛酉年北上参加顺天乡试。晚上，他经过羊留北边，因为要避开一段泥泞的路，绕来绕去迷失了方向，想要住下又找不到旅店。远远看见林子外面有一户人家，就想去那里投宿。走到跟前，只见土坯围成的院墙里，有六七间瓦房，一个小童迎了出来。朱立园述说了借宿之意。一位衣着朴素雅致的老翁把客人让进去，安置在厢房里。他招呼小童取来了灯，灯光暗暗的不怎么亮。老翁说："今年粮食歉收，油不好，灯光太暗令人憋闷，实在没有办法。"又说："夜深了，不便为您准备饭菜，土酒一壶，请您小饮几杯，慢待您了，实在不好意思。"老翁的态度友好而热情。朱立园问："请问家里还有什么人？"老翁说："孤苦伶仃的，只有老太婆和小童丫头一道过活。"老翁问朱立园去哪儿，朱立园告诉他，自己打算北上应试。老翁说："我这里有一封信和一点儿东西，正要寄往京城，却苦于荒村野店，邮路不通，今天遇到您，真是太幸运了。"朱立园问："四面没有邻里，就您一家住着不害怕吗？"老翁说："有几亩薄田，督促仆役们耕种，所以就近住下来。我家里贫穷没有积蓄，所以不怕强盗。"朱立园说："人们都说旷野里常有鬼怪。"老翁说："自从住在这里，我从没见过鬼怪，如果您害怕，我就陪您坐到天亮，行吗？"老翁向朱立园借了纸笔，到里屋写了一封信，又把几样东西一起封进了信封，用旧布包了，再用针线密密麻麻地缝了几道，交给朱立园，说："地址已经写在里面了，您到京城后，拆开一看，自然就明白了。"天亮了，朱立园起身作别。老翁一再叮嘱，不要把信件和东西丢了，然后才依依分手。

朱立园到京城拆看包裹，只见信封上题着"朱立园先生启"的字样，打开信封一看，里面装的原来是一对金簪和一对银手镯。信是这样写的："老汉我生前无子，误听了老伴儿的话，以女婿为后嗣。到了外孙这一辈，还偶然为我祭奠，再往后的子孙后代，索性把我当作外姓人了，纸钱麦饭，已经多年不见了；三尺孤坟，也已经倒塌。我在九泉之下含酸忍痛，真是追悔莫及。现在，只好拿出这几件不值钱的殉葬品，求您帮我卖了，回来时用这笔钱，替我修修坟墓，通通坟头南面的水道，希望积水不要再泡着我的墓穴。如果您能答应我的请求，我一定要像那个结成草绳绊倒杜回的老人一样，报答您的恩情。我知道您怕鬼，所以不敢露面，只在暗中给您磕头了，请您不必生疑。亡人杨宁顿首。”朱立园读罢书信，才知道遇上了鬼，吓得汗流浃背。因为老翁信中有“回来的路上”之类的话，知道必定落榜，后来果然如此。回家途中路过羊留，他用卖金簪银镯的钱派遣仆从替老翁整修了坟墓，他自己却不敢再去那里了。(姑妄听之四)

吴云岩言：有秦生者，不畏鬼，恒以未一见为歉。一夕，散步别业，闻树外朗吟唐人诗曰：“自去自来人不知，归时惟对空山月。”其声哀厉而长。隔叶窥之，一古衣冠人倚石坐。确知为鬼，遽前掩之，鬼亦不避。

秦生长揖曰：“与君路异幽明，人殊今古，邂逅相遇，无可寒温。所以来者，欲一问鬼神情状耳。敢问鬼时何似？”曰：“一脱形骸，即已为鬼，如茧成蝶，亦不自知。”问：“果魂升魄降，还入太虚乎？”曰：“自我为鬼，即在此间。今我全身现与君对，未尝随絪缊[①]元气，升降飞扬。子孙祭时始一聚，子孙祭毕则散也。”问：“果有神乎？”曰：“鬼既不虚，神自不妄。譬有百姓，必有官师。”问：“先儒称雷神之类，皆旋生旋化，果不诬乎？”曰：“作措大时，饱闻是说。然窃疑霹雳击格，轰然交作，如一雷一神，则神之数多于蚊蚋；如雷止神灭，则神之寿促于蜉蝣[②]。以质先生，率遭呵叱。为鬼之后，乃知百神奉职，如世建官，皆非顷刻之幻影。恨不能以所闻见，再质先生。然尔时拥皋比者，计为鬼已久，当自知之，无庸再诘矣。大抵无鬼之说，圣人未有。诸大儒恐人谄渎，故强造斯言。然禁沉湎可，并废酒醴则不可；禁淫荡可，并废夫妇则不可；禁贪惏[③]可，并废财货则不可；禁斗争可，并废五兵则不可。故以一代盛名，挟百千万亿朋党之助，能使人噤不敢语，而终不能惬服其心，职是故耳。传其教者，虽心知不然，然不持是论，即不得称为精义之学，亦违心而和之曰：理必如是云尔。君不察先儒矫枉之意，生于相激，非其本心；后儒辟邪之说，压于所畏，亦非其本心。竟信儒者，真谓无鬼神，皇皇质问，则君之受绐久矣。泉下之人，不欲久与生人接；君亦不宜久与鬼狎。言尽于此，余可类推。”曼声长啸而去。

案，此谓儒者明知有鬼，故言无鬼，与黄山二鬼谓儒者明知井田封建不可行，故言可行，皆洞见症结之论。仅目以迂阔，犹堕五里雾中[④]矣。

【注释】 ①细（yīn）缊（yūn）：古代指天地阴阳二气交互作用的状态。亦作“细氲”，形容云烟弥漫、气氛浓盛的景象。②蜉（fú）蝣（yóu）：虫名。幼虫生活在水中，成虫褐绿色，有四翅，生存期极短。用来比喻微小的生命，有时也用来比喻浅薄狂妄的人或文辞。③贪惏（lín）：贪恋，不知足。④堕五里雾中：好像掉在一片大雾里，比喻陷入迷离恍惚、莫名其妙的境地。

【译文】 吴云岩说：有个姓秦的书生，不怕鬼，总是因为没有见过鬼而遗憾。一天晚上，他在另外一所宅院散步，听见树林外面有人朗朗地吟诵唐诗道：“自去自来人不知，归时惟对空山月。”声音哀伤凄厉而悠长。他隔着树叶悄悄看去，是一个穿戴着古代衣帽的人，坐在石头旁边。秦某确信是鬼，突然冲过去挡在面前，鬼也不躲避。

秦生作了个长揖说：“我和你是不同世界的人，而且也是不同时代的人，在这里邂逅相遇，也没有什么好寒暄的。我来就是想问问鬼的情况。请问做了鬼之后是个什么样子?”鬼说：“灵魂一旦脱离躯体，就已经成为鬼。像茧变成蝴蝶，是在不知不觉中变成的。”秦生问：“人死后真的魂升天、魄降地，进入太虚空间么?”鬼说：“自从我成为鬼，就在这里。现在我现出全身来和你面对面说话，并未随着飘渺的元气升降或者飞扬。子孙祭祀我时，才相聚到一起；子孙祭祀完了，就各奔东西了。”秦生问：“真的有神么?”鬼说：“鬼既然真有，神也不是假的。比如有百姓，就必须有官吏、有师长。”秦生问：“从前的的儒家学者都说雷神之类，都是刚产生马上就消失，这种说法果然正确么?”鬼说：“我做书生时，听够了这种说法。但是我私下怀疑，霹雳闪电，轰然交响，如果一个雷是一个神，那么神多得就像蚊虫了；雷停了神就消失，那么神的寿命就像蜉蝣一样短促。当时我向老师问这个问题，总是立刻遭到呵斥。我成了鬼之后，才知道众神各有职守，就像人世设置的官，都不是片刻就消失的幻影。恨不能以我亲眼见到的，再去问问那位先生。然而当时坐着讲课的先生，估计变成鬼的时间更久，他自己也该明白，不必再质问了。一般来看，没有鬼的说法，圣人并没有坚持。诸位大儒怕人们奉承或者轻慢，所以硬编出这种说法。但是禁止沉溺其中是可以的，如果连祭祀都一起废除就不行；禁止淫荡可以，如果连结成夫妻也禁止就不行；禁止贪婪可以，如果连财物一并废掉就不行；禁止争斗可以，如果连矛、戟、钺、盾、弓矢等所有的兵器都废掉就不行。所以他们利用自己一生享有的盛名，借助百千万亿朋党的协助，能使人闭嘴不敢说话，却最终不能使人们心服，他们只是做了这个职位应该做的事情罢了。传授这种学说的人，虽然心里明白不是这么回事，但是如果不坚持这种学说，就不能被称为有高深造诣的学者，也就违心地迎合着说：按道理应该是这样的吧。你没有体会到早期的儒学大师否定鬼是一种矫枉过正的说法，他们是受了迷信鬼神的严重状况刺激才这么说的，其实这不是他们的真心话；后来的儒学家主张禁止谈神说鬼的‘异端邪说’，是因为他们受到压力有所畏惧才这么说的，也不是他们真实的心愿。你完全相信儒者的话，以为真的没有鬼神，并且急切地问我这些问题，可见你受骗好久了。我已经在阴间，不想长时间和活着的人接触；你也不应该长时间和鬼在一起。我就说这些，其他的问题可以由此类推。”说完，他发出长长的啸声离去了。

按，这个鬼说儒者明知有鬼，却故意说没有鬼，跟前面记载的黄山二鬼说儒者明知井田制和分封制度行不通、却故意说可行一样，都是深切了解问题的关键。世人仅仅以为他们只是太迂腐，还是被迷惑而未能弄清真相。（姑妄听之四）

胡中丞太初、罗山人两峰，皆能视鬼。恒阁学兰台，亦能见之，但不能常见耳。戊午五月，在避暑山庄直庐，偶然话及。兰台言：鬼之形状仍如人，惟目直视。衣纹则似片片挂身上，而束之下垂，与人稍殊。质如烟雾，望之依稀似人影。侧视之，全体皆见；正视之，则似半身入墙中，半身凸出。其色或黑或苍，去人恒在一二丈外，不敢逼近。偶猝不及避，则或瑟缩匿墙隅，或隐入坎井，人过乃徐徐出。盖灯昏月黑、日暮云阴，往往遇之，不为讶也。所言与胡、罗二君略相类，而形状较详。知幽明之理，不过如斯。其或黑或苍者，鬼本生人之余气，渐久渐散，以至于无。故《左传》称新鬼大，故鬼小。殆由气有厚薄，斯色有浓淡欤？

【译文】 中丞胡太初、“扬州八怪”之一的隐士罗两峰，都能看见鬼。学士恒兰台也能看见，只是不能经常见到。嘉庆戊午年五月，在避暑山庄的值班房，偶然说到了鬼。恒兰台说：鬼的形貌还像人，只是眼睛直视，穿的衣服像是一片片都挂在身上，然后束在身上垂下来，和人不大一样。质地像烟雾，看起来依稀像人影。从侧面看，能看见全部；从正面看，却像是半个身体隐在墙里，半个身体凸出来。鬼的颜色有黑的有灰白的，距离人总是在一两丈以外，不敢靠近人。偶尔猛然躲避不及，要么是瑟缩地躲在墙角，要么是隐身在沟坎或者废井里，人过去之后才慢慢地出来。一般在灯光昏暗月色暗淡、黄昏天阴的时候，常常能见到鬼，没什么奇怪的。他说的和胡太初、罗两峰这两个人说的差不多，只是鬼的形貌说得更详细些。可知阴间阳

间的情况，不过如此。鬼有黑色的有灰白色的，那是因为鬼本来是活人剩余的气息，时间长了就渐渐消散，以至于完全消失。所以《左传》中说新鬼大，旧鬼小。这大概是气有厚有薄，颜色也就有浓有淡吧？（滦阳续录一）

赵鹿泉前辈言：孙虚船先生未第时，馆于某家。主人之母适病危。馆童具晚餐至。以有他事，尚未食，命置别室几上。倏见一白衣人入室内，方恍惚错愕，又一黑衣短人逡巡入。先生入室寻视，则二人方相对大嚼，厉声叱之。白衣者遁去，黑衣者以先生当门，不得出，匿于墙隅。先生乃坐于户外观其变。俄主人踉跄出，曰："顷病者作鬼语，称冥使奉牒来拘。其一为先生所扼，不得出。恐误程限，使亡人获大咎。未审真伪，故出视之。"先生乃移坐他处，仿佛见黑衣短人狼狈去，而内寝哭声如沸矣。先生笃实君子，一生未尝有妄语，此事当实有也。惟是阴律至严，神听至聪，而摄魂吏卒不免攘夺病家酒食。然则人世之吏卒，其可不严察乎！

【译文】　赵鹿泉前辈说，孙虚船先生没登第时，在某家教私塾。当时正值主人的母亲病危。私塾里的小童送晚饭来。孙虚船因为有事不能吃，叫小童放在另一间屋的几案上。他看见一个白衣人一下闪进了屋里，正觉得恍惚惊讶时，又一个穿黑衣的小个子转来转去地也进了屋。孙虚船进屋查看，却见这两人正面对面大吃大嚼，就厉声呵斥。白衣人逃走了，黑衣人因为孙虚船堵住门，出不去，躲在墙角。孙虚船就坐在门外看他怎么办。不一会儿主人踉踉跄跄地出来说："刚才病人说鬼话，说鬼卒奉命来勾人，其中一个鬼被先生堵在门里，出不来，恐怕误了期限，让死者挨重罚。不知真假，所以出来看看。"孙虚船便坐到了别处，仿佛看见黑衣矮人狼狈地走了，而卧室里的哭声随即轰然响起。先生是诚实的君子，一生没有乱说过话，应该是实有其事。只是阴间的法律十分严厉，神灵的视听非常清晰，勾人的鬼卒们

还不免抢吃病人家的酒饭。那么人间的官吏衙役，怎么能不严格监督呢！（滦阳续录一）

刘香畹言：有老儒宿于亲串家，俄主人之婿至，无赖子也。彼此气味不相入，皆不愿同住一屋，乃移老儒于别室。其婿睨之而笑，莫喻其故也。室亦雅洁，笔砚书籍皆具。老儒于灯下写书寄家，忽一女子立灯下，色不甚丽，而风致颇娴雅。老儒知其为鬼，然殊不畏，举手指灯曰："既来此，不可闲立，可剪烛。"女子遽灭其灯，逼而对立。老儒怒，急以手摩砚上墨沈，掴其面而涂之，曰："以此为识，明日寻汝尸，锉而焚之！"鬼"呀"然一声去。次日，以告主人。主人曰："原有婢死于此室，夜每出扰人；故惟白昼与客坐，夜无人宿。昨无地安置君，揣君耆德硕学，鬼必不出。不虞其仍现形也。"乃悟其婿窃笑之故。此鬼多以月下行院中，后家人或有偶遇者，即掩面急走。他日留心伺之，面上仍墨污狼藉。鬼有形无质，不知何以能受色？当仍是有质之物，久成精魅，借婢幻形耳。《酉阳杂俎》曰："郭元振尝山居，中夜，有人面如盘，瞚目[①]出于灯下。元振染翰题其颊曰：'久戍人偏老，长征马不肥。'其物遂灭。后随樵闲步，见巨木上有白耳，大数斗，所题句在焉。"是亦一证也。

【注释】　①瞚（shùn）目：眨眼。

【译文】　刘香畹说：有个老儒生住在亲戚家，没过多久主人的女婿也来了，这女婿是个无赖。两人合不来，都不愿意同住在一间屋子里，于是主人让老先生搬到另一间屋子去。他家女婿斜着眼笑，不知什么缘故。这间屋子也还雅致整洁，笔砚书籍都有。老先生在灯下给家里写信，忽然一个女子站在灯下，不怎么漂亮，但看上去文雅大方。老先生知道她是鬼，却一点也不怕，抬手指着灯说：“既然到了这里，就不能闲站着，可以剪剪灯花。”女子一下就把灯弄灭了，逼到老先生对面。老先生发怒，急忙用手抹一把砚中的墨汁，一掌打在鬼脸上抹了个满脸说：“用这个作个标记，明天找到你的尸体，砍成段烧掉！”鬼“呀”地叫了一声跑了。第二天老先生告诉了主人，主人说：“原先有个婢女死在这间屋子里，夜里常出来打扰人；所以白天在这里招待客人，晚上就没人住了。昨天没有地方安顿你，猜想先生您年长德高，饱读诗书，鬼不敢出来。不料她还是现形出来。”老先生这才醒悟主人女婿暗笑的原因。这个鬼月夜常在院子里来往，后来有仆人偶然遇见她，她就捂着脸急急忙忙跑开。有人留心等着看她，她脸上仍然墨迹狼藉。鬼有形状没有实质，不知为什么能沾上颜色？这可能还是有实质的怪物，时间长成了精魅，借婢女的形貌变幻了。《酉阳杂俎》中说：“郭元振曾住在山里，半夜时，有个脸像盘子那么大的人，突然眨着眼睛出现在灯下。元振用毛笔蘸饱了墨汁在这个人的脸颊上题写道：‘久戍人偏老，长征马不肥。’这人立刻就不见了。后来他跟着樵夫在山里散步，看见大树上有个白木耳，有好几斗那么大，他题的诗句就在木耳上。”这也是一个证据。（滦阳续录四）

佃户刘破车妇云：尝一日早乘凉扫院，见屋后草棚中有二人裸卧。惊呼其夫来，则邻人之女与其月作人也，并僵卧，似已死。俄邻人亦至，心知其故，而不知何以至此。以姜汤灌苏，不能自讳，云：“久相约，而逼仄无隙地。乘雨后墙缺，天又阴晦，知破车草棚无人，遂藉草私会。倦而憩，尚相恋未起。忽云破月来，皎然如昼。回顾棚中，坐有七八鬼，指点揶揄。遂惊怖失魂，至今始醒。”众以为奇。破车妇云：“我家故无鬼，是鬼欲观戏剧，随之而来。”先从兄懋园曰：“何处无鬼？何处无鬼观戏剧？但人有见有不见耳。此事不奇也。”

因忆福建囦[①]关公馆（俗谓之水口），大学士杨公督浙闽时所重建。值余出巡，语余曰："公至水口公馆，夜有所见，慎勿怖，不为害也。余尝宿是地，已下键睡。因天暑，移床近窗，隔纱幌视天晴阴。时虽月黑，而檐挂六灯尚未烬。见院中黑影，略似人形，在阶前或坐或卧，或行或立，而寂然无一声。夜半再视之，仍在。至鸡鸣，乃渐渐缩入地。试问驿吏，均不知也。"余曰："公为使相，当有鬼神为阴从。余焉有是？"公曰："不然。仙霞关内，此地为水陆要冲，用兵者所必争。明季唐王，国初郑氏、耿氏，战斗杀伤，不知其几。此其沉沦之魄，乘室宇空虚而窃据；有大官来，则避而出耳。"此亦足证无处无鬼之说。

【注释】 ①囦（yuān）：古同"渊"。

【译文】 佃户刘破车的妻子说：有一天清晨乘着早凉扫院子，看见屋后草棚里有两个人赤裸着躺在那里不动。她惊呼喊来了丈夫，认出是邻居的女儿和打短工的。两人直僵僵并排躺着，好像死了。不一会儿邻居也来了，心里明白女儿的事，只是不知道怎么会躺卧在这里。大家用姜汤把两人灌醒，这两个人不能再隐瞒私情，说："很久以前就相约幽会，只是地方太小没有合适的地方。趁着雨后墙塌了一块，天色又阴暗，知道刘破车家草棚里没有人，就枕着乱草幽会。累了就躺着歇一会儿，还恋恋不舍互相纠缠着没有起来。忽然云开月出，亮得如同白天。回头看草棚里，坐着七八个鬼，在指指点点开我们的玩笑。于是惊吓得昏了过去，如今才醒来。"大家觉得这事很离奇。刘破车的妻子说："我家一直没有鬼，鬼是为了看两人做戏，跟过来的。"已过世的堂兄懋园说："哪里没有鬼？哪里没有鬼在看人做戏？只不过人有时能看见鬼有时看不见罢了。这事没什么奇怪的。"

我因为这件事想起福建的囦关公馆（当地人称它为"水口"），这个馆是大学士杨廷璋任闽浙总督时重建的。有一次我出巡，杨公对我说："你到了水口公馆，夜里见到什么不要害怕，不害人的。我出巡时曾经住在这个公馆里，夜里已经插上门躺下。因为天热，就把床移到窗下，隔着纱窗察看天晴天阴。当时虽然没有月亮，但是屋檐下挂的六个灯笼还没有熄。只见院里有黑影，有点像是人形，在台阶前有的坐着有的躺着，有的站着有的在踱步，却静悄悄的没有一点声音。半夜里再看，黑影还在。一直到鸡叫时，黑影才渐渐缩进地下。问驿吏，都不知有这种事。”我对杨公说：“您是总督兼大学士，自然会有鬼神在暗中护从，我哪里会有呢？”杨公说：“不是这样。仙霞关以内，这儿是水陆要冲，是兵家必争之地。明代唐王以及本朝之初的郑氏、耿氏，都曾经在这里战斗厮杀，死人不计其数。沉滞在此地的魂灵，趁屋子空着无人居住就来偷偷占据了；有大官来，就都避了出去。”这也足以证明无处没有鬼的说法了。(滦阳续录四)

田侯松岩言：今岁六月，有扈从侍卫和升，卒于滦阳。马兰镇总兵爱公星阿，与和亲旧，为经理棺衾，送其骨归葬。一夕如厕，缺月微明。见一人如立烟雾中，问之不言，叱之不动。爱公故能视鬼，凝神谛审，乃和之魂也。因拱而祝曰：“昔敛君时，物多不备，我力绵薄，君所深知。今形见，岂有所责耶？”不言不动如故。又祝曰：“闻殁于塞外者，不焚路引，其鬼不得入关。曩偶忘此，君毋乃为此来耶？”魂即稽首至地，倏然而隐。爱公为具牒于城隍，后不复见。

又，扈从南巡时，与爱公同寓江宁承天寺，规模宏壮，楼阁袤延，所住亦颇轩敞。一日，方共坐，忽楼窗六扇无风自开，俄又自阖。爱公视之，曰：“有一僧坐北牖上，其面横阔，须鬑鬑如久未剃，目瞪视而项微偻，盖缢鬼也。”以问寺僧，僧不能讳，惟怪何以识其貌，疑有人泄之。不知爱公之自能视也。又偶在船头，戏拈篙刺水。忽掷篙却避，面有惊色。怪诘其故，曰：

“有溺鬼缘篙欲上也。”

戊午[①]年八月，宴蒙古外藩于清音阁，爱公与余连席。余以松岩所语叩之，云皆不妄。然则随处有鬼，亦复如人。此求归之鬼，有系恋之心，开窗之鬼，有争据心；缘篙之鬼，有竞斗心。其得失胜负、喜怒哀乐，更当一一如人。是胶胶扰扰，地下尚无了期。释氏讲忏悔解脱，圣人之法，亦使有所归而不为厉，其深知鬼神之情状矣。子贡曰：“大哉死乎，君子息焉[②]！”庄周曰：“嗟来桑扈乎，而已反其真。”特就耳目所及言之耳。

【注释】 ①戊午：嘉庆三年（1798）。②大哉死乎，君子息焉：《孔子家语》记载，子贡不想留在孔子身边继续学习，孔子说无论做什么都很难，都得学习，子贡无奈地感慨道：“最大的事情就是死吧！君子可以休息了。”

【译文】 田松岩公说：今年六月，有个叫和升的随从侍卫，死在滦阳。马兰镇总兵爱星阿先生，跟和升是熟人，就替和升置办棺材寿衣，送他的遗骨回去下葬。一天晚上爱星阿上厕所，残月不是很亮。他看见一个人好像站在烟雾之中，问他不答，叱喝也不动。爱星阿平常能看见鬼，仔细审视，原来是和升的魂。于是拱手而祝道：“先前安葬你时，很多物品都未齐备，我财力单薄，你是一向知道的，你今天显形，难道是来责备我么？”鬼魂还是不说不动。爱星阿又说：“听说死在塞外的人，不焚烧通行证，鬼就进不了关，我偶然忘了这事，莫非你是为这事来的？”鬼魂磕头到地，转眼不见了。爱星阿到城隍庙里呈文祷告，从此和升的鬼魂没再出现。

还有，田松岩随从圣驾南巡时，和爱公一起住在江宁的承天寺里，承天寺规模雄伟，楼阁极多，居室也很宽敞。一天，正在一起坐着，六扇楼窗忽然无风自开，不一会儿又自己关上了。爱公看了说：“有个和尚坐在北窗上。他脸盘很宽，满脸毛乎乎的胡子好像好久没有剃了；眼睛直瞪着，脖子有点弯，原来是个吊死鬼。”问庙里的和尚，和尚不能隐瞒，奇怪他怎么能知道吊死鬼的长相，猜疑是有人泄露出去的。他不知道爱公自己能看见鬼。还有一回在船头上，爱公拿着竹篙拨水玩，忽然扔了篙后退，满脸惊恐之色。田

松岩惊讶地问怎么了，他说：“有个淹死鬼沿着竹篙要爬上来。”

嘉庆戊午年八月，朝廷在清音阁宴请蒙古外藩使节，我和爱公席位连着。我问起他田松岩说的这些事情，他说这都是真的。可见到处有鬼，就像处处有人一样。那个要入关的鬼，是有依恋家乡的心思；坐在窗上的鬼，有争占屋子的心思；沿着篙往上爬的鬼，有竞争打斗的心思。它们的得失胜负、喜怒哀乐，也都像人一样。这种纷扰争斗，在地下也没有终了之时。佛家讲忏悔解脱，圣人也认为，要使鬼有所归附它就不会出来作怪了。可见圣人对神鬼的情况有深刻了解。子贡说：“最大的事情就是死吧，君子可以休息了。”庄周说：“哎呀，桑扈，你已经反璞归真了。”这是就自己所见所闻来谈论死的问题。（滦阳续录五）

# 深谙世事的狐狸精怪

# 题 记

古代中国人相传狐狸能成精，成精以后的狐狸，形貌与人相同，但是神通广大非人类所及，他们能够随心所欲变换自己的相貌，能知晓过往，能预知未来。纪昀所处的时代，志怪小说盛行，狐精成为许多作品的主人公。与其他作者相比，纪昀思考比较深入，对于狐精的习性、特点的刻画有其独特的视角。《阅微草堂笔记》中的狐精，大多生活得本分，伦理都规范有序，气质和习性各有不同，有的睿智聪慧，有的超凡脱俗，有的侠义正直，也有的品行卑劣；纪昀笔下的狐精世界，实际上还是人世间的真实写照。

叶旅亭御史宅，忽有狐怪，白昼对语，迫叶让所居。扰攘戏侮，至杯盘自舞，几榻自行。叶告张真人，真人以委法官。先书一符，甫张而裂。次牒都城隍，亦无验。法官曰："是必天狐，非拜章不可。"乃建道场七日。至三日，狐犹诟詈[①]，至四日，乃婉词请和，叶不欲与为难，亦祈不竟其事。真人曰："章已拜，不可追矣。"至七日，忽闻格斗砰訇，门窗破堕，薄暮尚未已。法官又檄[②]他神相助，乃就擒，以罂[③]贮之，埋广渠门外。余尝问真人驱役鬼神之故，曰："我亦不知所以然，但依法施行耳。大抵鬼神皆受役于印，而符箓则掌于法官。真人如官长，法官如吏胥。真人非法官不能为符箓，法官非真人之印，其符箓亦不灵。中间有验有不验，则如各官司文移章奏，或准或驳，不能一一必行耳。"此言颇近理。又问设空宅深山，猝遇精魅，君尚能制伏否？曰："譬大吏经行，劫盗自然避匿。倘或无知猖獗，突犯双旌，虽手握兵符，征调不及，一时亦无如之何。"此言亦颇笃实。然则一切神奇之说，皆附会也。

【注释】　①詈（lì）：骂，责骂。②檄：古代官府用以征召或声讨的文书。③罂（yīng）：大腹小口的瓦器。

【译文】　叶旅亭御史的住宅里，忽然有狐魅作怪。大白天跟人对话，逼迫叶御史让出住宅。狐魅吵扰胡闹欺负人，以至于闹到杯盘自己在空中飞旋，桌子和床自动行走。叶旅亭告诉了道士张真人，张真人委托专门执掌符箓镇治妖魅的道士、当时称之为法官的人来办理此事。法官先画了一道符，刚贴出去就被撕裂了。又行文告到城隍，也没有效验。法官说："这肯定是天狐，非拜奏章上天不可。"于是设了七天道场。到第三天时，狐怪还是谩骂不休，到第四天，才说好话请求和解。叶旅亭不想与狐怪结仇，也请求张真人到此为止。张真人说："奏章已经拜送上界，追不回来了。"到了第七天，忽然听到砰砰訇訇的格斗声，门窗都被打破掉落下来，一直到黄昏，格斗的声音还没平息。法官又行文请其他神灵助战，才擒住了狐怪，装在一个大肚子小口的瓶子里，埋在广渠门外。我曾问张真人驱鬼役神的缘故，他说："我也不知道其中的所以然，不过是依照规矩一步一步施行而已。一般说来，鬼神都听命于印的支配，而符箓则掌握在法官手中。真人像是长官，法官像是小吏。真人离开了法官就不能使用符箓，法官没有真人的印，符箓就不灵验。符箓有的灵验，有的不灵验，就如个个官府的行文奏章，有的批准，有的被驳回，不可能每一道符箓都那么有效验。"这话很有些道理，我又问张真人，如果在空房子里或深山之中，突然遇到狐精鬼怪，你能制伏它们吗？他说："譬如大官从这里经过，强盗当然躲避藏匿；假若有些无知的猖狂者，突然冒犯了大官，大官虽说掌有兵权，但一时来不及征调大兵，一时对强盗也无可奈何。"这话也很实在。然而世间所有的夸大道士奇特能力的传说，大多是牵强附会的。(滦阳消夏录一)



余家假山上有小楼，狐居之五十余年矣。人不上，狐亦不下，但时见窗扉无风自启闭耳。楼之北曰绿意轩，老树阴森，是夏日纳凉处。戊辰[①]七月，忽夜中闻琴声棋声。奴子奔告姚安公。公知狐所为，了不介意，但顾奴子曰："固胜于汝辈饮博。"次日，告昀曰："海客无心，则白鸥可狎[②]。相安已久，惟宜以不闻不见处之。"至今亦绝无他异。

【注释】 ①戊辰：乾隆十三年（1748）。②海客无心，则白鸥可狎：语出《列子·黄帝篇》，说从前有个喜欢鸥鸟的人，每天到海边，鸥鸟都会跟着他一起嬉戏玩耍。有一次他父亲让他把鸥鸟抓来玩，当他再到海边的时候，鸥鸟就只在空中盘旋飞舞却不再停在他的身边了。

**【译文】** 我家假山上有一座小楼，狐精居住在里面五十多年了。人不上去，狐精也不下来，只是没有风的日子里时常见到门窗能自动打开关上。楼的北面叫绿意轩，老树绿荫森森，是夏天乘凉的好地方。乾隆戊辰年七月，一天夜里忽然听到琴声棋声。童仆跑来告诉姚安公，姚安公知道是狐精干的，毫不介意，只是对童仆说："本来就胜过你们饮酒赌博。"第二天，姚安公告诉我说："海上客如果无意捉海鸥，就可以和它们一起玩了。我们和狐精平安相处已经很久了，对它还是视而不见听而不闻比较合适。"到现在也一点没有别的怪异现象。(滦阳消夏录三)

丁亥[①]春，余携家至京师。因虎坊桥旧宅未赎，权住钱香树先生空宅中。云楼上亦有狐居，但扃锁杂物，人不轻上。余戏粘一诗于壁上曰："草草移家偶遇君，一楼上下且平分。耽诗自是书生癖，彻夜吟哦莫厌闻。"一日，姬人启锁取物，急呼怪事。余走视之，则地板尘上，满画荷花，茎叶苕亭，具有笔致。因以纸笔置几上，又粘一诗于壁曰："仙人果是好楼居，文采风流我不如。新得吴笺[②]三十幅，可能一一画芙蕖[③]？"越数日启视，竟不举笔。以告裘文达公，公笑曰："钱香树家狐，固应稍雅。"

**【注释】** ①丁亥：乾隆三十二年（1767）。②吴笺：吴地所产小幅华贵的纸张，古时用以题咏或写书信。③芙蕖：莲花。

**【译文】** 乾隆丁亥年春天，我带着全家来到京城。因为虎坊桥的旧宅没有赎回，暂且住钱香树先生的一座空房子里，听说这座楼上有狐精住着，于是只在里面锁着杂物，一般人轻易不上去。我开玩笑在墙上贴了一首诗："草草移家偶遇君，一楼上下且平分。耽诗自是书生癖，彻夜吟哦厌莫闻。"

一天，侍妾上楼开锁拿东西，连连大喊出了怪事。我跑去看，只见地上尽是尘土，画满了荷花，枝叶茎干亭亭玉立，很有功底。于是，我把纸笔放在几案上，又在墙上贴了一首诗："仙人果是好楼居，文采风流我不如。新得吴笺三十幅，可能一一画芙蕖？"几天后开门查看，纸笔竟然原封不动。我把这事告诉了裘文达，裘文达笑着说："钱香树家的狐狸，到底稍稍文雅些。"(滦阳消夏录三)

张明经晴岚言：一寺藏经阁上有狐居，诸僧多栖止阁下。一日，天酷暑，有打包僧[①]厌其嚣杂，径移坐具住阁上。诸僧忽闻梁上狐语曰："大众且各归房，我眷属不少，将移住阁下。"僧问："久居阁上，何忽又欲据此？"曰："和尚在彼。"问："汝避和尚[②]耶？"曰："和尚佛子，安敢不避？"又问："我辈非和尚耶？"狐不答。固问之，曰："汝辈自以为和尚，我复何言！"从兄懋园闻之曰："此狐黑白太明，然亦可使三教中人，各发深省。"

【注释】　①打包僧：行脚云游的僧人，所带行李不多，仅打成一包而已。②和尚：和尚本是梵文"师"的意思，对堪为人师的僧人的尊称；后被用为对一般出家人的称呼，而且一般当作是男僧专用的名词。

【译文】　贡生张晴岚说：有一座寺庙的藏经阁里住着狐狸精，和尚们大多住在阁下。有一天，暑热蒸得难受，有个云游和尚嫌下面嘈杂，直接就把坐具搬到上面。和尚们忽然听到梁上的狐精说："大家暂时各回自己的住处，我的亲属不少，要移居阁下。"和尚们问："长期住上面，为何忽然要占据楼下？"狐精说："和尚住在那里。"和尚们问："你是躲避和尚么？"狐精说："和尚是佛门弟子，怎么敢不回避？"和尚们又问："我们不是和尚么？"狐精不回答了。和尚们坚持刨根问底，狐精才说："你们自以为是和尚，我还能说什么！"我的堂兄懋园听了这事说："这狐精黑白太分明，但也能让儒、道、佛三教之中的人，各自深深反省。"(滦阳消夏录三)

安氏表兄，忘其名字，与一狐为友，恒于场圃间对谈。安见之，他人弗见也。

狐自称生于北宋初。安叩以宋代史事，曰：“皆不知也。凡学仙者，必游方之外，使万缘断绝，一意精修。如于世有所闻见，于心必有所是非。有所是非，必有所爱憎。有所爱憎，则喜怒哀乐之情，必迭起循生，以消烁其精气，神耗而形亦敝矣。乌能至今犹在乎？迨道成以后，来往人间，视一切机械变诈，皆如戏剧；视一切得失胜败，以至于治乱兴亡，皆如泡影。当时既不留意，又焉能一一而记之？即与君相遇，是亦前缘。然数百年来，相遇如君者，不知凡几，大都萍水偶逢，烟云倏散，夙昔笑言，亦多不记忆。则身所未接者，从可知矣。”

时八里庄三官庙，有雷击蝎虎一事。安问以物久通灵，多婴雷斧，岂长生亦造物所忌乎？曰：“是有二端：夫内丹导引，外丹服饵，皆艰难辛苦以证道，犹力田以致富，理所宜然。若媚惑梦魇，盗采精气，损人之寿，延己之年，事与劫盗无异，天律不容也。又或恣为妖幻，贻祸生灵，天律亦不容也。若其葆养元神，自全生命，与人无患，于世无争，则老寿之物，正如老寿之人耳，何至犯造物之忌乎？”

舅氏实斋先生闻之，曰：“此狐所言，皆老氏之粗浅者也。然用以自养，亦足矣。”

【译文】　安姓表兄，忘记了他叫什么名字。他曾经与一个狐精交朋友，经常在场院和菜园子里相遇交谈，安表兄能看见狐精，别人就看不见。

狐精自称生于北宋初年，安表兄问到宋代的历史事件，它回答说：“都不知道。凡是学仙的，必定游历于世外，隔断一切因缘，专心专意精心修炼。如果对世事有所见闻，心里就必定会有孰是孰非的分析。有了是非判断，必定就有爱有憎。有了爱憎，那么喜怒哀乐之情，必然接连交替而生，这样就消减精气，精气神被耗费，身体也就凋敝了。哪能活到现在呢？等到修成了大道，来往于人世间，看一切阴谋机诈，都像是戏剧，看一切得失胜败，乃至治乱兴亡，都像水泡和影子那样虚幻。当时既然没有留意，又怎么能一一记得呢？就是同您相遇，这也是有前缘。但是几百年来，遇到像您这样的，不知道有多少，大都是像浮萍随水漂泊偶而相逢，像烟云那样忽而散去，过去的言谈笑语，也大多不记不回忆。要说那些我未曾接触的，由此也可以想见了。”

当时八里庄三官庙，发生了一件雷击蝎虎的事，安表兄问道，物久通灵，多半遭到雷劈，难道活得长久也是造物主所禁忌的吗？狐精回答说：“这有两个方面，如果炼成内丹导气引体，或者服食金石烧炼的外丹，都是经历艰难辛苦得以悟道，就像努力耕作得以致富，是理所当然的。若是诱惑梦魇，盗采精气，损别人的寿数，延自己的年龄，这同抢劫偷盗没有什么区别，天上的律令是不允许的。又有或者任意兴妖作幻，给百姓造成祸害，天上的律令也是不允许的。如果他保养精神，完善自己的生命，不给人带来祸患，于世无所争竞，那么长久存在的事物，正如同年老有寿的人那样罢了，何至于触犯造物主的禁忌呢？”

舅父实斋先生听到这话后说：“这个狐精所说的，都属于老子学说中粗浅的一类。但是用来自身修炼，也足够了。”（滦阳消夏录四）





女巫郝媪，村妇之狡黠者也。余幼时，于沧州吕氏姑母家见之。自言狐神附其体，言人休咎。凡人家细务，一一周知。故信之者甚众。实则布散徒党，结交婢媪，代为刺探隐事，以售其欺。尝有孕妇，问所生男女。郝许以男。后乃生女，妇诘以神语无验。郝嗔目曰："汝本应生男，某月某日，汝母家馈饼二十，汝以其六供翁姑，匿其十四自食。冥司责汝不孝，转男为女。汝尚不悟耶？"妇不知此事先为所侦，遂惶骇伏罪。其巧于缘饰皆类此。一日，方焚香召神，忽端坐朗言曰："吾乃真狐神也。吾辈虽与人杂处，实各自服气炼形，岂肯与乡里老妪为缘，预人家琐事？此妪阴谋百出，以妖妄敛财，乃托其名于吾辈。故今日真附其体，使共知其奸。"因缕数其隐恶，且并举其徒党姓名。语讫，郝霍然如梦醒，狼狈遁去。后莫知所终。

**【译文】** 女巫郝老婆子，是村妇当中那种狡猾诡诈的人。我小的时候，在沧州吕氏姑母家里见到过她。她自己说狐神附在她的身上，能断定别人的吉凶祸福。凡是人家琐碎的家务事，她也都一一知道得很详细，所以相信她的人很多。实际上是她分派同伙到各处，结交婢女老妈子这样一类人，代她刺探别人家隐秘的事情，以便达到她欺诈行骗的目的。曾经有一个孕妇，问郝氏自己怀的是男是女，郝氏应许是个男孩，后来女人却生了个女孩。女人责问郝氏，为什么神的话不灵验，郝氏瞪着眼睛说："你本来应该生男孩，某月某日你娘家送来二十个饼，你把六个供奉公婆，藏起十四个自己吃。阴司责怪你不孝，所以转男成女，你还不醒悟吗？"这女人不知道这是事先已经被郝氏打探到了，于是惊恐万分服服帖帖认罪。郝氏的巧于牵扯掩饰就像这样。有一天，正在烧香招神，郝氏忽然端端正正坐着高声说道："我是真狐神。我们虽然和人混杂住在一起，其实各自吐纳修炼形体，怎么愿意与乡间老妇结缘，干涉人家的琐事？这个老妇诡计多端，用妖术胡言骗钱，却冒用我们的名义。所以今天我真的附在她的身上，让大家都知道她的阴险狡诈。"接着，狐精一一数落郝氏暗地里的丑恶的行为，还一并列举出她的同伙的姓名。说完，郝氏像是忽然从梦中醒来，狼狈逃走了。不知道她后来怎样了。(滦阳消夏录四)

先祖有庄，曰厂里，今分属从弟东白家。闻未析箸[①]时，场中一柴垛，有年矣，云狐居其中，人不敢犯。偶佃户某醉卧其侧，同辈戒勿触仙家怒。某不听，反肆詈。忽闻人语曰："汝醉，吾不较。且归家睡可也。"次日，诣园守瓜，其妇担饭来馌[②]，遥望团焦中，一红衫女子与夫坐，见妇惊起，仓卒逾垣去。妇故妒悍，以为夫有外遇也，愤不可忍，遽以担痛击。某百口不能自明，大受箠楚。妇手倦稍息，犹喃喃毒詈。忽闻树杪大笑声，方知狐戏报之也。

【注释】 ①析箸（zhù）：分家。箸，筷子。②馌（yè）：给在田间耕作的人送饭。

【译文】 先祖父有一处田舍，叫厂里，现今分给了堂弟东白家。听说没有分家时，场院里一个柴垛，有些年头了，说是狐精居住在里面，人不敢触犯。偶然有个佃户某人喝醉了睡在柴垛旁边，其他佃户提醒他不要触怒仙家，某人不听，反而肆意大骂。忽然听到有人说话道："你醉了，我不计较，姑且回家去睡吧。"第二天，那个佃户在园地里看守瓜田，他的妻子挑着担子给他送饭来，远远地望见圆形瓜棚中一个红衣女子同丈夫坐在一起，见到佃户妻子吃惊地起身，慌忙跳过矮墙跑了。佃户的妻子本来就妒忌凶悍，以为丈夫有了外遇；气愤得无法忍耐，抄起扁担痛打。那个佃户有一百张嘴也辩白不清，挨了好一顿打。妇人打累了歇下来，嘴里还喃喃地毒骂。忽然听到树梢头的大笑声，方才知道是狐精戏弄报复他。(滦阳消夏录六)





巴里坤、辟展、乌鲁木齐诸山，皆多狐，然未闻有祟人者。惟根克忒有小儿夜捕狐，为一黑影所扑，堕崖伤足，皆曰狐为妖。此或胆怯目眩，非狐为妖也。大抵自突厥[①]、回鹘[②]以来，即以弋猎为事。今日则投荒者、屯戍者、开垦者、出塞觅食者搜岩剔穴，采捕尤多，狐恒见伤夷，不能老寿，故不能久而为魅欤？抑僻在荒徼，人已不知导引练形术，故狐亦不知欤？此可见风俗必有所开，不开则不习；人情沿于所习，不习则不能。道家化性起伪之说，要不为无见。姚安公谓滇南僻郡，鬼亦淳良。即此理也。

【注释】 ①突厥：公元六世纪初兴起于金山（今阿尔泰山）西南麓，为一游牧部落。②回鹘：中国古代北方及西北的少数民族。原称回纥，唐德宗时改称“回鹘”。

【译文】 巴里坤、辟展、乌鲁木齐一带的群山中，都有很多狐狸，不过没有听说有害人的狐狸。只有在根克忒有个孩子夜间捕捉狐狸时，被一个黑影扑了一下，掉下山崖摔伤了脚，人们都说黑影是狐妖。这也许是胆怯眼花，并不是狐狸成妖。大概自从突厥、回鹘以来，这一带就以捕猎为业。到现在则是逃荒的、屯兵驻防的、开垦的、出塞寻食的，都搜遍岩缝，踏尽山洞，其中捕猎的又很多，狐狸时常遭到捕杀伤害。这里的狐狸因为不能长寿，所以也就不能够长久修炼而成为精魅吧？或者是由于地处边疆偏僻所在，人都不知道导引炼形术，所以狐也不知道炼形呢？由此可见，风俗必须有所开化才能形成习惯，不开化就不能形成习惯；风土人情随习惯而来，没有形成习惯就没有风土人情。道家所谓教化人性而产生虚伪的说法，看起来并非没有见地。姚安公说云南南部是偏僻地区，连鬼也淳厚善良。就是这个道理。（滦阳消夏录六）

德清徐编修开厚，亦壬戌[1]前辈。初入馆时，每夜读书，则宅后空屋中有读书声，与琅琅相答。细听所诵，亦馆阁律赋也。启户则无睹。一夕，蹑足屏息窥之，见一少年，着青半臂，蓝绫衫，携一卷背月坐，摇首吟哦，若有余味，殊不以为祟者。后亦无休咎。唐小说载天狐超异科，策[2]二道，皆四言韵语，文颇古奥。或此狐亦应举者欤！此戈东长前辈说。戈，徐同年进士也。

【注释】 ①壬戌：乾隆七年（1742）。②策：古代科举考试的一种文体。

【译文】 德清人徐开厚任翰林院编修，也是乾隆壬戌年登第的前辈。刚入翰林院时，每当夜里读书，就听到宅后的空屋中也有读书声，与他的读书声琅琅相应。细听诵读的内容，也是翰林院规定格律的赋体。开门却看不见有什么人。一天晚上，他蹑手蹑脚，屏住气息悄悄去看，见一位年轻人，穿蓝绿色马甲，一件蓝绫衫，拿着一卷书，背着月亮坐着，正在津津有味地摇头吟诵，很不像是作祟的邪魅。后来，也没出现什么异常的事情。唐代小说中记载有天狐在超异科目中，策问二道，都是四言韵文，文义很古奥。或许这个少年也是应举的狐精！这件事是戈东长前辈叙述的。戈前辈，与徐前辈是同年进士。（滦阳消夏录六）

先兄晴湖曰："饮卤汁者，血凝而死，无药可医。里有妇人饮此者，方张皇莫措。忽一媪排闼入，曰：'可急取隔壁卖腐家所磨豆浆灌之。卤得豆浆，则凝浆为腐而不凝血。我是前村老狐，曾闻仙人言此方也。'语讫不见。试之果得苏。刘涓子有鬼遗方，此可称狐遗方也。"

【译文】 先兄晴湖说："喝盐卤汁的人，因为血凝固而死，没有药医。家乡有个女人喝了盐卤汁，家里人正慌慌张张不知如何是好，忽然一个老妇人推门进来，说：'赶快到隔壁卖豆腐的那里取来豆浆给她灌下去。卤水遇到豆浆，就将卤水凝成豆腐，血就不凝固了。我是前村的老狐狸，曾听仙人说过这个方子。'说完就不见了。用这个方子一试，女人果然救活了。南朝刘涓子有一副药方叫鬼遗方，这个药方可称狐遗方了。"（如是我闻一）

先叔仪南公，有质库在西城。客作陈忠，主买菜蔬。侪辈皆谓其近多余润，宜飨众，忠讳无有。次日，箧钥不启，而所蓄钱数千，惟存九百。楼上故有狐，恒隔窗与人语，疑所为。试往叩之，果朗然应曰："九百钱是汝雇值，分所应得，吾不敢取，其余皆日日所干没，原非汝物。今日端阳，已为汝买粽若干，买酒若干，买肉若干，买鸡鱼及瓜菜果实各若干，并泛酒雄黄，亦为买得，皆在楼下空屋中。汝宜早烹炮，迟则天暑，恐腐败。"启户视之，累累具在。无可消纳，竟与众共餐。此狐可谓恶作剧，然亦颇快人意也。

**【译文】** 先叔父仪南公，曾在西城开有一个当铺。短工陈忠，负责买菜什么的。他的同伴们说他近来得了不少外快，应该请客，陈忠不承认。第二天，陈忠发现，自己的钱箱并没有打开过，积蓄的数千钱，却只剩下了九百。听说有个狐精住在楼上，经常隔窗和人说话，怀疑是它干的。陈忠就试着恭恭敬敬问它，狐精果然高声回答说："箱子里的那九百钱是你的工钱，是你应得的，我不敢拿，其余的钱都是你每天采购私吞的，原本不属于你。今天是端午节，我已经替你买了粽子若干，买了酒若干，买了肉若干，买了鸡、鱼及瓜果蔬菜各若干，另外还买了用菖蒲泡的雄黄酒，都放在楼下那间空房里，你还是早点做出来给大家吃吧，天热，迟了会腐坏变质的。"陈忠打开空房子门一看，果然食物全都放在屋里。他一个人吃不了，没办法，最后还是和大家一起吃了。这个狐精真会恶作剧，不过倒也大快人心。（如是我闻一）

朱竹坪御史尝小集阎梨村尚书家。酒次，竹坪慨然曰："清介是君子分内事。若恃其清介以凌物，则殊嫌客气不除。昔某公为御史时，居此宅，坐间或言及狐魅，某公痛詈之。数日后，月下见一盗逾垣入。内外搜捕，皆无迹。扰攘彻夜，比晓，忽见厅事上卧一老人，欠伸而起曰：‘长夏溽暑，（“长夏”字出黄帝《素问》，谓六月也。王太仆注：“读上声。”杜工部“长夏江村事事幽”句，皆读平声，盖注家偶未考也。）偶投此纳凉，致主人竟夕不安，殊深惭愧。’一笑而逝。盖无故侵狐，狐以是戏之也。岂非自取侮哉！”

【译文】　御史朱竹坪曾到阎梨村尚书家小聚。饮酒间，朱竹坪感慨地说：“清廉耿介本来是君子本分的事。但如果自以为清廉耿介就可以欺凌他人，就太虚妄太不真实了，过去某公做御史时，就住在这所房子里，闲谈中偶言及狐狸精媚人的事。某公痛骂狐精。几天后，某公在月下见一个小偷跳墙进来。令人内外搜捕，却不见形迹。忙乱了一夜，到天亮，忽然看见厅堂上躺着个老人，伸伸懒腰说：‘长夏潮湿闷热，（长夏一词出于黄帝《素问》，是说六月份。王太仆注：“读上声”，杜工部“长夏江村事事幽”句，都读平声，大概是注家偶然失考。）偶然到这所宅院里纳凉，致使主人一夜不安，深感惭愧。’一笑就不见了。大概是某公无缘无故侵犯狐精，因此狐精就戏弄他。这岂不是自找羞辱吗？”（如是我闻一）

外祖雪峰张公家，牡丹盛开。家奴李桂，夜见二女凭阑立。其一曰：“月色殊佳。”其一曰：“此间绝少此花，惟佟氏园与此数株耳。”桂知是狐，掷片瓦击之，忽不见。俄而砖石乱飞，窗棂皆损。雪峰公自往视之，拱手曰：“赏花韵事，步月雅人，奈何与小人较量，致杀风景？”语讫寂然。公叹曰：“此狐不俗。”

【译文】　外祖父张雪峰家，牡丹盛开。家奴李桂夜里看见两个女子靠着栏杆站着。其中一个说：“月色真好。”另一个说：“这种花这里绝少，只有佟氏园和这里有几株罢了。”李桂知道是狐狸精，就掷了一片瓦打过去，女子忽然不见了。不一会儿砖头石块乱飞，窗棂都被砸坏了。张雪峰公亲自前往察看，拱手施礼说：“赏花是风雅的事情，在月下散步是高雅的人，为

什么和小人较量，以致大煞风景?”说完，四周就寂静无声了。张公叹息说：“这个狐精不俗。”（如是我闻二）

张完质舍人，僦居一宅，或言有狐。移入之次日，书室笔砚皆开动，又失红柬一方。纷纭询问间，忽一钱铮然落几上，若偿红柬之值也。俄喧言所失红柬，粘宅后空屋。完质往视，则楷书“内室止步”四字，亦颇端正。完质曰：“此狐狡狯。”恐其将来恶作剧，乃迁去。闻此宅在保安寺街，疑即翁覃溪宅也。

【译文】 中书舍人张完质，租了一处宅子居住，有人说宅子里有狐精。搬进去的第二天，书房的笔砚都打开动过了，还少了一方红柬。正在乱纷纷查问的时候，忽然有一文钱“当啷”一声落在书案上，似乎是抵还红柬的价钱。不一会儿人声喧嚷，说是丢失的红柬，贴在了宅后的空屋。张完质亲自前往察看，见红柬上用楷书写着“内室止步”四字，写得十分端正。他说：“这个狐精真狡猾。”担心狐妖精日后恶作剧，就搬了出去。听说这处宅院在保安寺街，怀疑可能就是翁覃溪的住宅。（如是我闻三）

长山聂松岩言：安丘张卯君先生家，有书楼为狐所据，每与人对语。媪婢童仆，凡有隐慝，必对众暴之。一家畏若神明，惕惕然不敢作过。斯亦能语之绳规，无形之监史矣。然奸黠者或敬事之，则讳其所短，不肯质言。盖聪明有余，正直则不足也。斯狐之所以为狐欤！

【译文】 长山人聂松岩说，安丘的张卯君先生家，有座书楼被狐精占据了，这个狐精经常和人对话。一家的婆子丫鬟书童仆人，凡是有什么欺瞒别人的事情，一定会被狐精当众揭发。张家的人对它畏若神明，都小心翼翼不敢有什么过失，这也称得上是会说话的戒律、无形的监察官了。但狡猾的人有时恭恭敬敬奉承它，狐精就会为他隐瞒过失，不肯直说了。这个狐精是聪明有余，正直却不足，这大概也是狐之所以为狐的道理吧！（如是我闻四）

故城刁飞万言：一村有二塾师，雨后同步至土神祠，踞砌[①]对谈，移时未去。祠前地净如掌，忽见坌起似字迹。共起视之，则泥上杖画十六字曰："不趁凉爽，自课生徒；溷[②]人书馆，不亦愧乎？"盖祠无居人，狐据其中，怪二人久聒也。时程试[③]方增律诗，飞万戏曰："随手成文，即四言叶韵。我愧此狐。"

【注释】 ①砌：台阶。②溷（hùn）：浑浊，肮脏。③程试：按规定的程式考试，多指科举考试。

【译文】 故城人刁飞万说：某村有两个塾师，一天雨后两人一起散步到土地祠，蹲在台阶上谈天，聊了一个时辰还没离去。祠前的土地原来很平整，这时忽然看到有隆起的地方，像是字迹。两人起身一道细看，只见泥地上用棍子画出十六个字："不趁着天气，自己给学生徒弟讲课；荒废了人家的书馆学堂，你们就不觉得惭愧吗？"大概是祠里没人居住，狐精住在里面，责怪两个人在这里聒噪得太久了。当时正巧科举考试增考格律诗，刁飞万开玩笑说："随手一画，就是四言押韵，我愧对这个狐精。"（如是我闻四）





汪御史香泉言：布商韩某，昵一狐女，日渐尪羸[①]。其侣求符箓劾禁，暂去仍来。一夕，与韩共寝，忽披衣起坐曰："君有异念耶？何忽觉刚气砭人，刺促不宁也？"韩曰："吾无他念。惟邻人吴某，迫于债负，鬻其子为歌童。吾不忍其衣冠之后沦下贱，捐四十金欲赎之，故辗转未眠耳。"狐女蹶然推枕曰："君作是念，即是善人。害善人者有大罚，吾自此逝矣。"以吻相接，嘘气良久，乃挥手而去。韩自是壮健如初。

【注释】 ①尪（wāng）羸（léi）：瘦弱。

【译文】 御史汪香泉说：布商韩某，亲近一个狐女，一天比一天瘦弱。他的伙伴求得了符咒禁止她来，那个狐女离开后没几天又回来了。一天夜里，她与韩某睡在一起，忽然披着衣服坐起来，说："你有别的想法了？为什么我觉得你刚气逼人，弄得我心慌慌的睡不安稳呢？"韩某说："我并没有别的想法。只是邻居吴某，欠债还不了，将儿子卖为歌童了。我不忍读书人的后代沦为下贱，就想筹措四十两银子把他赎回来，因此才翻来覆去睡不着。"狐女一下子推翻了枕头说："你有这样的念头，就是善人。害善人会受到重罚，我从此就离开你。"于是，她与韩某嘴对嘴，嘘了好一会儿气，才挥手别去。韩某从此又像原先那样健壮了。（如是我闻四）

人物异类，狐则在人物之间；幽明异路，狐则在幽明之间；仙妖异途，狐则在仙妖之间。故谓遇狐为怪可，谓遇狐为常亦可。三代以上无可考。《史记·陈涉世家》称篝火作狐鸣曰："大楚兴，陈胜王。"必当时已有是怪，是以托之。吴均《西京杂记》称广川王发栾书冢，击伤冢中狐，后梦见老翁报冤。是幻化人形，见于汉代。张鷟《朝野佥载》称唐初以来，百姓多事狐神，当时谚曰："无狐魅，不成村。"是至唐代乃最多。《太平广记》载狐事十二卷，唐代居十之九，是可以证矣。诸书记载不一，其源流始末，则刘师退先生所述为详。

盖旧沧州南一学究与狐友，师退因介学究与相见，躯干短小，貌如五六十人，衣冠不古不今，乃类道士；拜揖亦安详谦谨。寒温毕，问枉顾意。师退曰："世与贵族相接者，传闻异词，其间颇有所未明。闻君豁达不自讳，故请祛所惑。"狐笑曰："天生万品，各命以名。

狐名狐，正如人名人耳；呼狐为狐，正如呼人为人耳，何讳之有？至我辈之中，好丑不一，亦如人类之内，良莠不齐。人不讳人之恶，狐何必讳狐之恶乎？第言无隐。”师退问：“狐有别乎？”曰：“凡狐皆可以修道，而最灵者曰狴[①]狐。此如农家读书者少，儒家读书者多也。”问：“狴狐生而皆灵乎？”曰：“此系乎其种类。未成道者所生，则为常狐；已成道者所生，则自能变化也。”问：“既成道矣，自必驻颜。而小说载狐亦有翁媪，何也？”曰：“所谓成道，成人道也。其饮食男女，生老病死，亦与人同。若夫飞升霞举，又自一事。此如千百人中，有一二人求仕宦。其炼形服气者，如积学以成名；其媚惑采补者，如捷径以求售。然游仙岛、登天曹者，必炼形服气乃能；其媚惑采补，伤害或多，往往干天律也。”问：“禁令赏罚，孰司之乎？”曰：“小赏罚统于其长，大赏罚则地界鬼神鉴察之。苟无禁令，则来往无形，出入无迹，何事不可为乎！”问：“媚惑采补，既非正道，何不列诸禁令，必俟伤人乃治乎？”曰：“此譬诸巧诱人财，使人喜助，王法无禁也。至夺财杀人，斯论抵耳。《列仙传》[②]载酒家妪，何尝干冥诛乎！”问：“闻狐为人生子，不闻人为狐生子，何也？”微哂曰：“此不足论。盖有所取无所与耳。”问：“支机别赠，不惮牵牛妒[③]乎？”又哂曰：“公太放言，殊未知其审。凡女则如季姬鄫子[④]之故事，可自择配。妇则既有定偶，弗敢逾防。若夫赠芍采兰，偶然越礼，人情物理，大抵不殊，固可比例而知耳。”问：“或居人家，或居旷野，何也？”曰：“未成道者未离乎兽，利于远人，非山林弗便也。已成道者事事与人同，利于近人，非城市弗便也。其道行高者，则城市山林皆可居。如大富大贵家，其力百物皆可致，住荒村僻壤与通都大邑一也。”师退与纵谈，其大旨惟劝人学道，曰：“吾曹辛苦一二百年，始化人身。公等现是人身，功夫已抵大半，而悠悠忽忽，与草木同朽，殊可惜也。”师退腹笥三藏[5]，引与谈禅。则谢曰：“佛家地位绝高，然或修持未到，一入轮回，便迷却本来面目。不如且求不死，为有把握。吾亦屡逢善知识，不敢见异而迁也。”

师退临别曰：“今日相逢，亦是天幸，君有一言赠我乎？”踌躇良久，曰：“三代以下恐不好名，此为下等人言。自古圣贤，却是心平气和，无一毫做作。洛、闽诸儒，撑眉努目，便生出如许葛藤。先生其念之。”师退怃然自失。盖师退崖岸太峻，时或过当云。

【注释】 ①狴（bì）：传说中的兽名。古代牢狱门上绘其形状，故又用为牢狱的代称。②《列仙传》：我国最早且较有系统的叙述神仙事迹的著作，记载了从赤松子（神农时雨师）至玄俗（西汉成帝时仙人）七十一位仙家的姓名、身世和事迹，后来被收入《道藏》（138 册），成为道书。③ 支机别赠，不惮牵牛妒：支机是织女星的别称，牵牛就是牵牛星。意思是织女把东西送给别人，不怕牛郎妒忌吗。④季姬鄫子：公元前 646 年，鄫子的夫人季姬回鲁国看望父母，季姬的父亲鲁僖公因为女婿鄫子不来拜见他而大为生气，就不让季姬按时返回鄫国。这年夏天，季姬秘密通知鄫子在防地（今山东曲阜东南）见面，见面后季姬劝鄫子朝拜了鲁僖公，暂时缓和了两国关系。但是季姬直到次年九月才回到鄫国。⑤ 腹笥（sì）三藏：腹笥，原指学识丰富，这里指肚子里的学问；三藏，又作“三法藏”。藏，梵语意谓容器、谷仓、笼等，印度佛教圣典之三种分类为：经藏、律藏、论藏。

【译文】 人和动物不是同类，狐则处于二者之间；阳世和阴间不是同一个空间，狐则处于阴间和阳间之间；仙和妖不是一条途径，狐则处于仙和妖之间。因此，说遇到狐是怪事也可以，说遇到狐是常事也可以。夏、商、周三代以上，有关狐的事迹无可考察。《史记·陈涉世家》记载陈胜等人点起篝火，假装狐鸣叫道："大楚兴，陈胜王。"可知当时必定已经有狐妖作怪的现象，因而他们才这样伪托。吴均的《西京杂记》说广川王发掘栾书的墓葬，打伤了墓里的狐，后来梦见有个老翁前来报仇。可见狐妖幻化人形的事迹，已经见于汉代。张鷟《朝野佥载》称唐初以来，百姓大多供奉狐神，而且当时流行谚语："无狐魅，不成村。"看来到了唐代狐妖才是最盛。《太平广记》记载狐妖事迹十二卷，唐代狐妖占了十分之九，这就可以作为明证。各种书上对狐妖记载不一，关于狐妖的源流始末，刘师退先生讲述得最详细。

原来旧沧州南有个学究与狐妖为友，刘师退请学究介绍拜见了他的狐友。这位狐友身躯短小，看上去像是五六十岁的人，衣帽不今不古，类似道士，见面时作揖打躬态度安详谦谨。相互问候完毕，狐友客客气气问刘师退的来意。刘师退说："我们人类世世代代与你们仙族相处，但是对仙族的传闻却大不一样，这其中有许多我不明白地方。听说先生的性格豁达，并不忌讳谈论自己的身世，因此前来请教，解除疑惑。"狐友笑着说："天生万物，各自都有名称。狐名为狐，就如人名为人一样；称呼狐为狐，正如称呼人为人一样。有什么可忌讳的呢？至于我们狐类中善恶不一，也像人类当中一样，良莠不齐。人并不忌讳人类的丑恶，狐何必要忌讳狐的丑恶呢？你尽可放心说话，毋须隐讳。"刘师退问："狐类中是否有区别呢？"狐友说："凡是狐都可以修道，最灵通的狐族叫狌狐。这就好比人类中有农民儒生的区分，农民读书少，儒生读书多。"问："狌狐一出生就都通灵吗？"狐友说："这关系到种族遗传。不过，并非所有狌狐都通灵，没成道的狐所生的狐，就是常狐，已成道的狐所生的狐，一出生就自能变化。"问："狐既然修炼成道，自然必定驻颜不老。而小说里记载的狐却有老翁老妇，这是什么道理？"狐友说："所谓成道，仅仅指狐修成了人道。修成人道后也要饮食起居，男女结合，生老病死，这些都跟人类相同。至于飞升天界，云来霞去，那是另外一回事。这好比人类读书，千百人中，才能有一两个人做得了官。狐的修道，采用炼形服气的方法如同人的积累学问成就名声，使用媚惑采补的方法，如同人走捷径求得成功。但是，要达到游仙岛、登天界的地步，必须炼形服气才能成功。媚惑采补，伤害很多，往往会触犯天律。”问：“对狐辈的禁令赏罚，由谁掌管呢？”狐友说：“小的赏罚由狐族自己的首领统领掌管，大的赏罚则由天地鬼神暗中鉴察。如果没有禁令，狐类来来往往没有踪影，出来进入没有痕迹，什么事情做不出来呢？”问：“媚惑采补，既然不是正道，为什么不列入禁令，必定要等到伤人之后才惩罚呢？”狐友说：“这好比人类中以巧妙手段诱骗人的钱财，受诱惑的人喜欢出钱资助，王法是无从禁止的。至于因为夺财而杀害了人命，那就要依法抵罪了。《列仙传》记载的酒家婆，又何尝违犯律条受到冥司诛杀呢？”他问：“常常听说狐为人生子，没听说人为狐生子，这是什么原因呢？”狐友微笑着说：“这个问题不足以讨论。因为狐要采补得道，对人只有所取，而无所予。”问：“狐妻与他人亲近，就不怕丈夫妒嫉吗？”狐友又笑着说：“先生太放肆了，一点儿也不知道其中的详情。狐类中凡是未婚的狐女，都像人类历史上季姬鄫子的故事一样，可以自己任意选择配偶。已婚狐妇既然已有配偶，是不敢逾越防线的。至于偷郎献花，偶然越了礼仪，既是人之常情，也是事物常理，大体上人和狐没有区别，从人情稍加推论也就明白了。”问：“有的狐住在人家，有的狐住在旷野，这是何故？”狐友说：“狐中未成道者还没脱离兽性，还是远离人类为好，不住山林不方便；已成道者事事和人相同，接近人类才比较便利，不住城市不方便；道行高者城市山林都可居住，如同大富大贵的人家一样，财力够得上，什么都可以买到，住荒村僻壤与通都大邑没有差别。”刘师退与狐友高谈阔论，狐友的主要意思只是劝人学道，说：“我们狐类辛苦一两百年，才修炼得化成了人身。你们现在就是人身，成仙功夫已抵大半，却忽忽悠悠浪费一生，与草木一样归于腐朽，太可惜了。”刘师退对佛教经典很有造诣，就换了话题与狐友谈禅。狐友谢绝说：“佛家所处的境界非常高，可是有的人修持不到，一入轮回就迷失了本来面目。不如先求得长生不死，这样还有点把握。我也曾经多次遇到过真佛真师，可从来不敢见异思迁。”

刘师退与狐友临别时说：“今日相逢，也是天大的幸运。先生能否赠我一句话？”狐友踌躇很久，说：“夏、商、周三代以下恐怕没有不追求名声的，这些都是所谓的下等人。如果要说到古来的圣人贤者，却是心平气和，毫无做作的。宋代洛、闽的诸位理学家，张眉怒目，就生出许多的枝节。先生请认真想想。”刘师退心有所感，若有所失。大概是他一向都很高傲严峻，

时常有些过分的言行吧。(如是我闻四)

里人范鸿禧，与一狐友昵。狐善饮，范亦善饮，约为兄弟，恒相对醉眠。忽久不至，一日遇于秫田中，问："何忽见弃？"狐掉头曰："亲兄弟尚相残，何有于义兄弟耶？"不顾而去。盖范方与弟讼也。杨铁崖《白头吟》曰："买妾千黄金，许身不许心；使君自有妇，夜夜白头吟。"与此狐所见正同。

**【译文】** 家乡人范鸿禧，与一个狐精朋友很亲近。狐友能喝酒，范鸿禧也很能喝，两人约定以兄弟相称，经常对饮喝醉了睡在一起。忽然狐友很久没来找范鸿禧，一天他们偶尔在高粱地相遇，范鸿禧问狐友："为什么忽然不理我了？"狐友掉转头去说："亲兄弟还手足相残呢，何况我这结义兄弟？"头也不回就走了。原来当时范鸿禧正与弟弟打官司。杨铁崖《白头吟》说："买妾千黄金，许身不许心；使君自有妇，夜夜白头吟。"与这个狐精的见解完全相同。(如是我闻四)

冯平宇言：有张四喜者，家贫佣作。流转至万全山中，遇翁妪留治圃。爱其勤苦，以女赘之。越数岁，翁妪言往塞外省长女，四喜亦挈妇他适。久而渐觉其为狐，耻与异类偶，伺其独立，潜弯弧射之，中左股。狐女以手拔矢，一跃直至四喜前，持矢数之曰："君太负心，殊使人恨！虽然，他狐媚人，苟且野合耳。我则父母所命，以礼结婚，有夫妇之义焉。三纲所系，不敢仇君；君既见弃，亦不敢强住聒君。"握四喜之手痛哭，逾数刻，乃蹶然逝。四喜归，越数载，病死，无棺以敛。狐女忽自外哭入，拜谒姑舅，具述始末，且曰：

"儿未嫁，故敢来也。"其母感之，詈四喜无良。狐女俯不语。邻妇不平，亦助之詈。狐女瞋视曰："父母詈儿，无不可者。汝奈何对人之妇，詈人之夫!"振衣竟出，莫知所往。去后，于四喜尸旁得白金五两，因得成葬。后四喜父母贫困，往往于盎中箧内无意得钱米，盖亦狐女所致也。皆谓此狐非惟形化人，心亦化人矣。或又谓狐虽知礼，不至此，殆平宇故撰此事，以愧人之不如者。姚安公曰："平宇虽村叟，而立心笃实，平生无一字虚妄。与之谈，讷讷不出口，非能造作语言者也。"

【译文】 冯平宇说：有个叫张四喜的人，家境贫穷，靠给人打工为生。漂流到万全山中，被一对老夫妇收留，让他侍弄菜园子。老夫妇喜欢他勤劳能吃苦，招他做了入赘女婿。过了几年，老夫妇说要去塞外看望大女儿，四喜也带着妻子离开了。时间久了，张四喜渐渐发现他妻子原来是狐精，他觉得与异类婚配很羞耻，趁她独自站在某处时，偷偷地弯弓搭箭，射中了她的左边大腿。狐女用手拔出箭，一下子跳到四喜面前，拿箭指着他责备说："你太无情，实在让人痛恨。尽管这样，别的狐狸媚人，都是不顾礼法私自苟且在一起的。我却是受父母之命，按照礼仪与你结婚，有夫妇之义。由于三纲的约束，我不敢仇恨你，你既然嫌弃我，我也不愿勉强住下去招你讨厌。"说完握着四喜的手痛哭，过了一会儿，一跳就忽然消失了。四喜回到家里，过了几年，病死了，穷得连敛葬的棺材也没有。忽然，狐女从外面哭着进来，拜见公婆，详细诉说了经过。又说："我未再嫁，所以敢来探望。"四喜的母亲非常感动，痛骂四喜没有良心。狐女低着头不说话。邻居的一个女人打抱不平，也跟着骂。狐女瞪起眼睛说："父母骂儿子，没什么不可以的。你怎么能当着妻子的面，骂人家的丈夫!"怒冲冲地抖抖衣服走了，不知去了哪里。她离开后，家里人在四喜的尸身旁边发现五两银子，这才安葬了死者。后来四喜父母贫困，常常能在箱子或盆盆罐罐里意外地发现钱米，大概也是狐女给的。听到这个故事的人都说这个狐女不但身形化作人，心灵也已经化成人了。有人又说，狐精即使知礼，恐怕还到不了这种地步，很可能是冯平宇故意编造一个故事，用来羞辱那些连狐女都不如的人。

姚安公说："平宇虽然是个乡下老汉，但心性朴实忠厚，平生没说过一句虚妄不实的话。跟他交谈，他结结巴巴说不出什么，不是能编故事的人啊。"(槐西杂志二)

程鱼门言：朱某昵淮上一妓，金尽，被斥出。一日，有西商过访妓，仆舆奢丽，挥金如土。妓兢兢恐其去，尽谢他客，曲意效媚。日赠金帛珠翠，不可缕数。居两月余，云暂出赴扬州，遂不返。访问亦无知者。赀货既饶，拟去北里为良家。检点箧笥，所赠已一物不存，朱某所赠亦不存；惟留二百余金，恰足两月余酒食费。一家迷离惝恍，如梦乍回。或曰，闻朱某有狐友，殆代为报复云。

**【译文】** 程鱼门说，朱某迷恋淮河边上的一个妓女，钱花光了，就被妓女赶了出来。有一天，有个西商去拜访这个妓女，商人的仆从车马十分奢侈华丽，商人又挥金如土。妓女小心伺候，只怕商人离开，就谢绝了其他嫖客，殷勤地讨商人欢心。商人每天赠送她金银绸缎、珍珠翡翠，多得数也数不清。商人住了两个多月，说是到扬州去几天，却从此没有回来。妓女托人访查，也没人知道商人的去向。妓女心想，自己积蓄的钱财很丰富了，就想离开妓院从良。她检点自己的箱笼，商人送的财物却已经一件都没有了，连朱某送的东西也不见了，只剩下二百多两银子，刚好够两个多月的酒食费用。妓女全家人都觉得迷迷糊糊的，好像做梦刚醒过来似的。有人说，听说朱某有一位狐精朋友，大概是替朱某去报复妓女的。(槐西杂志三)

宋村厂（从弟东白庄名，土人省语呼厂里）仓中旧有狐。余家未析箸时，姚安公从王德庵先生读书是庄。仆隶夜入仓院，多被瓦击，而不见其形，惟先生得纳凉其中，不遭扰戏。然时见男女往来，且木榻藤枕，俱无纤尘，若时拂拭者。一日，暗中见一人循墙走，似是一翁，呼问之曰："吾闻狐不近正人，吾其不正乎？"翁拱手对曰："凡兴妖作祟之狐，则不敢近正人；若读书知礼之狐，则乐近正人。先生君子也，故虽少妇稚女，亦不相避，信先生无邪心也。先生何反自疑耶？"先生曰："虽然，幽明异路，终不宜相接。请勿见形可乎？"翁磬折曰："诺。"自是不复睹矣。

【译文】 宋村厂（堂弟东白的庄子名称，当地人简称为厂里）仓库里原有狐精。我们家族还没有分家的时候，姚安公在这个庄子跟随王德庵先生读书。奴仆夜晚走进仓库院子，经常被瓦片打中，却看不见狐精的形貌。只有王先生在院子里乘凉，没有碰到狐精骚扰戏弄。不过，经常看见有男男女女走来走去，而且王先生所用的木床藤枕，没有一点灰尘，好像有人时常擦拭。有一天，王先生在昏暗中看见一个人沿着墙脚走过，好像是个老翁，就喊住问他："我听说狐精不敢靠近正人君子，我难道德行不正吗？"老翁拱手行礼，回答说："凡是兴妖作怪的狐精，就不敢靠近正人君子；如果是知书识礼的狐精，就喜欢靠近正人君子。先生您人格高尚，所以即使是狐精中的少妇少女，也不回避先生，相信先生没有邪念啊。先生怎么反过来怀疑自己呢？"王先生说："即便这样说，但是阴间和人世到底不同，相互接近总是不合适的，请不要显形好吗？"老翁鞠躬说："好吧。"从此再也看不见狐精了。（槐西杂志三）





李千之侍御言：某公子美丰资，有卫玠璧人[①]之目。雍正末，值秋试，于丰宜门内租僧舍过夏。以一室设榻，一室读书。每晨兴，书室几榻笔墨之类，皆拂试无纤尘。乃至瓶插花、砚池注水，亦皆整顿如法，非粗材所办。忽悟北地多狐女，或借通情愫，亦未可知，于意亦良得。既而盘中稍稍置果饵，皆精品。虽不敢食，然益以美人之贻，拭目以待佳遇。一夕月明，潜至北牖外穴纸窃窥，冀睹艳质。夜半，闻器具有一声，果一人在室料理。谛视，则修髯伟丈夫也。怖而却走。次日，即移寓。移时，承尘上似有叹声。

【注释】 ①卫玠璧人：《世说新语》记载，卫玠自幼风神秀异，坐着羊车行在洛阳街上，远远望去，就恰似白玉雕的塑像，时人称之“璧人”。璧人，意思是像白璧一样漂亮的人。

【译文】 李千之侍御说：某公子英俊漂亮，在人们眼里是白皙俊秀的美男子。雍正末年，他参加乡试，就在丰宜门内的寺院里租房过夏天。一个房间作卧室，一个房间读书。每天早起，他发现书房的桌子、椅子、笔墨之类，都被人擦拭得一尘不染，甚至瓶子里插花、砚池里注水，也都整理得很有章法。这绝不是粗俗的人做得到的。公子忽然醒悟，北方狐女很多，有时借这种方式表达情意，也说不定。这样一想，他心里就很得意。后来，盘子里还会放一些水果点心，都很精美。公子虽然不敢吃，但更加认为是美人送的，就留心等待着艳遇。一天晚上月色明朗，公子悄悄到北窗外，把窗纸弄破一个洞偷看，想看看美女是什么样。到了半夜，听见器具有响声，果然有一个人在房间里整理。仔细看时，原来是一个长长胡须的壮实汉子。公子吓得赶紧走开。第二天，他就搬到了别处。搬走时，天花板上好像有叹息的声音。(槐西杂志四)





周泰宇言：有刘哲者，先与一狐女狎，因以为继妻。操作如常人，孝舅姑，睦娣姒，抚前妻子女如己出，尤人所难能。老而死，其尸亦不变狐形。或曰：“是本奔女，讳其事，托言狐也。”或曰：“实狐也，炼成人道，未得仙，故有老有死；已解形，故死而尸如人。”

余曰："皆非也，其心足以持之也。凡人之形，可以随心化。郗皇后之为蟒[①]，封使君之为虎[②]，其心先蟒先虎，故其形亦蟒亦虎也。旧说狐本淫妇阿紫[③]所化，其人而狐心也，则人可为狐。其狐而人心也，则狐亦可为人。缁衣黄冠，或坐蜕不仆；忠臣烈女，或骸存不腐，皆神足以持其形耳。此狐死变形，其类是夫！"泰宇曰："信然。相传刘初纳狐，不能无疑惮。狐曰：'妇欲宜家耳，苟宜家，狐何异于人？且人徒知畏狐，而不知往往与狐侣。彼妇之容止无度，生疾损寿，何异狐之采补乎？彼妇之逾墙钻穴，密会幽欢，何异狐之冶荡乎？彼妇之长舌离间，生衅家庭，何异狐之媚惑乎？彼妇之隐盗赀产，私给亲爱，何异狐之攘窃乎？彼妇之嚣凌诟谇，六亲不宁，何异狐之祟扰乎？君何不畏彼而反畏我哉？'是狐之立志，欲在人上久矣，宜其以人始以人终也。若所说种种类狐者，六道轮回，惟心所造，正恐眼光落地，不免堕入彼中耳。"

**【注释】** ①郗皇后之为蟒：《南史·梁武德郗皇后传》载，郗皇后生性好妒，死后堕为蟒蛇，每天被小虫噬咬，痛苦万分。一天在梦中向梁武帝诉苦求救，梁武帝醒后，即向宝志公禅师请问脱苦的方法，禅师告之需以礼佛忏悔，方能救度皇后。武帝于是亲制《慈悲道场忏法》十卷，延请僧众行忏礼，"夫人遂化为天人，在空中谢帝而去"。②封使君之为虎：据清光绪《宣城县志》载，后汉时期，封邵任安徽宣城丹阳郡太守，此人生性贪婪。一日突然变成一只吊睛斑斓大虎，张牙舞爪地从后堂闯出衙门，沿路不断咬食当地居民，遭到围捕，潜迹于深山老林。当时宣城流传民谣："无作封使君，生不治民死食民。"使君，古人对地方行政长官的尊称。③淫妇阿紫：语出《搜神记》："狐者，先古之淫妇，其名曰阿紫。"

**【译文】** 周泰宇说：有个人叫刘哲，先是跟一个狐女相好，后来娶她做了填房妻子。狐女就像平常人一样操持家务，孝顺公婆，与妯娌们和睦相处，照顾丈夫前任妻子的子女就像自己的孩子一样，这尤其是常人难以做到的。她年老去世，尸体也没变回狐狸的形貌。有人说："她本来是个私奔的女子，不愿说真情，假托说是狐。"有人说："她本来是狐，修炼成了人，但是还没有成仙，所以也有老有死。由于她脱了狐的本形，所以死后尸体像人一样。"

我认为："这些说法都不对，这是因为她的心志完全能够控制自己的形貌了。人的相貌可以随着心志变化。郗皇后变成巨蟒，汉代宣城太守封邵变成猛虎，是因为他们的心先前已经变成蟒、变成虎了，所以身形也成了蟒、成了虎。以往的说法，狐狸本来是叫阿紫的淫荡女人变成的，人有着狐的心志，人就能变成为狐。狐有人的心志，狐也能成为人。和尚、道士们坐化，躯体往往不倒；忠臣、烈女们，尸骨长期存留不腐朽，这都是因为意念能够保持形体不变。这个狐女死后形貌不改变，就属于这类情况吧！"周泰宇说："确实如此。人们传说刘哲开始娶狐女为妻的时候，还是有过疑虑、有过担心的。狐女说：'娶妻是为了成家，如果我合乎要求，那么狐和人有什么不同呢？而且人只知道害怕狐，却不知道常常和狐做伴侣。那些贪欲无度、使人生病损寿的女人，和狐的采补行为有什么区别？那些翻墙与人幽会的女人，和狐的放荡有什么两样？那些挑拨离间、在家庭制造事端的女人，和狐媚惑人有什么不同？那些偷盗家里钱财送给相好的女人，和狐的抢夺和偷窃有什么分别？那些嚣张狂傲、搅得六亲不宁的女人，和狐的作怪骚扰有什么不一样？您怎么不惧怕她们却反而害怕我呢？'可见这个狐立下志愿时，就想做得比人类好。怪不得她刚娶的时候是人的相貌，死了还是人的相貌。像她所说的那些具有种种狐狸行为的人，在天道、人道、阿修罗道、畜生道、饿鬼道和地狱道轮回生死，都是由自己的心志决定的。我担心，对自己的要求过低，也就难免堕落到这种境遇之中了。"（槐西杂志四）

舅氏实斋安公言：程老，村夫子也。女颇韶秀，偶门前买脂粉，为里中少年所挑，泣告父母。惮其暴横，弗敢较，然恚愤不可释，居恒郁郁。故与一狐友，每至辄对饮。一日，狐怪其惨沮。以实告，狐默然去。后此少年复过其门，见女倚门笑，渐相软语，遂野合于小圃空屋中。临别，女涕泣不舍，相约私奔。少年因夜至门外，引以归。防程老追索，以刃拟妇曰："敢泄者死！"越数日，无所闻；知程老讳其事，意甚得，益狎昵无度。后此女渐露妖迹，乃知为魅；然相悦甚，弗能遣也。岁余病瘵，惟一息仅存，此女乃去。百计医药，幸得不死，赀产已荡然。夫妇露栖，又尪弱不任力作，竟食妇夜合之资，非复从前之悍气矣。程老不知其由，向狐述说。狐曰："是吾遣黠婢戏之耳。必假君女形，非是不足饵之也；必使知为我辈，防败君女之名也；濒危而舍之，其罪不至死也。报之已足，君无更怏怏矣。"此狐中之朱家、郭解[1]欤？其不为已甚，则又非朱家、郭解所能也。

【注释】 ①朱家、郭解：汉代著名侠士。

【译文】 我的舅舅安实斋先生说：程老先生，是有点迂腐的乡村读书人。他的女儿很清秀漂亮，有一天偶尔在门前买脂粉，被村里一个年轻人调戏，哭着告诉了父母。他们害怕那个年轻人蛮横，不敢和他计较，但心中的愤恨怎么也消解不了，常常郁闷不乐。程老夫子一直有个狐精朋友，每次狐精来就对坐饮酒。一天，狐友见他一脸凄惨沮丧的表情很惊讶，他就把实情告诉了狐友，狐友没说什么就走了。后来，那个年轻人又路过他家门口，看见程女靠在门框上对他笑。两人渐渐地说些温柔的话，于是就在小菜园的空屋子里私会。临分手的时候，程女流着泪哭着不愿分手，于是两人约定私奔。那个年轻人夜里来到程家门外，带着程女回了自己家。为了防止程老夫子追索女儿，他用刀子威胁妻子说："敢泄露出去，就杀了你。"过了几天，没有听到什么动静，他以为程老夫子不敢张扬这件事，心里非常得意，和程女越加亲昵无度。后来，程女渐渐显露出妖怪的行迹来，他知道她是狐魅，但是太喜欢这个狐女了，舍不得打发她走。一年多以后，年轻人痨病缠身，只剩下一口气了，这个女子才离去了。年轻人到处请医求药，幸而得以不死，家产却已经荡尽了。夫妻只好露宿，又因为他身体虚弱干不了活儿，只好靠妻子卖淫糊口，不再有从前那种凶悍之气了。程老夫子不知其中缘由，向狐友述说了这事。狐友说："这是我派了一个狡黠的狐婢去戏弄他。必须假冒您女儿的形象，不这样就不能引他上钩。必须让他知道是我们狐狸干的，以免败坏了您女儿的名声。等到他生命垂危就放过他，他的罪过还不至于死。报复一下已经够了，您就不要再怏怏不乐了。"这是狐类中的朱家、郭解吧？它做事不做得过分，却又不是朱家、郭解能做到的。（槐西杂志四）

陈句山前辈移居一宅，搬运家具时，先置书十余箧于庭。似闻树后小语曰："三十余年，此间不见物矣。"视之阒如。或曰："必狐也。"句山掉首曰："解作此语，狐亦大佳。"

【译文】 陈句山前辈搬到一所宅院去住，搬运家具器用时，先将十多箱书运到新家的院子里。树后好像有人小声说："三十多年，这儿没有见过这东西了。"寻声去看，却什么也没有。有人说："这肯定是狐狸精。"陈句山掉过头去说："能说出这种话来，是狐狸精也是很不错的狐狸精。"（姑妄听之一）

哈密屯军，多牧马西北深山中。屯弁或往考牧，中途恒憩一民家。主翁或具瓜果，意甚恭谨。久渐款洽，然窃怪其无邻无里，不圃不农，寂历空山，作何生计。一日，偶诘其故。翁无词自解，云实蜕形之狐。问："狐喜近人，何以僻处？狐多聚族，何以独居？"曰："修道必世外幽栖，始精神坚定。如往来城市，则嗜欲日生，难以炼形服气，不免于媚人采补，摄取外丹。倘所害过多，终干天律。至往来墟墓，种类太繁，则踪迹彰明，易招弋猎，尤非远害之方。故均不为也。”屯弁喜其朴诚，亦不猜惧，约为兄弟。翁亦欣然。因出便旋，循墙环视。翁笑曰：“凡变形之狐，其室皆幻；蜕形之狐，其室皆真。老夫尸解以来，久归人道，此并葺茅伐木，手自经营，公毋疑如海市也。”他日再往，屯军告月明之夕，不睹人形，而石壁时现二人影，高并丈余，疑为鬼物，欲改牧厂。屯弁以问，此翁曰：“此所谓木石之怪夔罔两也。山川精气，翕合[①]而生，其始如泡露，久而渐如烟雾，久而凝聚成形，尚空虚无质，故月下惟见其影；再百余年，则气足而有质矣。二物吾亦尝见之，不为人害，无庸避也。”后屯弁泄其事，狐遂徙去，惟二影今尚存焉。此哈密徐守备所说。徐云久拟同屯弁往观，以往返须数日，尚未暇也。

【注释】 ①翕（xī）合：协调一致。

【译文】 哈密的驻军，大多在西北的深山里牧马。驻军的军官有时去检查放牧情况，途中常常住在一户百姓家。这家主人有时还准备瓜果，态度很是恭谨。时间长了就渐渐熟络起来，但是军官发现这里没有邻居，没有村子，老翁不种庄稼也不种菜，在这座空山里，以什么为生呢？有一天偶然问起，老翁回答不上来，就说实际上自己是褪去原形的狐狸。军官说：“狐狸喜欢接近人，你为什么住在这样偏僻的地方？狐狸往往聚族而居，你为何孤零零独住？”老翁说：“修道必须在远离尘世幽静的地方，这样精气神志才能坚持稳定。如果往来于城市，各种欲望就会一天天增长，就很难炼形补气，那么就免不了媚惑人采补精气、偷取外丹。害人太多，终究会违犯天条；至于往来坟墓之间，种类太繁杂，来去的踪迹清清楚楚，容易引来猎人，更不是远祸避害的方式。所以我都不愿意。”军官喜欢老翁质朴诚实，也不猜忌惧怕，提出和他结为兄弟。老翁也很高兴。军官出去小便，沿着墙转着看。老翁笑道：“凡是变形的狐狸，屋子也是假的；蜕形的狐狸，屋子都是真的。

我早就已经归到人道，这座房子是我割草砍树亲手盖起来的，你不要怀疑像是海市蜃楼。”后来再去时，驻军士兵告诉军官，在月光明亮的晚上，并没有看到人，石壁上却时时显出两个人影，都有一丈多高，怀疑是鬼类，因此打算换牧场。过几天再到老翁家时，军官问老翁这是怎么一回事，老翁说：“这就是所谓山林里的妖怪像夔、魍魉什么的。它们是由山川的精气混合生成的，开始时它像泡影、露水，时间长了渐渐像烟雾，时间再长一些就凝聚成形了。由于它还空虚没有实质，所以只能在月光下才能看见。再过一百多年，它的精气足了就有实质了。这两个影子我也见过，它不害人，不用换牧场。”后来军官泄露了老翁的情况，这个老狐搬走了，只有那两个影子如今还在。这是哈密的徐守备说的。他说早就打算和军官一道去看看，因为往返要好几天，还没有腾出时间来。(姑妄听之一)

安州陈大宗伯，宅在孙公园（其后废墟即孙退谷之别业）。后有楼贮杂物，云有狐居，然不甚露形声也。一日，闻似相诟谇，忽乱掷牙牌于楼下，琤琤如雹。数之，得三十一扇，惟阙二四一扇耳。二四幺二，牌家谓之至尊（以合为九数故也），得者为大捷。疑其争此二扇，怒而抛弃欤？余儿时曾亲见之。杜工部大呼“五白”，韩昌黎博塞争财，李习之作《五木经》[①]，杨大年喜叶子戏[②]，偶然寄兴，借此消闲，名士风流，往往不免。乃至“元邱校尉”[③]亦复沿波。余性迂疏，终以为非雅戏也。

【注释】 ①《五木经》：五木，指古代博具。以斫木为子，一具五枚。古博戏樗蒲用五木掷采打马，其后则掷以决胜负。后世所用骰子相传即由五木演变而来。②叶子戏：现代扑克的起源。叶子戏在我国有很长的历史，至清代，样式及打法已基本完善，并有逐渐演变至马吊牌的说法。③元邱校尉：狐的别称。宋代叶廷珪《海录碎事·狐》：“元邱校尉，狐也。”

【译文】 安州陈公做过礼部尚书，他的住宅在孙公园（后面有一片废墟，就是原来孙退谷的别墅）。宅后有一间楼房贮藏杂物，据说有狐狸住在里面，然而不怎么显形，也不发出声响。一天，听到它们好像在吵骂，忽然往楼下乱扔牙牌，丁零当啷好像下冰雹一样。家人捡起来一数，共有三十一张，只缺一张“二四”。“二四”和“幺二”，打牌的人称为“至尊”（因它们合成“九”的缘故），得到的人就能大赢。怀疑狐狸们就是为了争这两张牌，才发怒把牙牌扔下楼的。我小的时候，曾亲眼看到这事。杜甫曾经大叫“五白”，韩愈曾经参加六博和格五之类的赌博来赢钱，李翱写过《五木经》，杨亿喜欢叶子戏之类的赌博游戏。偶然用来寄托兴致，消遣闲暇时光，名士风流潇洒，往往不免喜欢这类东西，以至狐狸也跟着染上这种嗜好。不过我天性迂腐，总觉得这不是一种高雅的游戏。（姑妄听之一）

周密庵言：其族有孀妇，抚一子，十五六矣。偶见老父携幼女，饥寒困惫，踣不能行，言愿与人为养媳。女故端丽，孀妇以千钱聘之。手书婚帖，留一宿而去。女虽孱弱，而善操作，井臼皆能任；又工针黹，家借以小康。事姑先意承志，无所不至。饮食起居，皆经营周至，一夜往往三四起。遇疾病，日侍榻旁，经旬月目不交睫。姑爱之乃过于子。姑病卒，出数十金与其夫使治棺衾。夫诘所自来，女低回良久曰：“实告君，我狐之避雷劫者也。凡狐遇雷劫，惟德重禄重者庇之可免。然猝不易逢，逢之又皆为鬼神所呵护，猝不能近。此外惟早修善业，亦可以免。然善业不易修，修小善业亦不足度大劫。因化身为君妇，黾勉[①]事姑。今借姑之庇，得免天刑，故厚营葬礼以申报，君何疑焉！”子故孱弱，闻之惊怖，竟不敢同居。女乃泣涕别去。后遇祭扫之期，其姑墓上必先有焚楮酹酒迹，疑亦女所为也。是特巧于逭[2]死，非真有爱于其姑。然有为为之，犹邀神福，信孝为德之至矣。

【注释】 ①黾（mǐn）勉：勤勉，努力。②逭（huàn）：逃避。

【译文】 周密庵说：他的同族有个寡妇，抚养一个儿子，十五六岁了。一天，见一个老父亲带着个小女儿，饥寒交迫精疲力尽，跌跌撞撞走不动了，老父说愿意让女儿给人做童养媳。那个女孩长得端正俊俏，寡妇用一千文钱作聘礼。老父亲手写了婚约，住了一晚就走了。女孩虽然瘦弱，但是善于料理家务，打水舂米样样都能干；针线活又好，寡妇家靠她过上了小康生活。她侍候婆婆十分尽心，婆婆想的事情，总是不等吩咐她就做了。她照料婆婆的饮食起居，也十分周到，一夜往往要起来三四次。遇上婆婆生病，她天天守护在床头，十天半个月不合眼。婆婆喜欢他超过喜欢自己的儿子。婆婆得病去世后，她拿出几十两银子给丈夫，让丈夫买棺材做寿衣。丈夫问她钱是从哪里来的，她低头犹豫了好久，才说："实话告诉你，我是躲避雷击的狐狸精。凡是狐精将要受到雷击，只有得到品德高尚地位显赫的人庇护才能逃脱。然而一时间很难遇到这样的人，遇到了他们，周围又往往有鬼神保护着，不能靠近。除此之外，只有早早行善，积下功德，也可以避免，然而行善积德不容易，积点小小的善德也不足以度过大的劫难。因此，我成为你的妻子，勤勤恳恳侍候婆婆。现在靠婆婆的庇佑，我免受天刑，所以要厚葬婆婆，来报答她的恩情，你怀疑什么呢?"她的丈夫本来就懦弱，听了这话又惊又怕，竟然不敢再跟她同住在一起，她只好哭着离开。以后每逢祭祀扫墓的日子，婆婆坟上必定先有烧过纸钱浇奠过酒饭的痕迹，怀疑也是狐女来过了。这个狐女只是巧妙地逃避死亡，并不是真心爱戴婆婆。然而尽管是为了个人的私欲做这些事，仍然得到了神灵的宽恕，可见孝道确实是最重要的品德。(姑妄听之二)

李秋崖言：一老儒家，有狐居其空仓中，三四十年未尝为祟。恒与人对语，亦颇知书；或邀之饮，亦肯出。但不见其形耳。老儒殁后，其子亦诸生，与狐酬酢如其父。狐不甚答，久乃渐肆扰。生故设帐于家，而兼为人作讼牒。凡所批课文，皆不遗失；凡作讼牒，则甫具草辄碎裂，或从手中掣其笔。凡修脯所入，毫厘不失；凡刀笔所得，虽扃锁严密，辄盗去。凡学子出入，皆无所见；凡讼者至，或瓦石击头面流血，或檐际作人语，对众发其阴谋。生苦之，延道士劾治。登坛召将，摄狐至。狐侃侃辩曰："其父不以异类视我，与我交至厚。我亦不以异类自外，视其父如弟兄。今其子自堕家声，作种种恶业，不陨身不止。我不忍坐视，故挠之使改图；所攫金皆埋其父墓中，将待其倾覆，周其妻子，实无他肠。不虞炼师之见谴，生死惟命。"道士蹶然下座，三揖而握其手曰："使我亡友有此子，吾不能也；微我不能，恐能者千百无一二。此举乃出尔曹乎！"不别主人，太息径去。其子愧不自容，誓辍是业，竟得考终。

【译文】 李秋崖说：一个老儒生，他家的空仓库里住着个狐精，三四十年从未作怪害人。狐精常跟人对话，也很有学问；有时请他喝酒，他也愿意出来，但是看不见它的形貌。老儒去世了，他的儿子也是个秀才，与狐精的交往，跟父亲在世时一样。可是狐精不怎么搭理他，后来渐渐开始骚扰起来。秀才一直在家设私塾教书，兼职帮人写状子。凡是他批改学生的功课，一件也不丢失；凡是他写状子，却刚写完草稿纸张就碎裂，有时笔从手中被抢走。凡是他讲学的收入，一毫一厘也不丢；凡是写状子得来的钱，即便是装进箱子锁上了也被偷走。凡是学生出入，都见不到什么异常的情景；凡是打官司的来，有时被瓦块石头打得头破血流，有时狐精在房檐上说话，当众揭露来人的阴谋。秀才受不了，请道士来镇治。道士登坛招来神将，把狐精拘来。狐精理直气壮地说："他父亲不把我当成异类，与我交情很深。我也不因为自己是异类就见外，我把他父亲当作兄弟。如今他儿子自己败坏这个家的名声，做出种种坏事来，不毁了自己不罢休。我不忍心看着不管，所以给他捣乱想让他改悔；我偷他的钱，都埋在他父亲的墓里，等他将来败了家，用来周济他的妻子儿女，实在没有别的目的。不料遭到法师的责难，我的生死就听天由命吧。”道士一跃跳下座位，作了三个揖，握住狐精的手说：“如果是我去世的老朋友有这样的儿子，我做不到像你这样；不仅仅是我做不到，恐怕千百人中也没有一两个能做得到。这样的举动竟然出于你们这个族类么?”道士也不和老儒的儿子告别，叹息着径直离去。老儒的儿子惭愧得无地自容，发誓再也不帮人写状子，后来竟然得以善终。(姑妄听之二)

程编修鱼门言：有士人与狐女狎，初相遇即不自讳，曰：“非以采补祸君，亦不欲托词有夙缘，特悦君美秀，意不自持耳。然一见即恋恋不能去，倘亦夙缘耶?”不数数至，曰：“恐君以耽色致疾也。”至或遇其读书作文，则去，曰：“恐妨君正务也。”如是近十年，情若夫妇。士子久无子，尝戏问曰：“能为我诞育否耶?”曰：“是不可知也。夫胎者，两精相搏，翕合而成者也。媾合之际，阳精至而阴精不至，阴精至而阳精不至，皆不能成。皆至矣，时有先后，则先至者气散不摄，亦不能成。不先不后，两精并至，阳先冲而阴包之，则阳居中为主而成男；阴先冲而阳包之，则阴居中为主而成女。此化生自然之妙，非人力所能为。故有一合即成者，有千百合而终不成者。故曰不可知也。”问：“孪生何也?”曰：“两气并盛，遇而相冲，正冲则岐而二，偏冲则其一阳多而阴少，阳即包阴；其一阴多而阳少，阴即包阳。故二男二女者多，亦或一男一女也。”问：“精必欢畅而后至。幼女新婚，畏缩不暇，乃有一合而成者，阴精何以至耶?”曰：“燕尔之际，两心相悦，或先难而后易，或貌瘁而神怡。其情既洽，其精亦至，故亦偶一遇之也。”问：“既由精合，必成于月信落红以后，何也？”曰：“精如谷种，血如土膏，旧血败气，新血生气，乘生气乃可养胎也。吾曾侍仙妃，窃闻讲生化之源，故粗知其概。‘愚夫妇所知能，圣人有所不知能’，此之谓矣。”后士人年过三十，须暴长。狐忽叹曰：“是鬑鬑[①]者如芒刺，人何以堪！见辄生畏，岂夙缘尽耶！”初谓其戏语，后竟不再来。

鱼门多髯，任子田因其纳姬，说此事以戏之。鱼门素闻此事，亦为失笑。既而曰；“此狐实大有词辩，君言之未详。”遂具述其论如右。以其颇有理致，因追忆而录存之。

【注释】 ①鬑鬑（lián）：须发稀疏的样子。

【译文】 编修程鱼门说：有位士子和狐女厮混，初次相遇狐女就直言自己的身份，说：“我不是采补精气害你的，也不想假托你我前世有缘的虚词，只是喜欢你的秀美，情不自禁而已。但是我一见了你就依恋着离不开，莫非真的是前世因缘？”狐女不经常来，说：“怕你沉溺于美色之中生病。”有时来看见士子在读书写文章，就离去，说：“恐怕妨碍你的正业。”这么来往了近十年，两人感情投合像夫妻。士子结婚好久没有儿子，就和狐女开玩笑说：“你能给我生个儿子么？”狐女说：“这可说不定。孕胎，是双方精气相遇和谐，结合而成的。男女交合的时候，阳精到了而阴精没有到，或者阴精到了而阳精没有到，都不能成胎。两精都到了，但如果有先有后，则先到的精气涣散无力，也不能成胎。不前不后，双方精气同时到来，阳精先行冲击而阴精包裹在外面，那么阳精就居中为主而成男胎；阴精先行冲击而阳精包裹在外面，则阴精居中为主而成女胎。这是大自然生化的道理，不是人力所能控制的。所以有的一交合便成胎，有的交合千百次而始终不成胎。所以我说这可说不定。”士子问：“双胞胎是怎么回事？”狐女说：“双方精气同样旺盛，相遇后彼此冲击，正面冲击就一分为二，侧面冲击，一种情况是阳精多而阴精少，那么阳精就包裹阴精；一种情况是阴精多而阳精少，那么阴精就包裹阳精。所以双胞胎往往是两男或两女，有时也有一男一女的。”士子问：“精气只能在欢畅时来到。少女新婚，只顾又怕又羞，有的却相交一次就受孕，那么阴精为什么能来呢？”狐女说：“新婚之夜，两人相悦。有的开始时难为情，后来便不羞了；有的表面畏缩而心中高兴，感情既然融洽了，精气也就来了。所以偶然也有一次便受孕的。”士子问：“既然两精相合而成胎，却总是在女子月经之后才能成胎，这是为什么？”狐女说：“精气像谷种，血好像土壤，旧血消耗精气，新血产生精气。乘着血产生精气时便可以养胎。我曾侍奉仙妃，偷听过她讲生命化育的源起，所以了解个大概情况。‘普通夫妇能了解的事，圣人却不大了解’，说的就是这种情况吧。”后来士子年过三十，胡须长得又粗又壮。狐女忽然叹息道：“这稀稀疏疏的胡子像芒刺，人怎么能受得了，见了就害怕，莫非缘分尽了？”士人开始以为她是开玩笑，后来狐女竟然不再来了。

程鱼门的胡须很重，任子田趁着他纳妾，讲了这个故事和他开玩笑。程鱼门听过这个故事，也笑了起来。之后他说：“这个狐狸实际上很健谈，你讲得还不详细。”于是讲了上述的内容。因为觉得他讲得很有道理，所以追忆着记录了下来。（滦阳续录三）

云举又言：有人富甲一乡，积粟千余石。遇岁歉，闭不肯粜。忽一日，征集仆隶，陈设概量，手书一红笺，榜于门曰：“岁歉人饥，何心独饱，今拟以历年积粟，尽贷乡邻，每人以一石为律。即日各具囊箧赴领，迟则粟尽矣。”附近居民，闻声云合，不一日而粟尽。有请见主人申谢者，则主人不知所往矣。惶遽大索，乃得于久锸敝屋中，酣眠方熟，人至始欠伸。众惊愕掖起，于身畔得一纸曰：“积而不散，怨之府也；怨之所归，祸之丛也。千家饥而一家饱，剽劫为势所必至，不名实两亡乎？感君旧恩，为君市德。希恕专擅，是所深祷。”不省所言者何事。询知始末，太息而已。然是时人情汹汹，实有焚掠之谋。得是博施，乃转祸为福。此幻形之妖，可谓爱人以德矣。所云“旧恩”，则不知其故。或曰：“其家园中有老屋，狐居之数十年，屋圮乃移去。意即其事欤？”

【译文】 李云举又说：有个全乡最富的人，积攒了一千多石粮食。遇上荒年，关着仓门不肯售粮。突然有一天，富人把仆人们召集来，摆出升斗量器，亲手写了一张红纸，贴在大门口，说：“荒年人人饥饿，我怎么能安心一个人吃饱？现在准备把历年积存的粮食，全部借给同乡邻里，每人限借一石。即日开始，各人自备口袋箩筐来领取，迟到粮食就分光了。”附近的居民，听到消息都涌来，不到一天，粮食分光了。有人请求拜见主人，表示感谢，主人却不知到什么地方去了。大家惊慌起来，到处寻找，从一间关闭很久的破房子中找到了，睡得正香，有人来了才打呵欠伸懒腰。大家很惊讶地把他扶起来，在他身边看到一张纸，上面写着：“积存而不散发，是怨恨的根源；怨恨集中，灾祸就丛生了。千家饥饿，一家饱食，必然引来抢掠，这不是名利两空么？我感谢你旧日的恩德，现在为你买取德行。希望你宽恕我的专权，这是我最大的希望。”大家都不清楚纸上讲的什么事。富人查问分粮的全过程，只有叹气的份儿了。但是，当时人们心情焦急，确实有放火抢掠的想法。富人因为广为分送粮食，才转祸为福。这个变成富人模样的妖怪，可以说是用德行来爱护这个富人了。所说的旧时恩德，却不知道是什么事。有人说：“富人家的院子里有间老屋，狐精住了几十年，到老屋倒塌才离开。大概是指这件事吧？”（滦阳续录五）

田白岩言：济南朱子青与一狐友，但闻声而不见形。亦时预文酒之会，词辩纵横，莫能屈也。一日，有请见其形者。狐曰：“欲见吾真形耶？真形安可使君见；欲见吾幻形耶？是形既幻，与不见同，又何必见？”众固请之，狐曰：“君等意中，觉吾形何似？”一人曰：

“当庞眉皓首。”应声即现一老人形。又一人曰：“当仙风道骨。”应声既现一道士形。又一人曰：“当星冠羽衣。”应声即现一仙官形。又一人曰：“当貌如童颜。”应声即现一婴儿形。又一人戏曰：“庄子言，姑射神人，绰约若处子。君亦当如是。”即应声现一美人形。又一人曰：“应声而变，是皆幻耳。究欲一睹真形。”狐曰：“天下之大，孰肯以真形示人者，而欲我独示真形乎？”大笑而去。子青曰：“此狐尝称七百岁，盖阅历深矣。”

**【译文】** 田白岩说：济南的朱子青跟一个狐精做朋友，只听见声音而不见形貌。狐精也常常参加文人相聚的酒会，能言善辩言词纵横，谁也难不倒它。一天，有人请它显形。狐精说：“你想见我的真形么？真形怎么能让你看见；你想见我的幻形么？这个形体既然是幻化的，就和不见一样，又何必显形？”众人坚持，狐精说：“在你们的想像中我应该像什么？”一个人说：“应该是一个长眉白发的老人。”狐精应声就变成一个老人。又一人说：“应该是仙风道骨。”应声变作一个道士。又一人说：“应该头戴道士帽、身穿道士服。”又应声变作一个有尊位的神仙。又一人说：“应该相貌像儿童。”应声变作一个婴儿。又一人开玩笑说：“庄子说姑射山的神人，体态柔美像小女孩。你也应该是这个样子。”又应声变作一个美人。又一人说：“应声而变，这些都是幻形，还是想看真形。”狐精说：“天下这么大，谁肯把真面目展示在别人面前，却只要我露出真面目来么？”说完大笑着走了。子青说：“这只狐狸自称七百岁，大概它的阅历是很深的了。”（滦阳续录六）

# 屡试不爽的因果报应

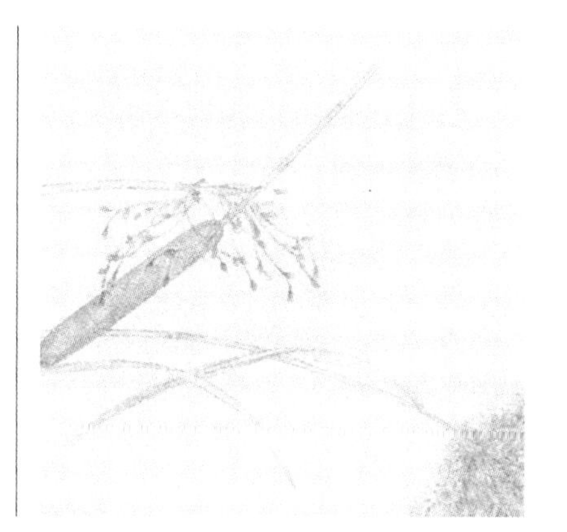

# 题　记

在《阅微草堂笔记》中，纪昀以儒家伦理道德观念为内核，以因果报应的教化套路为手段，确立了自己作品的道德教化功能。他用故事来说明一定的“因”必然会结出相应的“果”：每个人在现世所经受的祸福寿夭都是有来由、有根据的；任何事物都不会无缘无故自生自灭；每件事情之间都有因果关系。善因必得善果，恶因必得恶果。纪昀这样说，有助于提高行为者的责任意识，也就是提醒大众，做任何事都必须考虑到后果，不仅要考虑眼前的现实结局，还要想到将来的报应。在无力把握自己命运的时代，这样的宣教，为善良的人提供了改变自己命运的一线希望，对作恶多端的人有一定的警示意义。但我们也应该看到，纪昀这样的宣扬，漏洞和局限也是非常明显的。

毛公又言：有人夜行，遇一人，状似里胥，锁絷一囚，坐树下。因并坐暂息。囚啜泣不止，里胥鞭之。此人竟不忍，从旁劝止。里胥曰："此桀黠之魁，生平所播弄倾轧者，不啻数百。冥官判七世受豕身，吾押之往生也。君何悯焉！"此人栗然而起。二鬼亦一时灭迹。

【译文】　毛振翧又说：有人夜间赶路，遇到一个人，里长模样，押着一个身带锁链的囚徒，坐在树下。这个人也就坐在他们旁边休息一会儿。囚徒抽抽搭搭哭个不停，里长用鞭子抽他。这人心中不忍，就在旁边劝说里长。里长说："这人最是凶狠狡猾，一生中被他耍弄倾轧的人，不下几百。冥司判他七世做猪，我这是押着他去转生。你为什么要怜悯他！"这个人吓得急忙起身，两个鬼也一下子消失不见了。(滦阳消夏录二)

宏恩寺僧明心言：上天竺[①]有老僧，尝入冥。见狰狞鬼卒，驱数千人在一大公廨[②]外，皆褫衣反缚。有官南面坐，吏执簿唱名，一一选择精粗，揣量肥瘠，若屠肆之鬻羊豕。

意大怪之。见一吏去官稍远，是旧檀越，因合掌问讯："是悉何人？"吏曰："诸天魔众，皆以人为粮。如来运大神力，摄伏魔王，皈依五戒。而部族繁伙，叛服不常，皆曰自无始以来，魔众食人，如人食谷；佛能断人食谷，我即不食人。如是哓哓，即彼魔王亦不能制。佛以孽海洪波，沉沦不返，无间地狱，已不能容。乃牒下阎罗，欲移此狱囚，充彼啖噬；彼腹得果，可免荼毒生灵。十王共议，以民命所关，无如守令，造福最易，造祸亦深。惟是种种冤愆，多非自作，冥司业镜，罪有攸[③]归。其最为民害者，一曰吏，一曰役，一曰官之亲属，一曰官之仆隶。是四种人，无官之责，有官之权。官或自顾考成，彼则惟知牟利，依草附木，怙势作威，足使人敲髓洒膏，吞声泣血。四大洲[④]内，惟此四种恶业至多。是以清我泥犁，供其汤鼎。以白皙者、柔脆者、膏腴者充魔王食，以粗材充众魔食。故先为差别，然后发遣。其间业稍轻者，一经脔割烹炮，即化为乌有。业重者，抛余残骨，吹以业风，还其本形，再供刀俎；自二三度至千百度不一。业最重者，乃至一日化形数度，刲[⑤]剔燔炙，无已时也。"僧额手曰："诚不如削发出尘，可无此虑。"吏曰："不然，其权可以害人，其力即可以济人。灵山会上，原有宰官；即此四种人，亦未尝无逍遥莲界者也。"语讫忽寤。

僧有侄在一县令署，急驰书促归，劝使改业。此事即僧告其侄，而明心在寺得闻之。虽语颇荒诞，似出寓言；然神道设教，使人知畏，亦警世之苦心，未可绳以妄语戒也。

**【注释】** ①上天竺：在杭州灵隐寺南，有下天竺、中天竺、上天竺三座古寺，均供奉观音大士。上天竺寺创建于五代吴越王时（907—960)，原名天竺看经院。清代乾隆时改名为"法喜寺"。②廨（xiè)：官署，旧时官吏办公处所的通称。③攸（yōu)：所。④四大洲：佛教认为的在须弥山周围咸海中的四大洲，分别为东胜神洲、西牛贺洲、南赡部洲和北俱芦洲。⑤ 刲（kuī)：刺杀，割取。

**【译文】** 宏恩寺的僧人明心说：上天竺有位老僧，曾经一度到了阴曹地府。他看见面目狰狞的鬼卒，驱赶数千鬼囚到了一所大官署外面，都被扒掉衣服反绑起来。有位官员面朝南坐着，官员的手下拿着名册点名，被点名的鬼囚，一一接受检查，主要是看皮肤是否细腻、身体是胖是瘦，就像屠宰场上买卖猪羊那样。

老僧感到很奇怪，见站在离主官稍远一点的一个小吏，是自己过去相识的施主，就向他合掌施礼问讯说："这都是些什么人？"这个小吏说："诸重天界的魔鬼，都是用人做粮食。如来佛运用巨大的神力，威摄收伏了魔王，让他们皈依了佛门遵从"不杀生，不偷盗，不邪淫，不妄语，不饮酒"的"五戒"。可是魔王的部族繁多，经常叛乱不服，都说自开天辟地以来，魔鬼吃人，就像人吃五谷一样；如果如来佛能叫人不吃五谷，我们魔众就不再吃人。这样乱哄哄吵闹不休，魔王也管束不了。如来佛认为罪恶的世界如同波涛滚滚，沉沦在孽海中不能转生的鬼囚越来越多，无间地狱已经不能容纳。于是给阎罗殿下了一道文，打算将这里的鬼囚转移过去，供魔众吃；他们吃饱了肚子，就可以免于荼毒生灵了。十殿阎罗王一起讨论，认为与百姓生死关系最大的，莫过于太守和县令，这些人造福于百姓最容易，祸害起百姓来也能既深又重。只是他们的种种罪孽大多数不是他们直接造成的，用冥司的业镜一照，谁的罪过就归谁领。对百姓危害最大的是四种人：一是胥吏，二是差役，三是官员的亲属，四是官员的仆从。这四种人，不需要负官员该负的责任，却有官员一样的权力。官员有时为了考核成绩还有所顾忌，这四种人却只知道谋取私利，趋炎附势，依仗权位，作威作福。他们的行为，足以将老百姓敲骨出髓，流油滴血，却只能忍气吞声暗暗抽泣。四大洲内，只有这四种人恶业最多，所以现在清理地狱，可以趁机将他们清出来用作烹煮。其中白嫩的，柔软易脆的，肥肥胖胖的，供给魔王吃。粗糙体瘦的供给魔众吃。因此，先要选择一番作出区别，然后再打发。这些鬼囚中罪业稍轻的，经过一次切碎了烹煮炙烤，就化为乌有消失了。罪业重的，吃过之后抛余的残骨，用地狱的大风一吹，还会恢复本来的形体，然后再次屠宰烹煮。就这样根据罪业程度从二三次到千百次不等。罪业最重的，一天要无数次变换形状，反复被屠杀宰割、烧烤烹煮，永无休止。"老僧听罢，举手加额，庆幸地说："真不如削发出家，这就不用担心这些了。"小吏说："这话不对。他们既然有权可以害人，也就有力可以帮助人。在灵山大会上，就有生前做官做得很大的；即使这四种人，也未尝没有逍遥于佛法自在境界的。"说完，老僧忽然醒了过来。

老僧有一个侄儿当时正在县署，老僧立即写了封急信叫侄子回家，劝侄子改行。上面的事情就是老僧告诉他的侄子，明心在寺庙里听到的。这一番话听起来虽然很荒诞，似乎是编出来的寓言；但神道设教，就是要使人知道害怕，这也是警告世人的一片苦心。因此，不能责备说这是妄语而去纠正。(滦阳消夏录六)

先母张太夫人，尝雇一张媪司炊，房山人也，居西山深处。言其乡有贫极弃家觅食者，素未外出，行半日即迷路，石径崎岖，云阴晦暗，莫知所适。姑枯坐树下，俟天晴辨南北。忽一人自林中出，三四人随之，并狰狞伟岸，有异常人。心知非山灵即妖魅，度不能隐避，乃投身叩拜，泣诉所苦。其人恻然曰："尔勿怖，不害汝也。我是虎神，今为诸虎配食料。待虎食人，尔收其衣物，足自活矣。"因引至一处。嗷然长啸，众虎坌集。其人举手指挥，语啁哳[①]不可辨。俄俱散去，惟一虎留丛莽间。俄有荷担度岭者，虎跃起欲搏，忽辟易而退。少顷，一妇人至，乃搏食之。捡其衣带，得数金，取以付之，且告曰："虎不食人，惟食禽兽。其食人者，人而禽兽者耳。大抵人天良未泯者，其顶上必有灵光，虎见之即避。其天良澌灭者，灵光全息，与禽兽无异，虎乃得而食之。顷前一男子，凶暴无人理，然攘夺所得，犹恤其寡嫂孤侄，使不饥寒。以是一念，灵光煜煜如弹丸，故虎不敢食。后一妇人，弃其夫而私嫁，又虐其前妻之子，身无完肤，更盗后夫之金，以贻前夫之女，即怀中所携是也。以是诸恶，灵光消尽，虎视之，非复人身，故为所啖。尔今得遇我，亦以善事继母，辍妻子之食以养，顶上灵光高尺许。故我得而佑之，非以尔叩拜求哀也。勉修善业，当尚有后福。”因指示归路，越一日夜得至家。

张媪之父与是人为亲串，故得其详。时家奴之妇，有虐使其七岁孤侄者，闻张媪言，为之少戢②。圣人以神道设教，信有以夫。

**【注释】** ①啁（zhāo）哳（zhā）：形容声音繁杂而细碎。②少戢（jí）：收敛，收藏。

**【译文】** 先母张太夫人，曾经雇了一个姓张的老妇人做饭，她是房山人，住在京城的西山深处。她说她乡里有个极穷的人离家外出去找活计，从来没出过门，走了半天就迷了路。石路曲折崎岖，天上的云阴沉沉地遮住了光亮，不知往哪儿走。他就坐在一棵树底下，等天晴云散了认清方向再说。忽然一个人从林子里出来，三四个人跟随着。这些人都相貌狰狞、身材高大，和平常人不同，他知道这些人不是山神就是妖魅，估计已经来不及躲藏，就伏下身子叩拜，哭着诉说他的苦处。来人同情地说：“你不要害怕，我不会伤害你。我是虎神，今天来给老虎们分配吃的。等虎吃了人，你把人的衣物收起来，足够养活自己了。”于是把他拉到一个地方。虎神高声长啸，众虎从各处汇集到了一起。虎神抬手指挥，声音叽叽喳喳的，听不懂。一会儿群虎散去，只有一只虎留下来伏在草丛里。不久有个挑担子的人走过树林，虎跳起来要扑他，可是忽然又避开退下。过一会儿，又来了一个妇人，虎扑住她吃掉了。虎神捡起妇人的衣物，里面有几两银子，取了给他，告诉他说：“虎不吃人，只吃禽兽。那些被吃的人，是人当中的禽兽。一般天良未泯的人，他的头上一定有灵光，虎见了就避开了。那些丧尽天良的人，灵光全消失了，和禽兽没什么差别，虎才抓来吃掉。刚才那个男子，虽然凶暴没有人性，但是抢到东西，还用来抚恤他的寡嫂和孤侄，让他们不受冻挨饿。因为他有这样的想法，他的灵光莹莹像弹丸一样，所以虎不敢吃。后来的那个妇人，背弃了丈夫私自再嫁，还虐待后夫前妻的孩子，打得他体无完肤，又偷后夫的钱，给前夫的女儿，就是她怀中携带的那些银子。因为这些罪恶，她的灵光消散尽了，虎见到的不再是人，所以就吃了她。你今天能遇到我，也是因为你能很好地侍奉继母，省下妻子的口粮来供养她，头顶上的灵光有一尺多高。所以我叫虎来帮助你，并不是因为你叩拜我求我的缘故。好好做善事，还会有后福。”说完指示方向让他回去，他走了一天一夜才到了家。

张老妇人的父亲和这个人是亲戚，所以知道这事的详情。当时一个仆人的妻子，虐待她七岁的孤侄，听了张老太太的话，行为有些收敛。圣人通过神道来教化世人，确实是有道理的。(如是我闻三)





族祖黄图公言：尝访友至北峰，夏夜散步村外，不觉稍远。闻秫田中有呻吟声，寻声往视，乃一童子裸体卧。询其所苦，言薄暮过此，遇垂髫艳女。招与语，悦其韶秀，就与调谑。女言父母皆外出，邀到家小坐。引至秫叶深处，有屋三楹，阒无一人。女阖其户，出瓜果共食。笑言既洽，驰衣登榻。比拥之就枕，则女忽形为男子，状貌狰狞，横施强暴。怖不敢拒，竟受其污。蹂躏楚毒，至于晕绝。久而渐苏，则身卧荒烟蔓草间，并室庐失所在矣。盖魅悦此童之色，幻女形以诱之也。见利而趋，反为利饵，其自及也宜矣。

【译文】　我的族祖黄图公说：他曾到北峰看朋友，夏夜到村外散步，不知不觉走得远了些。他听到高粱地里有呻吟声，寻着声音找去，原来是一个少年裸体躺在那里。问他怎么如此狼狈，少年说他傍晚时路过这里，遇到一个披散着头发的漂亮姑娘。他就打招呼寒暄，因为喜欢她的美貌，言来语去调起情来。姑娘说她的父母都外出了，邀请少年到家里小坐一会儿。把他引到高粱地深处，那里有三间屋子，静悄悄的一个人都没有。姑娘关上门，拿出瓜果和他一起吃。谈笑越发融洽，于是两人脱衣上床。等到相拥着躺下时，姑娘忽然变成了男人，相貌狰狞，对他横施强暴。少年吓坏了不敢抗拒，竟然被奸污。粗野的强暴让少年痛苦不堪，以至于昏了过去。过了许久苏醒过来，他才发觉自己躺在荒凉的蔓草丛中，原先的房屋都已不见了。原来是鬼魅喜欢这个少年的美貌，变成女子来诱惑他。觉得有好处就主动凑过去，反而中了圈套，这个少年自讨苦吃也是活该。(如是我闻三)

族叔行止言：有农家妇，与小姑并端丽。月夜纳凉，共睡檐下。突见赤发青面鬼，自牛栏后出，旋舞跳掷，若将搏噬。时男子皆外出守场圃，姑嫂悸不敢语。鬼一一攫搦[①]强污之，方跃上短墙，忽嗷然失声，倒投于地。见其久不动，乃敢呼人。邻里趋视，则墙内一鬼，乃里中恶少某，已昏仆不知人事；墙外一鬼屹然立，则社公祠中土偶也。父老谓社公有灵，议至晓报赛[②]。一少年哑然曰："某甲恒五鼓出担粪，吾戏抱神祠鬼卒置路侧，使骇走，以博一笑；不虞遇此伪鬼，误为真鬼惊踣也。社公何灵哉！"中一老叟曰："某甲日日担粪，尔何他日不戏而此日戏之也？戏之术亦多矣，尔何忽抱此土偶也？土偶何地不可置，尔何独置此家墙外也？此其间神实凭之，尔自不知耳。"乃共醵金[③]以祀。其恶少为父母舁去，困卧数日，竟不复苏。

【注释】 ①搦（nuò）：握，拿着。②报赛：举行谢神的祭祀。③醵（jù）金：泛指凑钱，集资。

【译文】 我的本家叔叔行止说：有一户农家妇女，跟小姑子两个都长得端庄秀丽。两人月夜乘凉，睡在屋檐下。突然见到一个红发青面鬼，从牛栏后蹿出来，旋转蹦跳着，好像要吃人。当时男人们都去看守田园了，姑嫂二人吓得什么都不敢说。红发青面鬼把两人摁着一一强暴奸污了，之后鬼跳上了短墙，忽然"嗷"地一声怪叫，头朝下摔了下来。姑嫂俩见鬼倒在地上好久不动，才敢大声呼叫。左邻右舍纷纷赶来察看，原来墙里躺着的鬼是本村的恶少某某，已经昏倒了不省人事。墙外有一个鬼巍然挺立，原来是土地庙里的泥像。父老乡亲议论说是土地爷显灵，商量着天亮了要去祭祀。一个年轻人低声笑着说："某甲每天都是五更天起身去挑粪，我开玩笑把土地庙里的小鬼抱到这儿来，想吓得他逃走，看他的笑话，不料让这个假鬼撞上，倒给吓趴下了。土地爷有什么灵？"有位老者说："某甲天天挑粪，你为什么别的时候不吓唬他唯独今天才开玩笑吓唬他？开玩笑的方法多得很，为什么忽然抱了这尊泥像来？这尊泥像放在哪里不行，你为什么偏偏放在这家人的墙外？这里边一定有鬼神支使，你自己不知道罢了。"于是大家凑了些钱，祭祀了一番。那个恶少被他的父母抬回家去，昏迷了几天，竟然再也醒不过来了。（槐西杂志一）



梁铁幢副宪言：有夜行者，于林边见一物，似人非人，蠢蠢然摸索而行。叱之不应，知为精魅，拾瓦石击之。其物化为黑烟，缩入林内，啾啾作声曰："我缘宿业，堕饿鬼道中，既瞽且聋，艰苦万状。公何忍复相逼？"乃委之而去。余《滦阳消夏录》中，记王菊庄所言女鬼以巧于谗构受哑报，此鬼受聋瞽报，其聪明过甚者乎？

**【译文】** 都察院右都御史梁铁幢说：有个赶夜路的人，在竹林边看见一个怪物，样子像人又不是人，笨手笨脚摸索着往前走。大声呵斥它也没什么反应，他知道是个鬼怪，拾起砖头瓦片打过去。鬼怪化作一团黑烟，缩进竹林，发出啾啾的声音说："我因为造了孽，堕身饿鬼道中。现在又瞎又聋，苦不堪言。您怎么忍心再逼我呢？"这人丢下鬼走了。我在《滦阳消夏录》中，记叙王菊庄讲的女鬼因为喜欢编排别人的坏话，结果遭到报应成了哑鬼。这个鬼遭受报应又聋又瞎，大概是生前聪明过分了吧？（槐西杂志一）



景州李晴嶙言：有刘生训蒙于古寺，一夕，微月之下，闻窗外窸窣声，自隙窥之，墙缺似有二人影，急呼有盗。忽隔墙语曰："我辈非盗，来有求于君者也。"骇问："何求？"曰："猥以夙业，堕饿鬼道中，已将百载。每闻僧厨炊煮，辄饥火如焚。窥君似有慈心，残羹冷粥，赐一浇奠可乎？"问："佛家经忏，足济冥途，何不向寺僧求超拔？"曰："鬼逢超拔，是亦前因。我辈过去生中，营营仕宦，势盛则趋附，势败则掉臂如路人。当其得志，本未扶穷救厄，造有善因；今日势败，又安能遇是善缘乎？所幸货赂丰盈，不甚爱惜，孤寒故旧，尚小有周旋。故或能时遇矜怜，得一沾余沥。不然，则如目键连母[①]在大地狱中，食至口边，皆化猛火，虽佛力亦无如何矣。"生恻然悯之，许如所请，鬼感激呜咽去。自是每以残羹剩酒浇墙外，亦似有肸蚃[②]，然不见形，亦不闻语。越岁余，夜闻墙外呼曰："久叨嘉惠，今来别君。"生问："何往？"曰："我二人无计求脱，惟思作善以自拔。此林内野鸟至多，有弹射者，先惊之使高飞；有网罟者，先驱之使勿入。以是一念，感动神明，今已得付转轮也。"生尝举以告人曰："沉沦之鬼，其力犹可以济物。人奈何谢不能乎？"

【注释】 ①目键连母：即目犍连尊者，又称目键连，民间熟知的目连。释迦牟尼的十大弟子之一目连看到已逝去的母亲在鬼道中受苦，很伤心，用自己的神力送饭给母亲吃，但是饭尚未入口即化为灰烬。佛陀说："你母亲罪孽深重，你一人救不了，要靠十方僧众的道力才行，你要在七月十五日众僧结夏安居修行圆满的日子里，敬设盛大的盂兰盆供，以百味饮食供养十方众僧，依靠僧众的力量，救出你的母亲。"目连依尊师的指点，母亲真的脱离了饿鬼道。②肸（xī）蚃（xiǎng）：隐隐约约的声响、气息。

【译文】 景州人李晴嶙说：有个姓刘的书生在古庙里教儿童读书，一天晚上，月色微明，他听到窗外有窸窸窣窣的声音，从窗户缝隙往外一看，见围墙缺口的地方有两个人影。刘生急忙喊："有贼！"忽然这两个人隔着围墙说：“我们不是贼，前来是有事情求先生啊。”刘生吃惊地问：“求我什么事？”墙外答道：“我们因为前生罪孽，堕入饿鬼道中，已将近一百年了。每当闻到僧人厨房里烧火做饭的味儿，就饥火如焚。悄悄看先生似乎有慈悲心，您吃剩下的残羹冷粥，泼洒赐给我们行吗？”刘生说：“佛家诵经拜忏祈福超生，足以周济阴间的鬼，你们为什么不向和尚求助超度？”饿鬼回答：“鬼逢超度，也是前因。我俩的前生，在官场奔走钻营，谁有权势就巴结谁，一旦衰败了就转过脸去如同陌路人。我们得意时，也没做过济贫救弱的好事，没有积下功德；如今衰败了，又怎能得到善报呢？幸运的是，当初所得不义之财非常之多，还不那么吝惜，对亲朋好友、饥寒孤寡的人，也小有周济。因此，有时也能得到些小小的怜悯，吃上一口残羹剩饭。不然，一定会像目连的母亲一样，在大地狱里，食物到了嘴边都化为猛火，就是神佛之功也无能为力啊。”刘生可怜这两个饿鬼，就答应了他们的要求。鬼感激地呜咽着离去。从此以后，刘生经常把残羹剩酒洒向墙外，也能听到墙外隐隐约约似乎有声音回应，但见不到形状，也听不见说话。过了一年多，夜里听到墙外有人呼喊说：“感谢对我们的长期赐予，今天特地来向先生告别。”刘生问：“到哪儿去？”鬼说：“我们俩没办法求得超脱，只想做点好事以求自拔。这片树林里野鸟很多，有来射杀的，我俩先惊吓鸟叫它们高飞；有用网捕捉的，我俩就事先驱赶它们，不让鸟儿入网。因为这一心念，感动了神明，已经允许我俩转轮托生了。”刘生曾经把这段故事讲给别人听，说：“沉沦的鬼尚且能用微薄之力救济生物，为什么人却说力不能及推辞着不肯去做呢？”（槐西杂志一）



翰林院供事茹某（忘其名，似是茹铤[①]）言：曩访友至邯郸，值主人未归，暂寓城隍祠。适有卖瓜者，息担横卧神座前。一卖线叟寓祠内，语之曰：“尔勿若是，神有灵也。”卖瓜者曰：“神岂在此破屋内？”叟曰：“在也。吾常夜起纳凉，闻殿中有人声。蹑足潜听，则有狐陈诉于神前，大意谓邻家狐媚一少年，将死未绝之顷，尚欲取其精。其家愤甚，伏猎者以铳矢攻之。狐骇，现形奔。众噪随其后。狐不投己穴，而投里许外一邻穴。众布网穴外，熏以火，阖穴皆殪，则此狐反乘隙遁。故讼其嫁祸。城隍曰：'彼杀人而汝受祸，讼之宜也。然汝子孙亦有媚人者乎？'良久，应曰：'亦有。''亦曾杀人乎？'又良久，应曰'或亦有。''杀几人乎？'狐不应。城隍怒，命批其颊。乃应曰：'实数十人。'城隍曰：'杀数十命，偿以数十命，适相当矣。此怨魄所凭，假手此狐也。尔何讼焉？'命检籍示之。狐乃泣去。尔安得谓神不在乎？"乃知祸不虚生，虽无妄之灾，亦必有所以致之；但就事论事者，不能一一知其故耳。

【注释】 ①铤（chán）：古代一种铁柄短矛，也泛指短矛。

【译文】 翰林院书吏茹某（忘了他的名字，好像叫茹铤）说：从前，我到邯郸去拜访朋友，正巧主人不在家，我就临时住在城隍庙里。刚好有个卖瓜的人，把担子一放就横躺在神像前面。住在庙里的一个卖线老人对卖瓜人说："你可别躺在这里，神可是有灵的。"卖瓜人说："神怎么会待在这样破旧的房子里呢？"卖线老人说："当然在这儿。我常常半夜起来乘凉，听见殿堂里有人声。有一次我蹑手蹑脚地听了一会儿，原来是一只狐狸在神像前诉苦。大概意思是，邻居家的一只狐精把一个年轻人迷惑住了，年轻人快要死了，还剩下一口气，那个狐精还想吸他的精气。年轻人的家里人气极了，就让猎人设了埋伏用火枪和弓箭袭击。狐精吓得现了原形逃跑了。大伙吵吵嚷嚷地在后边追赶。那个狐精不钻自己的窝，却跑到离自己家一里多远的另一个狐狸窝里去了。大家把网安置在洞口外面，用火熏，一窝的狐狸都被熏死了。这只狐精反倒趁机逃走了。所以幸存的狐狸在神像前告状，说迷惑人致死的狐狸嫁祸于人。城隍说：'它杀了人却是你家遭了难，你告状是应该的。可是，你的子孙中也有迷惑人的吗？'过了很久，狐狸才答道：'也有。'城隍问：'也杀死过人吗？'又过了很长时间，狐狸才回答：'有时也有。'城隍再问：'杀了几个人呢？'狐狸不吭气。城隍发怒，命手下扇狐狸的嘴巴。狐狸这才说：‘实际上杀了几十个人。’城隍说：‘你们害死了几十条人命，让你用几十条命抵偿，这样一来，也就相当了。这是冤魂依凭着那个狐精，借助它而报仇。你还告什么状呢？’城隍说完，就让手下翻查生死簿让狐狸看。狐狸只好抽抽搭搭哭着走了。你怎么能说神灵不存在呢？”由此可知，灾祸不会凭空出现，即使是突如其来的灾祸，也一定有导致灾祸的原因。只是那些就事论事的人，不能一一搞清其中的原因罢了。(槐西杂志二)

法南野又说一事曰："里有恶少数人，闻某氏荒冢有狐，能化形媚人。夜携罝罟[①]布穴口，果掩得二牝狐。防其变幻，急以锥刺其髀，贯之以索，操刃胁之曰："尔果能化形为人，为我辈行酒，则贷尔命。否则立磔尔！"二狐嗥叫跳掷，如不解者。恶少怒，刺杀其一，其一乃人语曰："我无衣履，及化形为人，成何状耶？"又以刃拟颈。乃宛转成一好女子，裸无寸缕。众大喜，迭肆无礼，复拥使侑觞，而始终掣索不释手。狐妮妮软语，求解索。甫一脱手，已瞥然逝。归未到门，遥见火光，则数家皆焦土，杀狐者一女焚焉。知狐之相报也。狐不扰人，人乃扰狐，"多行不义"，其及也宜哉。

【注释】 ①罝（jū）罟（gǔ）：网。罝，捕兽的网。

【译文】 法南野又讲了一件事，说：乡下有几个品行恶劣的青年，听说某家荒坟中有狐精，会变化形貌，迷惑人们。于是夜里带着捕捉野兽的网堵住狐狸的洞口，果然抓到两只雌狐。为了防止狐狸变幻形貌，连忙用锥子刺穿狐狸的大腿，穿过绳索牵着，拿着刀威胁说："你们如果能变化成人的样子，侍候我们喝酒，就饶你们的性命。否则立即把你们杀了！"两只狐狸又叫又跳，就像听不懂似的。这些青年大怒，杀了一只狐狸。另一只狐狸才口吐人言说："我没有衣服，变化成人的样子，成什么样子呢？"青年又把刀架在狐狸的颈上，这只狐狸才变成一个漂亮女人，一丝不挂。众人大喜，轮流非礼，又抱住狐女，让她侍候饮酒，却一直抓住那条绳索不肯松手。狐女温柔地讲好话，请求解开绳索。青年刚一松手，狐女马上就逃走了。这些品行恶劣的青年还没有回到家，就远远看见了火光，原来他们几家都被烧光了。杀死狐狸的人，有个女儿也被烧死了，这才知道是狐精的报复。狐精没有骚扰人，人却骚扰狐精，做了太多的缺德事，这种结局是应该的。（槐西杂志二）

田白岩说一事曰：某继室少艾，为狐所媚，劾治无验。后有高行道士，檄神将缚至坛，责令供状。佥闻狐语曰："我豫产也，偶挞妇，妇潜窜至此，与某昵。我衔之次骨，是以报。"某忆幼时果有此，然十余年矣。道士曰："结恨既深，自宜即报，何迟迟至今？得无刺知此事，假借藉口耶？"曰："彼前妇贞女也，惧干天罚，不敢近，此妇轻佻，乃得诱狎。因果相偿，鬼神弗罪，师又何责焉？"道士沉思良久，曰："某昵尔妇几日？"曰："一年余。""尔昵此妇几日？"曰："三年余。"道士怒曰："报之过当，曲又在尔，不去，且檄尔付雷部！"狐乃服罪去。清远先生（蒙泉之父）曰："此可见邪正之念，妖魅皆得知。报施之理，鬼神弗能夺也。"

【译文】　田白岩讲了一件事，他说：某人的续弦夫人年轻漂亮，但她被狐狸精迷惑住了，虽然多方求符咒法术制伏，却没有效果。后来有一位操行高尚的道士，命令神将把妖狐捆到法坛前，责令他从实招供。在场的人听狐狸说："我出生在河南，有一次偶尔把妻子打了一顿，她就偷偷逃到这里，与某人相好了。我恨之入骨，因此来报复。"某人想起来自己年轻时的确有这么一回事，但事情已经过去十多年了。道人说："既然怨恨结得那么深，理应当时就报复，你为什么迟迟不报复？是不是你从哪儿打听到有这么一回事，以此为借口？”狐狸说：“某人的前妻有贞操，我害怕受到上天的惩罚，因此不敢接近她。而这个女人轻薄放荡，这才引诱她上了钩。因果报应，就连鬼神都不加惩罚，尊师何必指责我呢？”道士沉思了很长时间，问道：“某人和你的妻子相好了多长时间？”回答：“有一年多时间。”“那么你和这个女人又相好了多长时间？”回答说：“有三年多时间。”道士大怒道：“你的报复过了头，理屈的又在你，你要是再不走的话，我将把你押送到雷神那里去。”狐狸认罪后离开了。清远先生（蒙泉的父亲）说：“由此可见，邪恶与正直的思想观念，连妖精们都知道。因果报应，即便是鬼神也不能阻拦。”（槐西杂志二）

廉夫又言：钟太守光豫官江宁时，有幕友二人，表兄弟也。一司号籍，一司批发，恒在一室同榻寝。一夕，一人先睡。一人犹秉烛，忽见案旁一红衣女子坐，骇极，呼其一醒。拭目惊视，则非女子，乃奇形鬼也。直前相搏，二人并昏仆。次日，众怪门不启，破扉入视。其先见者已死，后见者气息仅属，灌治得活。乃具述夜来状。鬼无故扰人，事或有之；至现形索命，则未有无故而来者。幕府宾佐，非官而操官之权，笔墨之间，动关生死，为善易，为恶亦易。是必冤谴相寻，乃有斯变。第不知所缘何事耳。

【译文】　季廉夫又说：钟光豫太守在江宁做官时，有两个幕僚，是表兄弟。一个掌管编号登记，一个掌管公文收发，经常在一个房间里同床而睡。一天晚上，一个人已经睡下了，另一个还在灯下看书，突然发现书桌边坐着一个穿红衣的女人，他害怕极了，连忙把睡着的人喊醒。睡着的人惊醒后，揉着眼睛察看，发现并不是女人，而是一个奇形怪状的鬼。那个鬼冲上前来就打，两个人都昏倒地上。第二天，众人见他们不开房门，都感到奇怪，就打破门板进去查看，发现第一个看见鬼的人已经死了；后来看见的人只剩下一口气，经过灌下药去才救活过来。醒过来的人就把昨夜的情况讲了一番。鬼魂无缘无故去骚扰人，这是有可能的事；到现出原形来追讨性命这一步，就不会是无缘无故而来的。官府的幕僚宾客，虽然自身不是官，却掌握官的权力。在行文之间，动不动就关系到人的生死，所以在这个位置上行善比较容易，作恶也比较容易。这件事一定是有冤魂前来报复，才有这样大的变故。只是不知道因为什么事罢了。（槐西杂志三）

外舅周篆马公家，有老仆曰门世荣。自言尝渡吴桥钩盘河，日已暮矣，积雨暴涨，沮洳纵横，不知何处可涉。见二人骑马先行，迂回取道，皆得浅处，似熟悉地形者。因随之行。将至河干，一人忽勒马立，待世荣至，小语曰："君欲渡河，当左绕半里许，对岸有枯树处可行。吾导此人来此，将有所为。君勿与俱败。"疑为劫盗，悚然返辔，从所指路别行，而时时回顾。见此人策马先行，后一人随至中流，突然灭顶，人马俱没；前一人亦化旋风去。乃知为报冤鬼也。

【译文】　我的岳父马周篆先生家，有个老仆人叫门世荣。他说一次渡吴桥县的钩盘河，太阳已经快下山，下了很长时间的雨，河水暴涨，水流纵横，不知什么地方可以过河。他看见两个人骑马走在前面，绕来绕去找路，走的都是浅处，好像是熟悉地形的人。门世荣也跟着他们走。快到河岸的时候，一个人忽然勒住马，等门世荣到了跟前，小声对他说："您要想渡河，应当向左绕半里路左右，看到对岸有一棵枯树的地方，就可以过河。我引这个人来这里，马上要有点事，您别跟着他一起受累。"门世荣猜他是盗贼，惊恐地勒转马头，从他指的另一条路走，却时时回头看。他看见这个人打马走在前边，后边一个人跟随他到了河中间，突然水淹过头顶，人和马都沉没了；前边那个人顿时化作一股旋风离开了。他这才知道是来报仇的鬼。（槐西杂志三）

交河有姊妹二妓，皆为狐所媚，羸病欲死。其家延道士劾治，狐不受捕。道士怒，趣设坛，牒雷部。狐化形为书生，见道士曰："炼师[①]勿苦相仇也。夫采补杀人，诚干天律，然亦思此二女者何人哉！饰其冶容，蛊惑年少，无论其破人之家，不知凡几；废人之业，不知凡几；间人之夫妇，不知凡几，罪皆当死。即彼摄人之精，吾摄其精；彼致人之疾，吾致其疾；彼戕人之命，吾戕其命。皆所谓请君入瓮，天道宜然。炼师何必曲庇之？且炼师之劾治，谓人命至重耳。夫人之为人，以有人心也。此辈机械万端，寒暖百变，所谓人面兽心者也。既已兽心，即以兽论。以兽杀兽，事理之常。深山旷野，相食者不啻恒河沙数，可一一上渎雷部耶？"道士乃舍去。论者谓道士不能制狐，造此言也。然其言则深切著明矣。

【注释】 ①炼师：旧时以某些道士懂得"养生""炼丹"之法，尊称为"炼师"。起初多指修习上清法者，后泛称修炼丹法达到很高深境界的道士。

【译文】 交河县有姐妹两个妓女，都被狐精媚惑住了，病弱得几乎快死了。家里人请来道士惩治狐精，狐精反抗拒捕。道士非常愤怒，急急设起神坛，告到雷部。狐精变成书生模样，去见道士说："法师不要苦苦与我作对！我采补人的精气杀人，的确干犯天庭律条。但也要想想，这两个女子是什么人呢？她们打扮得妖艳迷人，去蛊惑那些年少无知的人，且不论她们败坏了不知多少人的家业，荒废了不知多少人的功名，离间了不知多少家的夫妻关系，这些罪都该处以死刑。她们摄取别人的精气，我摄取她们的精气；她们让别人生病，我让她们生病；她们害别人的命，我害她们的命。这都是'请君入瓮'的做法，顺应了天道。法师为什么要庇护她们？况且，法师要抓捕我来惩处，只是认为人命至关重要。人之所以是人，是因为有人的心肠。这些妓女机狡诈万端，趋炎附势百般变化，就是人们所说的人面兽心。

既然已是兽心，就以野兽来对待她们。野兽杀死野兽，是很平常的道理。在深山旷野之间，相互捕食的野兽，像恒河的沙子那么多，你能请雷部神一个一个地都加以捕杀吗？”道士于是就不再管这事了。人们议论说，道士没有本领制伏狐狸，就编造出这些话来。但是，狐精的这番话，道理却深刻明白。（槐西杂志三）

有客在泊镇宿妓，与以金。妓反覆审谛，就灯铄之，微笑曰："莫纸铤否？"怪问其故。云数日前粮艘演剧赛神，往看至夜深归。遇少年与以金，就河干草屋野合。至家，探怀觉太轻，取出乃一纸铤。盖遇鬼也。因言相近一妓家，有客赠衣饰甚厚。去后，皆已箧中物，钥故未启，疑为狐所给矣。客戏曰："天道好还。"

又瞽者刘君瑞言：青县有人与狐友，时共饮甚昵。忽久不见，偶过丛莽，闻有呻吟声，视之，此狐也。问："何狼狈乃尔？"狐愧沮良久，曰："顷见小妓颇壮盛，因化形往宿，冀采其精。不虞妓已有恶疮，采得之后，毒渗命门，与平生所采混合为一，如油入面，不可复分。遂溃裂蔓延，达于面部。耻见故人，故久疏来往耳。"此又狐之败于妓者。机械相乘，得失倚伏，胶胶扰扰，将伊于胡底①乎？

【注释】 ①伊于胡底：对不好的现象表示感叹，意思是到什么地步为止。出自《诗经·小雅·小旻》："我视谋犹，伊于胡底？"

【译文】 有一个客人在泊镇嫖妓，给了她银子。妓女反复仔细察看银子，又放在灯上烧，微笑说："不是纸元宝吧？"客商惊讶地问妓女怎么回事。妓女说，几天前运粮船演戏祭神，她去看到夜深才回来，遇到一个年轻人给我银子，于是就在河边茅草屋交欢。到家后感觉怀里的银子分量很轻，原来是个纸锭。大概遇到鬼了。她接着又说，附近一个娼妓，有个客人送了很多衣服首饰。客人走了以后才发现都是她自己箱子里的衣物，她箱子上的锁却一直没打开过，估计是被狐狸骗了。客人开玩笑地说："这就是一报还一报。"

又，盲人刘君瑞说：青县有一个人和狐狸交了朋友，时常一起饮酒，很亲近。忽然很长时间不见那个狐狸了，一天这人偶然经过旷野草丛，听见有呻吟声。一看，是那个狐狸。问它为什么这么狼狈？狐狸惭愧沮丧，好一会才说："前不久，我见一个小妓女，阳气非常旺盛，就变换了形貌去嫖宿，想采撷她的精气。不料妓女有性病，采到精气后，病毒也跟着渗进我的经脉，与一生所采的精气混合在一起，如同油掺到了面粉里，再也不能分开了。毒疮溃烂迅速蔓延开来，已经到脸上了。见到熟人太羞耻，所以不和朋友来往了。"这又是狐狸败在妓女手里的事。奸诈的事情因果连接，得到与失去紧紧相连，纷纷扰扰，什么时候是个完结？（槐西杂志四）

"遗秉"、"滞穗"[①]，寡妇之利，其事远见于周雅。乡村麦熟时，妇孺数十为群，随刈者之后，收所残剩，谓之拾麦。农家习以为俗，亦不复回顾，犹古风也。人情渐薄，趋利若骛，所残剩者不足给，遂颇有盗窃攘夺，又浸淫而失其初意者矣。故四五月间，妇女露宿者遍野。

有数人在静海之东，日暮后趁凉夜行，遥见一处有灯火，往就乞饮。至则门庭华焕，僮仆皆鲜衣；堂上张灯设乐，似乎燕宾。遥望三贵人据榻坐，方进酒行炙。众陈投止意，阍者为白主人，颔之。俄又呼回，似附耳有所嘱。阍者出，引一媪悄语曰："此去城市稍远，仓卒不能致妓女。主人欲于同来女伴中，择端正者三人侑[②]酒荐寝，每人赠百金；其余亦各有犒赏。媪为通词，犒赏当加倍。"媪密告众。众利得资，怂恿幼妇应其请。

遂引三人入，沐浴妆饰，更衣裙侍客；诸妇女皆置别室，亦大有酒食。至夜分，三贵人各拥一妇入别院，阖家皆灭烛就眠。诸妇女行路疲困，亦酣卧不知晓。比日高睡醒，则第宅人物，一无所睹，惟野草芃芃[③]，一望无际而已。寻觅三妇，皆裸露在草间，所更衣裙已不见，惟旧衣抛十余步外，幸尚存。视所与金，皆纸铤。疑为鬼。而饮食皆真物，又疑为狐。或地近海滨，蛟螭水怪所为欤？

贪利失身，乃只博一饱。想其惘然相对，忆此一宵，亦大似邯郸枕上[④]矣。先兄晴湖则曰："舞衫歌扇，仪态万方，弹指繁华，总随逝水。鸳鸯社[⑤]散之日，茫茫回首，旧事皆空，亦与三女子裸露草间，同一梦醒耳。岂但海市蜃楼，为顷刻幻景哉！"

【注释】 ①遗秉、滞穗：指成把的遗穗。《诗经·小雅·大田》："彼有遗秉，此有滞穗。"②侑（yòu）：在筵席旁助兴，劝人吃喝。③芃（péng）：草木茂盛的样子。④邯郸枕上：唐代沈既济《枕中记》载：卢生于邯郸客店中遇道士吕翁，翁探囊中枕以授之，曰："子枕吾枕，当令子荣适如志。"其枕青瓷，而窍其两端。生就枕入梦，历尽人间富贵荣华。梦醒，店主蒸黄粱未熟。后因以"邯郸枕"比喻虚幻之事。⑤鸳鸯社：指男女欢会之所。

【译文】 收割时有意遗落下一把麦穗稻穗，接济寡妇的生活，这种事最远见之于周代的"小雅"。乡村麦子成熟时，妇女儿童几十人成群，跟在收割人的后面，收拾遗留下来的麦穗，称之为"拾麦"。农家沿习下来成为一种风俗，割麦时任她们在身后拾，并不干涉，就像古时那样。人情渐渐淡薄，唯利是图，收割时遗留不多，拾来的不够吃，就常有盗窃抢夺之事，渐渐地也就失去古时仁慈的心意了。所以到了四五月间，露宿的妇女遍地都是。

有几个妇人在静海的东边，天黑了乘夜凉赶路，远远地望见一个地方有灯火，就赶过去想要讨点吃喝。到了地方见门庭华丽，僮仆都穿着鲜艳的衣服；堂上点灯奏乐，似乎正在宴请宾客。远远见有三个相貌高贵的人正坐在榻上，正在喝酒吃菜。这几个妇人说明来意，看门人报告了主人，主人点头答应了。看门人刚走几步主人又把他叫回去，对着耳朵说话像是有什么嘱咐。看门人出来，拉过一个年岁大一点的妇人说："这儿离城市较远，短时间叫不来妓女。主人想从你的女伴中，选出三个长相端正的去劝酒陪睡，每人送给百两银子；别人也都有赏。你如果能转达这个意思，给你的犒劳赏赐会加倍。"这个老妇人悄悄对众妇人说了。大家贪图钱财，怂恿年轻妇人答应下来。于是有三个妇人被领进去，洗澡打扮，换了衣服陪客。其他几个妇人则在另一间屋里，也有酒有菜。到了夜里，三个贵人各自搂着一个女人到了自己的住处，全家都灭了灯烛睡了。这几个妇人走路疲乏，都酣然大睡，不知道什么时候天亮了。等到太阳高高地升起来，她们才醒过来，发现房子啊人啊家具啊什么都没有了，只有长得非常茂盛的野草，一眼看不到边。寻找那三个年轻女人，却都赤裸裸地躺在草丛里，换的衣服也不见了，只有旧衣服扔在十几步以外的地方，幸好还都在。再看给的银子，都是纸钱。她们怀疑遇上了鬼，但吃的喝的都是真的，又怀疑是狐狸精。也许这儿离海不远，是蛟龙水怪干的？

贪图钱财失了身，只换来一饱。当她们恍恍惚惚的怅然相对，回忆这一夜时，大概也像是做了一场黄粱梦吧！先兄晴湖说："歌舞美女，风情万种，不过是瞬间的繁华，总会像流水一样逝去。男女欢爱过后离散之时，茫茫回首，过去的事情都是一场空，这和三个女子赤裸着在草丛里大梦醒来一样。哪里仅仅只是海市蜃楼转瞬即逝，这才是顷刻间的幻景呢！（姑妄听之一）





乌鲁木齐军校王福言：曩在西宁，与同队数人入山射生。遥见山腰一番妇独行，有四狼随其后。以为狼将搏噬，番妇未见也，共相呼噪。番妇如不闻。一人引满射狼，乃误中番妇，倒掷堕山下。众方惊悔，视之，亦一狼也。四狼则已逸去矣。盖妖兽幻形，诱人而啖，不幸遭殪也。岂恶贯已盈，若或使之欤！

【译文】　乌鲁木齐有个军官王福说：从前在西宁，与同队的几个人进山打猎。远远望见山腰有一个异域的女子独自行走，有四只狼跟在后面。士兵们以为狼想吃那个女子，而女子还没察觉，于是一起叫喊，但是那个女子像是没听见似的。一个士兵拉满了弓向狼射去一箭，却误中了女子。女子倒地滚下山坡。大家正在惊慌后悔，仔细一看，原来也是一只狼，另外四只狼已经逃走了。大概这是妖怪变成女人的样子来诱惑吃人，没想到自己被射死了。难道是这个妖怪作恶太多，已经到了末日，所以上天让它落得这样的下场吗！（姑妄听之一）

闻有村女，年十三四，为狐所媚。每夜同寝处，笑语媟狎，宛如伉俪。然女不狂惑，亦不疾病，饮食起居如常人，女甚安之。狐恒给钱米布帛，足一家之用。又为女制簪珥衣裳，及衾枕茵褥之类，所值逾数百金。女父亦甚安之。如是岁余，狐忽呼女父语曰："我将还山，汝女奁具亦略备，可急为觅一佳婿，吾不再来矣。汝女犹完璧，无疑我始乱终弃也。"女故无母，倩邻妇验之，果然。此余乡近年事，婢媪辈言之凿凿，竟与乖崖还婢[①]其事略同。狐之媚人，从未闻有如是者。其亦夙缘应了，夙债应偿耶？

【注释】　①乖崖还婢：乖崖，即宋代名臣张咏，字复之，自号乖崖。张咏自己出钱买了个婢女，离任时叫婢女的父母领回去，还出钱资助让婢女嫁人，自己并没有纳婢女为妾。

【译文】　听说某村有个女孩，年纪有十三四岁，被狐精迷惑了。每夜狐精都来与她同住，两个调情开玩笑，就像恩爱夫妻一样。但是女孩神志清楚，不疯不傻不犯糊涂，也不得病，饮食起居跟正常人一样，女孩很习惯这样的生活。狐精常常送些钱粮布匹，足够女孩一家人的用度。又为孩女置办了衣服首饰，以及枕头被褥等用品，算下来大约花费了几百两银子。女孩的父亲也安于现状。这样过了一年多，有一天，狐精忽然招呼女孩的父亲说："我要回山里去了，你女儿的嫁妆，已经置备了一些，你赶快为她找个好女婿，我不再来了。你的女儿还是个处女，不要怀疑我先玩弄她最终又把她抛弃了。"因为女孩的母亲早就去世了，她父亲请邻家的女人帮忙查验，证实女孩确实没有破身。这是近几年来发生在我家乡的事，丫环老妈子们传得有鼻子有眼，这件事与宋代张乖崖还婢女的故事很相似。说起来，狐精像这样迷惑人的还从没听说过。可能狐精与少女之间，也是因为有前生的缘分应该了结，或者前生欠了债应该偿还吧？（姑妄听之二）

狐魅，人之所畏也，而有罗生者，读小说杂记，稔闻狐女之姣丽，恨不一遇。近郊古冢，人云有狐，又云时或有人与狎昵。乃诣其窟穴，具贽币牲醴，投书求婚姻，且云或香闺娇女，并已乘龙，或鄙充樗材[①]，不堪倚玉，则乞赐一艳婢，用充贵媵，衔感亦均。再拜置之而返，数日寂然。

一夕，独坐凝思，忽有好女出灯下，嫣然笑曰："主人感君盛意，卜今吉日，遣小婢三秀来充下陈，幸见收录。"因叩谒如礼，凝眸侧立，妖媚横生。生大欣慰，即于是夜定情。自以为彩鸾甲帐[②]，不是过也。婢善隐形，人不能见；虽远行别宿，亦复相随，益惬生所愿。惟性饕餮，家中食物，多被窃。食物不足，则盗衣裳器具，鬻钱以买，亦不知谁为料理，意有徒党同来也。以是稍谯责之，然媚态柔情，摇魂动魄，低眉一盼，亦复回嗔。又冶荡殊常，蛊惑万状，卜夜卜昼[③]，靡有已时，尚嗛嗛不足。以是家为之凋，体亦为之敝。久而疲于奔命，怨詈时闻，渐起衅端，遂成仇隙。呼朋引类，妖祟大兴，日不聊生。

延正一真人劾治，婢现形抗辩曰：“始缘祈请，本异私奔；继奉主命，不为苟合。手札具存，非无故为魅也。至于盗窃淫佚，狐之本性，振古[4]如是，彼岂不知？既以耽色之故，舍人而求狐；乃又责狐以人理，毋乃誖[5]欤？即以人理而论，图声色之娱者，不能惜蓄养之费。即充妾媵，即当仰食于主人；所给不敷，即不免私有所取，家庭之内，似此者多。较攘窃他人，终为有间。若夫闺房燕昵，何所不有？圣人制礼，亦不能立以程限；帝王定律，亦不能设以科条。在嫡配尚属常情，在姬侍尤其本分。录以为罪，窃有未甘。”真人曰：“鸠众肆扰，又何理乎？”曰：“嫁女与人，意图求取。不满所欲，聚党喧哄者，不知凡几，未闻有人科其罪，乃科罪于狐欤？”真人俯思良久，顾罗生笑曰：“君所谓求仁得仁，亦复何怨。老夫耄矣，不能驱役鬼神，预人家儿女事。”后罗生家贫如洗，竟以瘵终。

【注释】　①樗（chū）材：喻无用之材。多用为谦词。②彩鸾甲帐：彩鸾，唐代裴铏的《传奇·文箫》描述吴彩鸾隐居在成都附近西山，后来她从西山下来，邂逅并嫁给了贫苦书生文箫。文箫家贫，彩鸾每天写韵书一部，让文箫售以度日。居十年，各跨一虎飞升。甲帐，汉武帝造的帐幕。《北堂书钞》卷一三二引《汉武帝故事》：“上以琉璃珠玉，明月夜光杂错天下珍宝为甲帐，次为乙帐。甲以居神，乙以自居。”③卜夜卜昼：形容夜以继日地宴乐无度。④振古：远古，往昔。⑤誖（bèi）：鲁莽，反常；古同“悖”。

【译文】　狐魅，是人人害怕的，而有个姓罗的书生，读小说杂记，熟知狐女容貌姣美，遗憾不能相遇。近郊的古墓，有人说有狐狸精，又说时常有人与狐女亲热。罗生就找到据说有狐精的墓穴拜访，备了纸钱祭品，又投书信向狐女请求缔结婚姻，并且说，也许香闺里娇艳女郎，都已经有了乘龙快婿，也许嫌弃自己是个蠢才，也不敢高攀，那就请赐一个漂亮婢女作为宠妾，一样感恩不尽。他再三叩拜，放下东西回来了，几天安安静静没有回应。

一天晚上，罗生正在独自坐着沉思，忽然有一个漂亮女子出现在灯下，娇媚地笑着说："我家主人感谢先生的盛情，择了今天这个吉日，打发小婢三秀前来侍候你，希望你收留。"她按礼节拜见了罗生，站在一旁，安安静静注视罗生，风情万种。罗生很高兴，就在当天晚上和三秀定了情，自认为就是文箫和吴彩鸾结为夫妻、住在汉武帝为神仙准备的帐幕里，也不过这么幸福。三秀善于隐形，一般人看不见；即使罗生出远门住在别处，她也相随，罗生更加中意。只是她生性贪吃，家里面能吃的大多被她偷吃了，食物不够就偷了衣服器具卖钱买东西吃。也不知谁为她干这些事情，罗生猜想她是有同伙一起来的。因为这个就稍微责备了她几句，但她那风骚的体态，那万种风情实在使罗生神魂颠倒。她低眉顺眼朝他一看，罗生就回嗔作喜，再也生不起气来。三秀又非常妖冶放荡，作出万般情态来诱惑罗生，无论白天黑夜，没有停止的时候，她还是很不满足。因而罗生家道渐渐败落，身体也一天比一天虚弱。时间长了，他疲于奔命，不时听到怨骂，渐渐生出事端，产生了隔阂，有了怨仇。三秀就招来同伴，作祟闹妖，搅得罗家没法过日子。

罗生请来正一真人镇妖，三秀现形分辩道："是罗生请我来的，本来就不是私奔，还有我是奉主人的旨意来的，不是苟且凑合。罗生的求婚书信都还在，我不是无缘无故地来诱惑他。至于偷盗、滥淫，这本是狐的本性，自古就如此，他难道不知道？既然他因为好色的缘故，舍人而找狐，却又用人的行为准则来约束狐，这不是自相矛盾么？就按人理来说，贪图声乐娱乐的人，就不能吝啬艺人妓女必需的费用，我既然是姬妾，就要靠主人来养活，所给的不够用，就免不了自己去拿。家庭里面这种事情多得很。这跟偷别人的东西，毕竟有区别。至于闺房中的恩爱私情，什么事儿没有？圣人制订礼法，也没有加以限制；帝王制订律法，也不能为这种事情制定律条。这在嫡妻，是人之常情；做姬妾的，尤其是本分，把这种事情定为罪过，我心有不甘。"真人又问道："你聚众大肆骚扰，又是什么道理？"三秀答道："把女儿嫁给别人，就会有所企图得到点什么，不能满足要求，就聚集家人闹事的，这种事情不知有多少，没听说有人因此被治罪，却因此要治狐的罪吗？”真人低头沉思良久，笑着对罗生说：“先生是所谓求仁得仁，又有什么值得埋怨的呢。我老了，不能驱使鬼神，干预人家的儿女私事。”后来罗生家一贫如洗，最后得了痨病而死。（姑妄听之三）

贾公霖言：有贸易来往于樊屯者，与一狐友。狐每邀之至所居，房舍一如人家，但出门后，回顾则不见耳。一夕，饮狐家。妇出行酒，色甚妍丽。此人醉后心荡，戏捘其腕。妇目狐，狐侧睨笑曰：“弟乃欲作陈平[①]耶？”亦殊不怒，笑谑如平时。

此人归后，一日，忽家中客作控一驴送其妇来，云得急信，君暴中风，故借驴仓皇连夜至。此人大骇，以为同伴相戏也。旅舍无地容眷属，呼客作送归，客作已自去。距家不一日程，时甫辰巳，乃自控送归。中途遇少年与妇摩肩过，手触妇足。妇怒詈，少年惟笑谢，语涉轻薄。此人愤与相搏，致驴惊逸入歧路，蜀秫方茂，斯须不见。此人舍少年追妇，寻蹄迹行一二里，驴陷淖中，妇则不知所往矣。野田连陌，四无人迹，彻夜奔驰，旁皇至晓，姑骑驴且返，再商觅妇。未及数里，闻路旁大呼曰：“贼得矣。”则邻村驴昨夜被窃，方四出缉捕也。众相执缚，大受棰楚。赖遇素识多方辩说，始得免。懊丧至家，则纺车琤[②]然，妇方引线。问以昨事，茫然不知。始悟妇与客作及少年皆狐所幻，惟驴为真耳。狐之报复恶矣，然衅则此人自启也。

【注释】　①陈平（？一前178）：阳武（今河南原阳东南）人，谋略家。有人曾向汉高祖进谗言，说陈平生活不检点，与嫂子调情。②琤（chēng）：象声词，玉器相击声，琴声或水流声。

【译文】　贾霖公说：有个经常来往樊屯一带做买的卖商人，与一个狐精交了朋友。狐精每次请他到自己住的地方，房舍与普通人家一样，只是商人一走出大门，再回头看，就不见了。一天晚上，在狐精家喝酒，狐狸的妻子出来斟酒劝饮，容貌非常美丽。商人喝醉了酒心神荡漾，开玩笑捏她的手腕。她朝狐精看，狐精斜着眼睛笑着说："老弟想学陈平调戏嫂子吗？"看样子一点也没发怒，还是和平时一样轻松地说说笑笑。

商人回到住处，有一天，忽然家里雇的短工牵着一头驴子把妻子送来，说是得到急信，你突然中风，所以借了驴子急忙连夜赶到这里。商人大惊，以为是同伴开的玩笑。旅馆里没有地方住得下家眷，就想叫短工仍旧把她送回去，短工却早走了。旅馆离家不到一天的路程，当时还是上午，于是商人自己牵着驴子送妻子回家。途中遇到一个年轻人与妻子擦肩而过，他的手碰了妻子的脚，妻子怒骂，那个年轻人只是嬉皮笑脸地道歉，说了很轻薄的话。商人气坏了与年轻人厮打，打得驴子受惊窜到岔路上去了，当时高粱长得正茂盛，转眼间驴子就不见了。商人丢下年轻人去追妻子，顺着驴子的足迹走了一两里地，发现驴子陷在泥潭里，妻子却不知哪里去了。一望无际都是田野，四面没有人迹。商人东奔西跑折腾了一个通宵，心里惶惶然等到天亮。他打算暂且骑着驴子回家，再想办法寻找妻子。没走几里路，忽然听路边有人大叫道："找到贼了。"原来邻村有户人家的驴昨晚被偷了，村子里的人正在四处寻找。众人一涌而上把商人捆住，痛打了一顿。幸亏遇到过去认识的人，他千方百计辩白求饶，才被放了。商人懊恼沮丧地回到家里，纺车的声音"琤琤"响着，妻子正在纺线。问起昨天晚上的事，她却茫茫然全都不知道。商人这才明白，妻子、短工及年轻人都是狐狸幻化的，只有驴子是真的。狐精的报复可以说够恶毒了，但祸因却是商人自己引起的。（姑妄听之四）

槐亭又言：有学茅山法者，劾治鬼魅，多有奇验。有一家为狐所祟，请往驱除。整束法器，克日将行。有素识老翁诣之曰："我久与狐友。狐事急，乞我一言。

狐非获罪于先生，先生亦非有憾于狐也。不过得其贽币[①]，故为料理耳。狐闻事定之后，彼许馈廿四金。今愿十倍其数，纳于先生，先生能止不行乎？”因出金置案上。此人故贪惏[②]，当即受之。次日，谢遣请者曰：“吾法能治凡狐耳。昨召将检查，君家之祟乃天狐，非所能制也。”得金之后，意殊自喜。因念狐既多金，可以术取。遂考召四境之狐，胁以雷斧火狱，俾纳贿焉。征索既频，狐不胜扰，乃共计盗其符印。遂为狐所凭附，颠狂号叫，自投于河。群狐仍摄其金去，铢两不存。人以为如费长房[③]、明崇俨[④]也。后其徒阴泄之，乃知其致败之故。

夫操持符印，役使鬼神，以驱除妖厉，此其权与官吏侔矣。受赂纵奸，已为不可；又多方以盈其溪壑，天道神明，岂逃鉴察？微群狐杀之，雷霆之诛，当亦终不免也。

【注释】 ①贽（zhì）币：古代拜见尊长所送的礼金。②贪惏（lín）：贪婪，不知足。③费长房：汝南（今河南上蔡西南）人。传说从壶公入山学仙，未成辞归。能医重病，鞭笞百鬼，驱使社公。一日之间，人见其在千里之外者数处，因称其有缩地术。后因失其符，为众鬼所杀。事见《后汉书·方术列传八十二》。④明崇俨（646？—679）：洛阳偃师人，唐高宗时期的政治人物。祖先是平原士族，世代在南朝为官，南朝梁国子祭酒明山宾五世孙。父亲明恪，豫州刺史。其人容貌俊秀，风姿神异，出身士族，却精通巫术、相术和医术。仪凤四年（679年）五月初三，明崇俨被盗贼杀死，搜捕盗贼，最终也没有线索。

【译文】 杨槐亭又说：有个学茅山法术的人，镇治鬼魅，经常特别灵验。有一家人因为狐精作怪，请他前去驱除。他整理法器，按照约定的日期正要出发。有个一向熟悉的老翁拜访他说：“我长久与狐精交朋友。狐精的处境危急，求我来说句话。狐精没有得罪先生，先生与狐精也没有什么仇恨。先生只不过得了那个人的钱财，所以替那人办事罢了。狐精听说事成之后，那人答应馈赠先生二十四两银子。现在狐精愿意给先生十倍的钱，先生能不去管这事吗？”说着就将银子放到桌上。这个人本来就很贪婪，当即收了钱。第二天，他就谢绝了来请他的人说：“我的法术只能惩治普通的狐精而已。昨天，我召神将来检查，在你家作祟的是天狐，这不是我惩治得了的。”他得了银子之后，洋洋自得，就想狐精既然有很多银子，就可以用法术索取。他因此把所有能查找到的狐精召集到一起，用雷劈火烧这些地狱的刑罚威胁它们，让它们向他纳贿。他频频召集狐精频频索取钱财，狐精受不了，就一起商量偷走了他的符印。接着狐精附在他身上，颠狂号叫，自己投河而死。群狐还是把他的银子都拿走了，一点也没有留下。人们认为他就像费长房、明崇俨那样最后被鬼怪杀害一样。后来，他的徒弟暗中泄露内幕，人们才知道他落败的详情。

运用符箓印鉴，驱使鬼神按照自己的意愿，用来驱除妖魔鬼怪和厉鬼，这种权力与官吏的权力是相等的。接受贿赂，放纵奸狐，已经是不允许的了；却又想方设法来满足贪欲，难道能逃脱鬼神的监察？即使没有群狐杀死他，他应当最终也逃避不了雷霆的诛杀。（滦阳续录二）

高冠瀛言：有人宅后空屋住一狐，不见其形，而能对面与人语。其家小康，或以为狐所助也。有信其说者，因此人以求交于狐。狐亦与款洽。一日，欲设筵飨狐。狐言老而饕餮。乃多设酒肴以待。比至日暮，有数狐醉倒现形，始知其呼朋引类来也。如是数四，疲于供给，衣物典质一空，乃微露求助意。狐大笑曰：“吾惟无钱供酒食，故数就君也。使我多财，我当自醉自饱，何所取而与君友乎？”从此遂绝。此狐可谓无赖矣，余谓非狐之过也。

**【译文】** 高冠瀛说：有户人家宅院后面的空屋子里住着个狐精，人们不见狐精的形状，狐精却能面对面与人讲话。这家人经济比较宽裕，有人以为是狐精帮了他们。有人相信这种说法，因此求这家人牵线结交狐精。狐精跟这个人相处得很友好。一天，这个人打算设筵款待狐精。狐精说自己虽然年老但是特别能吃。这个人就多备了酒菜。一直吃到日暮时分，有几只狐狸醉倒后现了原形，这个人才知道那个狐精招呼了同类一同来赴宴。像这样款待了多次，他已经请不起了，衣物典当一空，不得已，微微向狐精流露了求助之意。狐精大笑道："我正是因为没钱喝酒，才几次到你家赴宴。倘若有钱，我就自己找地方酒足饭饱，我到哪里拿钱给你呢？"从此，他们断绝了交往。这个狐精可以说是个无赖，然而我认为这并不是狐精的错。（滦阳续录三）

# 巧妙应变的处世智慧

# 题 记

纪昀写作《阅微草堂笔记》并不是为读者提供一本生活指南，作品所展现的处世智慧是他无意间的流露。纪昀生活的时代，封建制度已经接近崩溃，新的社会制度又尚未形成，在社会转型即将到来的时候，原有的道德规范遭到了冲击，人性的丑陋如荒原上的野草恣意生长；纪昀所在的官场，更是凶险叵测。且不论这本书的写法就浸透了作者的睿智，在进行道德教化的同时，作者也有意无意传授了很多生存妙计。

献县周氏仆周虎，为狐所媚，二十余年如伉俪。尝语仆曰："吾炼形[①]已四百余年，过去生中，于汝有业缘当补，一日不满，即一日不得生天[②]。缘尽，吾当去耳。"一日，辴然[③]自喜，又泫然自悲，语虎曰："月之十九日，吾缘尽当别。已为君相一妇，可聘定之。"因出白金付虎，俾[④]备礼。自是狎昵[⑤]燕婉，逾于平日，恒形影不离。至十五日，忽晨起告别。虎怪其先期。狐泣曰："业缘一日不可减，亦一日不可增，惟迟早则随所遇耳。吾留此三日缘，为再一相会地也。"越数年，果再至，欢洽三日而后去。临行呜咽曰："从此终天诀矣！"陈德音先生曰："此狐善留其有余，惜福者当如是。"刘季箴则曰："三日后终须一别，何必暂留？此狐炼形四百年，尚未到悬崖撒手地位，临事者不当如是。"余谓二公之言，各明一义，各有当也。

【注释】 ①炼形：气功术语，指通过气功功法炼养形体。②生天：佛教谓行十善者死后转生天道。③辴（chǎn）然：高兴地笑。④俾（bǐ）：使。⑤狎（xiá）昵（nì）：指过于亲近而态度不庄重。

【译文】 河北献县周家的仆人周虎，被狐狸精所迷惑，二十多年像真正的夫妻一样。狐狸精曾经对周虎说："我采气修炼，已有四百多年了，过去生生世世里，我跟你还有一段善恶果报的因缘应当补上，一天不满，就一天不能转升天道。缘分尽了，我就该走了。"一天，她笑嘻嘻的很高兴，忽然又流着泪一脸悲伤，对周虎说："这个月的十九日，我们的缘分就尽了，我应该离开你。我已经为你相中了一个女人，你可以下聘礼定下这门婚事。"接着拿出银子交给周虎，让他准备聘礼。从此与周虎更加缠绵亲热，超过平时，常常形影不离。到十五日，早晨起来狐女忽然就与周虎告别。周虎惊讶她为什么提前离开，狐女小声哭着说："注定的姻缘一天不能减，也一天不能增加，只是迟一点早一点可以顺应自己的情况。我留下三天的缘分，作为以后相见的余地。"过了几年，狐女果然又来了，愉快和洽相聚三天后就离去了。临走时她呜咽着说："从此终究就永别了！"陈音德先生说："这个狐精善于留有余地，珍惜自己幸福的人也应该如此。"刘季箴则说："三天后终究还是要分别，何必再留下三天呢？此狐炼形已经四百年了，还没有到放下一切的地步，遇到事情不应该这样。"我认为两位先生的话，各自说明一个意思，各有各的道理。(滦阳消夏录一)

宁波吴生，好作北里游[①]，后昵一狐女，时相幽会，然仍出入青楼间。一日，狐女请曰："吾能幻化，凡君所眷，吾一见即可肖其貌。君一存想，应念而至，不逾于黄金买笑乎？"试之，果顷刻换形，与真无二。遂不复外出。尝语狐女曰："眠花藉柳，实惬人心。惜是幻化，意中终隔一膜耳。"狐女曰："不然。声色之娱，本电光石火。岂特吾肖某某为幻化，即彼某某亦幻化也。岂特某某为幻化，即妾亦幻化也。即千百年来，名姬艳女，皆幻化也。白杨绿草，黄土青山，何一非古来歌舞之场。握雨携云，与埋香葬玉、别鹤离鸾，一曲伸臂顷耳。中间两美相合，或以时刻计，或以日计，或以月计，或以年计，终有诀别之期。及其诀别，则数十年而散，与片刻暂遇而散者，同一悬崖撒手，转瞬成空。倚翠偎红，不皆恍如春梦乎？即夙契原深，终身聚首，而朱颜不驻，白发已侵，一人之身，非复旧态。则当时黛眉粉颊，亦谓之幻化可矣，何独以妾肖某某为幻化也。"吴洒然有悟。后数岁，狐女辞去。吴竟绝迹于狎游。

【注释】 ①北里游：寻花问柳，与妓女厮混。据说在唐朝盛年，京城长安附近有平康、北里两处烟花之地颇负盛名，于是有“北里游”的说法。

【译文】 宁波一个姓吴的书生，喜欢寻花问柳来往于青楼。后来和一个狐女好上了，时常私底下相会，但吴生仍旧经常出入妓院。有一天，狐女请求他说：“我能变化各种相貌，凡是你喜欢的女人，我看一眼就能立刻变得像她的模样。你一想她，我就马上能变成她的样子出现在你面前，岂不是胜过花好多钱狎妓冶游吗？”吴生一试，狐女果然在眨眼之间就换了形貌，与那个妓女本人一模一样。于是就不再出门喝花酒了。吴生曾经对狐女说道：“现在我就像是逛妓院一样，真是开心极了，可惜还是虚幻的，想起来心里总觉得隔了一层。”狐女说：“你说得不对。声色的快乐，本来就像电光石火一般短暂，哪里只是我变幻的那些女子才是虚幻的，其实就是你心仪的那个某某本来也是虚幻的啊。不仅这些女子都是虚幻的，就像是我本来也是虚幻的。就是那些千百年来名姬艳女也都是虚幻的啊。现在我们看到的白杨绿草，黄土青山，哪一处不是古时候的笙箫鼓乐歌舞的地方；男女之间床笫的欢爱，有情人之间离散的哀怨，就像《别鹤》《离鸾》的曲子一样，不过就像是伸伸胳膊的时间那么短暂。其中两个人类似忠臣明君那样的情义，有的是几时几刻，有的是几天，有的是几个月，有的是几年，终究有永别的那一天。到了诀别的时候，不管是相聚了几十年，还是相聚片刻就像萍水相逢，都是一样的彻底放下，转眼之间归于虚无。跟女人的亲昵热恋，不都恍恍惚惚如同春梦一场吗？即使是夙缘深厚，终身相守，可是时光荏苒，青春的容颜不能保留，渐渐的头发花白，同一个人也不再是先前的模样。那么她当时的美丽相貌，也可以说是虚幻的啊，哪里只是我变成某某是虚幻的啊。”吴生了然有所醒悟。几年之后，狐女离他而去，吴生居然从此不再到风流场上去了。(滦阳消夏录一)

清苑张公铉[1]，官河南郑州时，署有老桑树，合抱不交，云栖神物。恶而伐之。是夕，其女灯下睹一人，面目手足及衣冠色皆浓绿，厉声曰：“尔父太横，姑示警于尔！”惊呼媪婢至，神已痴矣。后归戈太仆仙舟，不久下世。驱厉鬼，毁淫祠，正狄梁公[2]、范文正公辈事。德苟不足以胜之，鲜不取败。

【注释】 ①钺（yuè）：古代兵器，青铜制，像斧，比斧大，圆刃可砍劈，商及西周时盛行。又有玉石制的，供礼仪、殡葬用。此处为人名。②狄梁公：唐代名臣狄仁杰（630—700），字怀英，武则天当政时期宰相，死后追封梁国公，故称。

【译文】 清苑人张钺在河南郑州做官时，官署里有棵老桑树，两手合抱都搂不住，人们说是树上住着神灵一类怪异的东西。张钺觉得厌恶就把树砍掉了。这天夜里，他的女儿灯下看到一个人，面目手脚和衣帽都是深绿的颜色，厉声说：“你的父亲太霸道，且拿你来警告他！”张家女儿惊叫呼喊，保姆丫鬟赶来，张家女儿已经吓傻了。后来嫁给了太仆戈仙舟，不久就去世了。驱除恶鬼、毁坏淫邪的祠庙，正是狄仁杰、范仲淹那样人才能做的事。如果德行不足胜过鬼神，很少有不失败的。（滦阳消夏录一）





乌鲁木齐虎峰书院，旧有遣犯妇缢窗棂上。山长[1]前巴县令陈执礼，一夜，明烛观书，闻窗内承尘[2]上窸窣有声。仰视，见女子两纤足，自纸罅徐徐垂下，渐露膝，渐露股。陈先知是事，厉声曰：“尔自以奸败，愤恚死，将祸我耶？我非尔仇，将魅我耶？我一生不入花柳丛，尔亦不能惑。尔敢下，我且以夏楚扑尔。”乃徐徐敛足上，微闻叹息声。俄从纸罅露面下窥，甚姣好。陈仰面唾曰：“死尚无耻耶？”遂退入。陈灭烛就寝，袖刃以待其来，竟不下。次日，仙游陈题桥访之，话及是事，承尘上有声如裂帛，后不再见。然其仆寝于外室，夜恒呓语，久而渐病瘵。垂死时，陈以其相从两万里外，哭甚悲。仆挥手曰：“有好妇，尝私就我。今招我为婿，此去殊乐，勿悲也。”陈顿足曰：“吾自恃胆力，不移居，祸及汝矣。甚哉，客气③之害事也！”后同年六安杨君逢源，代掌书院，避居他室，曰：“孟子有言：‘不立乎岩墙之下④。’”

【注释】 ①山长：历代对书院讲学者的称谓。五代蒋维东隐居衡山讲学时，受业者称之为山长；宋代将始建于南唐升元年间的庐山白鹿洞的“白鹿国学”（又称“庐山国学”），改成白鹿洞书院，作为藏书讲学之所。元代于各路、州、府都设书院，设山长。明清沿袭元制，乾隆时曾一度改称院长，清末仍叫山长。废除科举之后，书院改称学校，山长的称呼废止。②承尘：天花板。唐代以前没有天花板，房梁横木之上用遮布挡灰，名曰“承尘”。③客气：这里指一时的意气；偏激的情绪。④不立乎岩墙之下：君子要远离危险的地方；出自《孟子·尽心上》：“莫非命也，顺受其正；是故知命者不立乎岩墙之下。”

【译文】 乌鲁木齐虎峰书院，以前有个流放犯人的妻子吊死在窗棂上。院长、前巴县令陈执礼，天夜里点着蜡烛看书，听见窗子里天棚上有窸窸窣窣的声音。抬头一看，发现有女子的两只小脚，从纸缝里慢慢垂下来，渐渐露出膝盖，渐渐露出大腿。陈执礼知道先前发生过的事情，厉声道：“你因奸情败露，羞愤而死，你想害我么？我又不是你仇人。你要诱惑我么？可我一生不干风流事，你也不能迷诱我。你敢下来，我就用戒尺打你。”于是，棚上的女人慢慢地把腿收了上去，之后听见轻轻的叹息声。不一会儿，她又从纸缝中露出脸来往下偷看，长相很漂亮。陈执礼仰脸唾骂：“你死了还无羞耻么？”于是女鬼退回去了。陈执礼吹灭蜡烛就寝，手握利刃等女鬼来，却没有下来。第二天，仙游的陈题桥来访，说及这件事时，听见棚上有声音像是撕布一样，此后女鬼再没出现。但陈执礼的仆人住在外屋，夜里常说梦话，时间一长得了痨病。临死时，陈执礼因为他相随到了两万里之外的地方，哭得很悲伤。仆从挥手说：“有个漂亮女人，曾经偷偷地来跟我在一起，现在招我做丈夫，我去了很快活，不要悲伤。”陈执礼顿足说：“我自信有胆量，没有迁居别处，却给你带来祸害，厉害啊，一时的愤激之

气真能坏事！”后来，同年杨逢源代任院长，不再住在这间屋子里，他说：“孟子说过，君子不站在危墙之下。”（滦阳消夏录四）

长山聂松岩，以篆刻游京师。尝馆余家，言其乡有与狐友者，每宾朋宴集，招之同坐。饮食笑语，无异于人，惟闻声而不睹其形耳。或强使相见，曰：“对面不睹，何以为相交？”狐曰：“相交者交以心，非交以貌也。夫人心叵测，险于山川；机阱万端，由斯隐伏。诸君不见其心，以貌相交，反以为密；于不见貌者，反以为疏。不亦悖乎？”田白岩曰：“此狐之阅世深矣。”

**【译文】** 长山人聂松岩，凭借善于雕刻印章游历京城。曾经在我家坐馆，说他的家乡有人跟狐精交朋友。每当宾客朋友聚会宴饮，就招呼它来同坐，它吃喝说笑，跟人没有什么两样，但是只能听到它的声音而看不见身形。有人坚持要和它相见，说：“面对面看不到，怎么算是相交呢？”狐说：“相交是以心相交，不是以貌相交。要知道人心难以测度，深险胜过山川；设置种种机关陷阱坑害人，这些都隐藏在心里。诸位看不见对方的心，只是以貌相交，反以为亲密；对于不见相貌的，反以为疏远，这不是大错特错了吗？”田白岩说：“这个狐精认识世情真是很深刻。”（滦阳消夏录五）

三叔父仪南公，有健仆毕四，善弋猎，能挽十石[①]弓。恒捕鹑于野。凡捕鹑者必以夜，先以藁[②]秸插地，如禾陇之状，而布网于上；以牛角作曲管，肖鹑声吹之。鹑既集，先微惊之，使渐次避入藁秸中；然后大声惊之，使群飞突起，则悉触网矣。吹管时，其声凄咽，往往误引鬼物至，故必筑团焦自卫，而携兵仗以备之。

一夜，月明之下，见老叟作礼曰：“我狐也，儿孙与北村狐构衅，举族械战。彼阵擒我一女，每战必反接驱出以辱我；我亦阵擒彼一妾，如所施报焉。由此仇益结，约今夜决战于此。闻君义侠，乞助一臂力，则没齿感恩。持铁尺者彼，持刀者我也。”毕故好事，忻[③]然随之往，翳丛薄间。两阵既交，两狐血战不解，至相抱手搏。毕审视既的，控弦一发，射北村狐踣。不虞弓劲[④]矢铦[⑤]，贯腹而过，并老叟洞腋殪[⑥]焉。两阵各惶遽，夺尸弃俘囚而遁。毕解二狐之缚，且告之曰：“传语尔族，两家胜败相当，可以解冤矣。”先是北村每夜闻战声，自此遂寂。

此与李冰[⑦]事相类；然冰战江神为捍灾御患，此狐逞其私愤，两斗不已，卒至两伤。是亦不可以已乎？

【注释】 ①石（dàn）：古代市制容量单位，十斗为一石。②藁（gǎo）：多年生草本植物。③忻（xīn）：同“欣”。④劲（qíng）：强大。⑤铦（xiān）：锋利。⑥殪（yì）：死，跌倒。⑦李冰：战国时水利专家。他本人不迷信，他死后却流传着种种跟鬼神相斗的传说。据传他化身为一头巨牛与兴风作浪的江神搏斗，与下属约定暗号，杀死了同样化形为牛的江神。

【译文】 三叔南仪公，有个健壮的仆人叫毕四。他擅长打猎，能撑开十石拉力的弓，常常在野地里捕鹌鹑。捕鹌鹑必须在夜里，先把稻麦的秸杆插在地上，布置成像是禾垄的样子，上面张开网。用牛角作成曲管，模仿鹌鹑的叫声轻轻地吹。鹌鹑飞来之后，先稍微地吓吓它们，让它们陆续躲进稻麦秸杆丛里，然后再大声惊吓，让它们惊飞，就触到网上了。吹牛角时，声音凄咽，往往错把妖鬼引了来，因此必须建一座茅棚自卫，并带着武器防身。

一天夜里，月光明亮，见到一个老人来行礼说：“我是狐狸，儿孙们和北村的狐狸结下了冤仇，全族都参加械斗。混战中对方捉了我的一个女儿，每次械斗时就把她反绑了拉出来羞辱我。我方也捉了他们的一个妾，也照他们的样子报复。因此双方的仇越结越深，约定今晚在这儿决战。听说你义气豪侠，请求你助我一臂之力，我这一辈子也不会忘了你的大恩。用铁尺当武器的是对方，用刀的是我这一方。”毕四本来就好事，欣然跟着老人前去，躲在矮树丛中。两方交兵之后，有两只狐狸打得浑身是血难解难分，以至于相互紧抱着徒手搏斗起来，毕四瞄准了目标，一箭射去，把北村的狐狸射倒了。不料弓力太强，箭头太锋利，竟穿透北村狐狸的腹部，洞穿老人的腋下，两只狐狸都死了。双方各自惊慌失措地抢了尸体，扔下俘虏逃走了。毕四给狐妾和狐女松了绑，告诉她们：“传话给你们的家族，两家胜败差不多，从此可以解除冤仇了。”在这以前，北村的人每到夜里就听见杀声连天，从这夜以后就安静下来了。

这件事和李冰的故事有点像。不过李冰斗江神，是为了防御灾祸为民除害，这些狐狸却只为了泄私愤，双方斗个不停，终于两败俱伤。这样还不能停战么？（滦阳消夏录五）

妖由人兴，往往有焉。李云举言：一人胆至怯，一人欲戏之。其奴手黑如墨，使藏于室中，密约曰：“我与某坐月下，我惊呼有鬼，尔即从窗隙伸一手。”届期呼之，突一手探出，其大如箕，五指挺然如舂杵[①]。宾主俱惊，仆众哗曰：“奴其真鬼耶？”秉炬持仗入，则奴昏卧于壁角。救之苏，言：“暗中似有物以气嘘我，我即迷闷。”族叔楘庵言：“二人同读书佛寺。一人灯下作缢鬼状，立于前；见是人惊怖欲绝，急呼：‘是我，尔勿畏。’是人曰：‘固知是尔，尔背后何物也？’回顾乃一真缢鬼。”盖机械一萌，鬼遂以机械之心从而应之。斯亦可为螳螂黄雀之喻矣。

【注释】 ①舂（chōng）杵（chǔ）：舂米的木棒。把东西放在石臼或乳钵里捣掉皮壳或捣碎叫舂。

【译文】　妖魅因为人激发了而作怪，这种事情常有。李云举说：某甲胆子极小，某乙要想开他的玩笑。乙的奴仆手黑得像墨，乙让他藏在房间里，悄悄约定说："我同某甲坐在月下，我惊叫有鬼，你就从窗缝里伸出一只手。"到约定的时候，乙呼叫起来，突然一只手伸了出来，大小像畚箕，五个手指直直挺着像舂米的棒槌。客人和主人都大吃一惊，仆人们都吵嚷起来说："他难道是真鬼吗？"拿着火把手持棍棒进去，只见乙的仆人昏睡在墙壁角落里。众人救他苏醒，他说："黑暗中好像有东西用气嘘我，我就什么都不知道了。"同族的叔叔棨庵说："有两个人一起在佛寺里读书。一个人在灯下装作吊死鬼样子，站在另一个人面前，看到这人吓得要昏过去，急忙喊：'是我，你不要怕。'另一人说：'我知道是你，你背后是什么东西？'装鬼的人回头一看，竟是一个真的吊死鬼。"大概机诈之心一旦萌生，鬼就用机诈之心跟着回应。这可应了螳螂捕蝉、黄雀在后的比喻了。（滦阳消夏录六）

余督学福建时，署中有笔棒楼，以左右挟两浮图也。使者居下层，其上层则复壁曲折，非正午不甚睹物。旧为山魈所据，虽不睹独足反踵之状，而夜每闻声。偶忆杜工部"山精白日藏"句，悟鬼魅皆避明而就晦，当由曲房幽隐，故此辈潜踪。因尽撤墙垣，使四面明窗洞启，三山翠霭，宛在目前。题额曰"浮青阁"，题联曰："地迥[①]不遮双眼阔，窗虚只许万峰窥。"自此山魈迁于署东南隅会经堂。堂故久废，既于人无害，亦听其匿迹，不为已甚矣。

【注释】　①迥（jiǒng）：远。

【译文】　我在福建任督学时，衙署里有一座笔捧楼，因为楼的左右各有一座佛塔而得名。我像别的出差官员一样住在下层，上层因为墙壁重叠曲折，不到中午就不大看得清楚东西。过去这里被山魈占着，虽然没有看到一只脚和脚跟反着长的形状，但是夜里总能听到楼上的响动。我偶尔记起杜工部的"山精白日藏"的句子，醒悟到鬼魅都是避开光亮而凑近黑暗。应该是因为房舍曲折阴暗，鬼魅都躲藏得不见踪影。于是让人把四面的围墙全都拆除，把四面的窗子全都打开，福州的翠色和雾霭，好像就在眼前。我题了一块匾，名为"浮青阁"，并写了一副对联："地迥不遮双眼阔，窗虚只许万峰窥。"从此以后山魈搬到了衙署东南角的会经堂。这座经堂一向荒废时间已久，山魈在这里既然对人无害，也就任凭它在那里藏身，不能逼得太过分了。(滦阳消夏录六)

崔庄旧宅，厅事西有南北屋各三楹，花竹翳如，颇为幽僻。先祖在时，奴子张云会夜往取茶具，见垂鬟女子，潜匿树下，背立向墙隅。意为宅中小婢于此幽期，遽捉其臂，欲有所挟。女子突转其面，白如傅粉，而无耳目口鼻。绝叫仆地。众持烛至，则无睹矣。或曰旧有此怪，或曰张云会一时目眩，或曰实一黠婢，猝为人阻，弗能遁，以素巾幕面，伪为鬼状以自脱也。均未知审。然自此群疑不释，宿是院者恒凛凛，夜中亦往往有声。盖人避弗居，斯狐鬼入之耳。又宅东一楼，明隆庆初所建。右侧一小屋，亦云有魅。虽不为害，然婢媪或见之。姚安公一日检视废书，于簏[①]下捉得二獾。佥曰："是魅矣。"姚安公曰："獾弭首为童子缚，必不能为魅。然室无人迹，至使野兽为巢穴，则有魅也亦宜。斯皆空穴来风[②]之义也。"后西厅析属从兄坦居，今归从侄汝侗。楼析属先兄晴湖，今归侄汝份。子姓日繁，家无隙地，魅皆不驱自去矣。

【注释】　①簏（lù）：竹篾编的盛物器，形状不一。②空穴来风：消息和传说不是完全没有原因的。语出战国时宋玉《风赋》。

【译文】　崔庄的纪氏旧宅，厅堂西面有南屋北屋各三间，屋前花竹荫翳，十分幽静。先祖在时，奴仆张云会半夜去取茶具，看见一个披散着头发的女子，隐藏在树下，对墙站立着。他以为是小丫鬟在这里幽会，就捉住她的胳膊，想要挟她。那个女子忽然回头，只见她的脸白得像涂了粉，却没有眼耳鼻口。张云会惨叫一声扑倒在地。众人举着蜡烛赶到现场，却没有看见什么。有人说以前就有这种妖怪，有人说张云会一时眼花，有人说实际上是个狡猾的婢女，猛然被人捉住，不能逃脱，就用白纱巾遮住脸，扮成鬼脱身逃了。都不知道到底是什么原因。但是从此大家的疑心不能消除掉，住在这个院子里的都战战兢兢的，夜里也时常听到声响。大概人们避开了不居住的地方，这些狐鬼就趁虚而入。还有，住宅东面有一座楼房，是明代隆庆初年建造的。右侧有一间小屋，也听说有鬼。虽然不害人，但仆婢们也有人见过。姚安公有一天翻检旧书，在书箱下面捉住了两只獾。众人都说："这一定是那个鬼魅了。"姚安公说："獾老老实实地让孩子捆绑，绝不可能会作怪。但是屋子里没有人迹，以至于让野兽当成了巢穴，那么有鬼魅也是自然的。这就是所谓空穴来风的意思了。"后来西厅分给堂兄坦居，如今归了堂侄汝侗。楼房分给了兄长晴湖，如今归了侄子汝份。子侄们日益增多，家中再无空闲之处，鬼魅也就不用驱赶自己离开了。（如是我闻二）

次辰又言：族祖征君[①]公讳炅，康熙己未[②]举博学鸿词。以天性疏放，恐妨游览，称疾不预试。尝至登州观海市，过一村塾小憩。见案上一旧端砚，背刻狂草十六字，曰："万木萧森，路古山深；我坐其间，写《上堵吟》。"侧书"惜哉此叟"四字，盖其号也。问所自来，塾师云："村南林中有厉鬼，夜行者遇之辄病。一日，众伺其出，持兵仗击之，追至一墓而灭。因共发掘，于墓中得此砚。吾以粟一斗易之也。"案，《上堵吟》乃孟达作。是必胜国旧臣，降而复叛，败窜入山以死者。生既进退无据，殁又不自潜藏，取暴骨之祸。真顽梗不灵之鬼哉！

【注释】 ①征君：不接受朝廷征聘的隐士。②康熙己未：康熙十八年（1679）。

【译文】 次辰又说：同族的祖父征君公名讳叫炅，康熙十八年进博学鸿词科，因为天性疏放，担心从政妨碍他游山玩水，连科举都推脱有病不去考。有一天，他想到登州看海市蜃楼，途中在一所乡村私塾歇脚。他看见桌案上有一方旧端砚，背后刻着十六个狂草字："万木萧森，路古山深，我坐其间，写《上堵吟》。"侧面书着"惜哉此叟"四个字，大概是名号吧。他向村塾先生问这方端砚的来历，先生说："从前，村子南面树林里面住着一个恶鬼，夜里过往的行人只要碰到它，就会生病。有一天，众人候着，它一出来，就用手持武器棍棒追打，追到一座坟墓前，那个恶鬼就不见了。大家掘了那座坟，在墓中找到了这方端砚。我用一斗粟米把它换了来。"据考证，《上堵吟》为孟达所作。这个亡国之臣，降魏后又背叛了魏，失败后逃进山林直到死去。孟达活着时候，就进退无常，死后也不知道销声匿迹，才招致暴露骸骨的祸患。真是一个顽固不化的鬼魂啊！（如是我闻二）

佃户张九宝言：尝夏日锄禾毕，天已欲暝，与众同坐田塍上。见火光一道如赤练，自西南飞来。突堕于地，乃一狐，苍白色。被创流血，卧而喘息，急举锄击之。复努力跃起，化火光投东北去。后牵车贩鬻至枣强，闻人言某家妇为狐所媚，延道士刻治，已捕得封罂中。儿童辈私揭其符，欲视狐何状。竟破罂飞去。问其月日，正见狐堕之时也。此道士咒术可云有验，然无奈騃[1]稚之窃窥。古来竭力垂成，而败于无知者之手，类如斯也夫。

【注释】 ①騃：呆，无知。

【译文】 佃户张九宝说：夏天的一个下午他锄完地，天也快黑了，就和大家一同坐在田梗上。忽然看见一道火光像赤练一般，从西南飞来，突然坠落到地上，却是一只狐狸，灰白色。见狐狸受了伤鲜血直流，卧在地上喘息，他急忙举起锄头去打，只见那只狐狸又奋力跳跃起来，化作一团火光向东北方向去了。后来，张九宝拉车到枣强去卖货，听人说某家的女子被狐狸迷惑了，请道士来驱治，都已经把狐狸逮住了封在小口大肚的坛子里。却不料孩子偷偷地揭开符封，想看看狐狸到底是什么样子。那只狐狸竟然打破了坛子飞走了。他问起这件事的时间，正是那只狐狸坠落的时候。这个道士符咒的法术可以说有效验了，但是道士对幼稚无知的孩子偷看却无可奈何。自古以来，竭尽全力，眼看一件事就要成功，却败在无知者手里，往往就像这件事一样。(如是我闻二)

余七八岁时，见奴子赵平自负其胆，老仆施祥摇手曰："尔勿恃胆，吾已以恃胆败矣。吾少年气最盛，闻某家凶宅无人敢居，径携襆被卧其内。夜将半，剨然有声，承尘中裂，忽堕下一人臂，跳掷不已；俄又堕一臂，又堕两足，又堕其身，最后乃堕其首，并满屋迸跃如猿猱。吾错愕不知所为，俄已合为一人，刀痕杖迹，腥血淋漓，举手直来搦[①]吾颈。幸夏夜纳凉，挂窗未阖，急自窗跃出，狂奔而免。自是心胆并碎，至今犹不敢独宿也。汝恃胆不已，无乃不免如我乎！"平意不谓然，曰："丈原大误，何不先捉一段，使不能凑合成形？"后夜饮醉归，果为群鬼所遮，掖入粪坑中，几于灭顶。

【注释】 ①搦（nuò）：握，捉拿，按。

【译文】 我七八岁时，看到家奴赵平自吹有胆量，老仆人施祥对他摇着手说："你不要仗着自己有胆量，我已经因为自恃有胆而遭过殃了。我年轻时最争强好胜，听说某家凶宅无人敢住，就径自抱了铺盖卷儿睡在里面。快到半夜时，"哗"的一声，天花板裂了开来，忽然掉下来一条人的胳膊，在地上跳来跳去；不一会儿又掉下一条胳膊，又掉下两只脚，又掉下身体，最后才掉下了头，满屋子的残肢都像猴子一样跳跃。我突然之间被吓得不知该怎么办。不一会儿已经合成一个人，身上都是刀痕杖迹，腥血淋漓，伸手直冲扑过来要掐我脖子。幸亏夏夜纳凉，挂窗没有关上，我急忙从窗口跳出，拼命奔逃才得脱免。从此以后我的胆被吓破了，至今还不敢独自一个人过夜。你还要自夸胆量不知改悔，岂不是要难免和我一样啊!”赵平很不以为然地说：“老伯本来就大错，为什么不先捉住一段，让它不能凑合成形呢?”后来赵平夜里喝醉酒回家，果然被群鬼拦住，被架到粪坑里，几乎淹死。(如是我闻三)

飞万又言：一书生最有胆，每求见鬼不可得。一夕，雨霁月明，命小奴携罂酒诣丛冢间，四顾呼曰：“良夜独游，殊为寂寞。泉下诸友，有肯来共酌者乎?”俄见磷火荧荧，出没草际。再呼之，呜呜环集，相距丈许，皆止不进。数其影皆十余，以巨杯挹酒洒之，皆俯嗅其气。有一鬼称酒绝佳，请再赐。因且洒且问曰：“公等何故不轮回?”曰：“善根在者转生矣，恶贯盈者堕狱矣。我辈十三人，罪限未满，待轮回者四；业报沉沦，不得轮回者九也。”问：“何不忏悔求解脱?”曰：“忏悔须及未死时，死后无着力处矣。”酒洒既尽，举罂示之，各踉跄去。中一鬼回首丁宁曰：“饿魂得沃[1]壶觞[2]，无以报德。谨以一语奉赠：忏悔须及未死时也。”

【注释】 ①沃：灌溉，浇。这里指饮，喝。②壶觞（shāng）：酒器。

【译文】 刁飞万又说，有个书生最有胆量，常想见见鬼，可总没见到。一天夜里，雨过天晴明月高挂。书生叫小奴带着一坛酒来到坟地，四面转着圈大声喊：“如此良宵我独自一个人游玩，实在太寂寞。九泉之下各位朋友，有愿意来与我共饮的吗?”不一会儿，只见鬼火闪闪，在草间出没。再喊，听到四周呜呜着围过来了，相距一丈来远，都停在那里，不肯近前来。数一数大约有十几条黑影，书生用大杯盛满酒向他们洒过去，众鬼都俯身去闻酒香气。有个鬼称赞酒好，请求再赏。书生一边洒酒一边问："各位为什么不轮回转生呢？"回答说："善心未泯的转生，恶贯满盈的下地狱。我们这十三个鬼，服罪期没满，等待轮回转生的有四个，被判决沉入地狱、不得轮回的有九个。"书生问："为什么不忏悔求解脱呢？"回答说："忏悔必须在没死的时候，死后便无从努力了。"酒已洒光了，书生举起空酒坛给鬼看，鬼踉踉跄跄各自离去了。其中一个鬼回头叮咛说："我们这些饿鬼喝了您的酒，无以报答，谨以一句话奉赠您，忏悔一定要在没死的时候。"（如是我闻四）

高淳令梁公钦官户部额外主事时，与姚安公同在四川司。是时六部规制严，凡有故不能入署者，必遣人告掌印，掌印移牒司务，司务每日汇呈堂，谓之出付；不能无故不至也。一日，梁公不入署，而又不出付，众疑焉。姚安公与福建李公根侯，寓皆相近，放衙后同往视之。则梁公昨夕睡后，忽闻砰訇撞触声，如怒马腾踏。呼问无应者，悖而起视，乃二仆一御者裸体相搏，捶击甚苦，然皆缄口无一言。时四邻已睡，寓中别无一人，无可如何，坐视其斗。至钟鸣乃并仆，迨晓而苏，伤痕鳞叠，面目皆败。问之都不自知，惟忆是晚同坐后门纳凉，遥见破屋址上有数犬跳踉，戏以砖掷之，嗥而逃。就寝后遂有是变。意犬本是狐，月下视之未审欤！梁公泰和人，与正一真人为乡里，将往陈诉。姚安公曰："狐自游戏，何预于人？无故击之，曲不在彼。祖曲而攻直，于理不顺。"李公亦曰："凡仆隶与人争，宜先克己；理直尚不可纵使有恃而妄行，况理曲乎？"梁公乃止。

【译文】 高淳县令梁钦先生做户部额外主事时，与姚安公同在四川司。当时六部规章制度很严格，凡是因故不能入署上班的官员，必须派人报告掌印官，掌印官到司务官那里备案，司务官每天汇总呈报正堂，称为“出付”，谁也不能无故不到。一天，梁钦先生没有到署，也没有“出付”，众人都疑心他出了什么事。姚安公和福建李根侯先生，住所都靠近梁钦先生家，退衙后就一道去看望。原来梁钦先生昨夜睡下后，忽然听到砰砰的撞击声，如同发怒的奔马奔腾。呼喊着询问没人应答，他心慌慌地起来察看，原来是两个仆人和一个车夫裸体搏斗，拳头砸来砸去打得非常猛烈，但是都闭口不说一句话。当时左邻右舍都已经睡了，寓所里没有其他任何一个人，他束手无策，只好坐着看他们打斗。一直打到晨钟鸣响，三个人才一同扑倒在地上，到天亮才苏醒，三人遍体的伤痕像鱼鳞一样重重叠叠，鼻青脸肿。问他们为什么打架，他们却都说不知道斗殴的事，只是记得晚上一起坐在后门口乘凉，远远看见破屋的废址上有几只狗跳来跳去，他们开玩笑扔砖石砸狗，狗号叫着逃走了。睡下后，就发生了这件互相斗殴的怪事。现在想来那几只狗本来是狐，因为月下看不清楚，误认作狗了。梁钦先生是泰和人，与正一真人同乡，要找正一真人控诉狐精。姚安公说：“狐精自己游戏，碍着人什么事呢？无缘无故砸它们，理亏的是人。你找真人控诉，是偏袒理亏的，攻击理直的，这在情理上说不过去。”李根侯先生也劝阻说：“凡是自己的仆人与人争斗，应该先管教自己的仆人；就是理直还不能放纵仆人仗势胡为，何况是理亏呢？”梁钦先生这才打消了念头。(如是我闻四)

文水李华廷言：去其家百里一废寺，云有魅，无敢居者。有贩羊者十余人，避雨宿其中。夜闻呜呜声，暗中见一物，臃肿团圞[①]，不辨面目，蹒跚而来，行甚迟重。众皆无赖少年，殊不恐怖，共以破砖掷。击中声铮然，渐缩退欲却。觉其无能，噪而追之。至寺门坏墙侧，屹然不动。逼视，乃一破钟，内多碎骨，意其所食也。次日，告土人，冶以铸器。自此怪绝。此物之钝极矣，而亦出黝人，卒自碎其质。殆见夫善幻之怪，有为祟者，从而效之也。余家一婢，沧州山果庄人也。言是庄故盗薮[2]，有人见盗之获利，亦从之行。捕者急，他盗格斗跳免，而此人就执伏法焉。其亦此钟之类也夫。

【注释】 ①圉（luán）：圆。②盗薮（sǒu）：强盗聚集的地方。

【译文】 文水县的李华廷说：离他家百里远的地方有一座荒废的寺庙，据说里面有鬼怪，没人敢住。有十几个贩羊的人，因为躲雨住在那里。夜里听见呜呜的声音，然后看见一个东西，圆滚滚的粗大笨重，看不出面目来，它慢吞吞地走过来，走得非常迟缓沉重。那些人本来都是刁蛮不讲理的年轻人，一点儿也不害怕，一同用碎砖头砸它。打中时发出铮铮的声音，它渐渐往后退想停住。众人觉得它也没什么本事，就大喊着追上去。那个东西挪到庙门边倒塌的墙边，就立住不动了。走近一看，原来是一口破钟，里面还有许多碎骨头，想来是它吃掉了人以后剩下的骨头。第二天，他们告诉了当地人，将这钟重新冶炼铸成别的东西。从此庙里就不再闹妖了。这种东西愚钝极了，还要出来烦扰人类，终于坏了自身。可能是它见过一些善于变幻的怪物，有作怪害人的，它也就跟着仿效。我家有个婢女，是沧州山果庄人。说那个庄就是个强盗窝，有人看强盗获利很多，很是羡慕，就跟着他们。恰巧捕捉强盗的人急急追上来，别的强盗厮杀一番逃跑了，而这个人却被抓住杀了头。这人与那口作怪的钟也是一路货色吧。（槐西杂志二）

石洲又言：一书生家有园亭，夜雨独坐。忽一女子搴帘入，自云家在墙外，窥宋已久，今冒雨相就。书生曰："雨猛如是，尔衣履不濡，何也？"女词穷，自承为狐。问："此间少年多矣，何独就我？"曰："前缘。"问："此缘谁所记载？谁所管领？又谁以告尔？尔前生何人？我前生何人？其结缘以何事？在何代何年？请道其详。"狐仓卒不能对，嗫嚅久之，曰："子千百日不坐此，今适坐此；我见千百人不相悦，独见君相悦。其为前缘审矣，请勿拒。”书生曰：“有前缘者必相悦。吾方坐此，尔适自来，而吾漠然心不动，则无缘审矣，请勿留。”女趑趄间，闻窗外呼曰：“婢子不解事，何必定觅此木强人！”女子举袖一挥，灭灯而去。或云是汤文正公少年事。余谓狐魅岂敢近汤公，当是曾有此事，附会于公耳。

【译文】 郭石洲又说：一个书生家园子里有一座亭子，一个下雨的夜晚，他一个人独自坐着。忽然一个女子掀帘子进来，说自己就住在园墙外，就像登徒子偷看宋玉一样对书生爱慕已久，现在冒雨前来相会。书生说：“暴雨下得这么急，你的衣服鞋子都没有湿，这是为什么？”女子无话可说，只好承认自己是狐女。书生问：“这一带年轻人很多，你为什么偏偏来和我相会？”狐女回答：“因为我们俩前世有缘。”书生问：“这缘分是由谁记载下来的？由谁来掌管？又是谁把这缘分告诉了你？你前世是什么人？我前世又是什么人？我们又因为什么结下了缘分？这缘分又结在哪一朝代、哪个年份？请你详详细细地告诉我。”狐女仓促间回答不上来，吭哧了半天才说：“你长年累月也不到这里来，恰巧今天来到这里；我见过上百上千的男人，都不喜欢，唯独见到您才有了爱慕之心。这就是缘分所定，这不很清楚吗？请您别再拒绝了。”书生说：“既然前世有缘就该相互喜欢。可我刚才坐在这里，你从外面进来，你并没有引起我的好感，可见我们俩没有缘分，这也是很清楚的，你不能留在这儿！”正当狐女进退两难的时候，只听窗外喊道：“你这个丫头怎么这样不懂事，何必非得找这种榆木疙瘩一样的男人！”狐女举起衣袖一挥，扇灭油灯离开了。有人说，这是汤文正公年轻时候的事。我认为，狐怪们怎么敢靠近汤公呢？可能是另外一个人的事，附会到汤公身上罢了。（槐西杂志二）

孙叶飞先生夜宿山家，闻了鸟（了鸟，门上铁系也。李义山诗作此二字）丁东声，问为谁？门外小语曰："我非鬼非魅，邻女欲有所白也。"先生曰："谁呼汝为鬼魅而先辨非鬼非魅也？非欲盖弥彰乎！"再听之，寂无声矣。

【译文】　孙叶飞先生有一次夜宿山民家，听见了鸟（了鸟，是门上的铁搭扣，李商隐的诗里就用这两个字）叮咚作响，他问是谁，门外小声说："我不是鬼，也不是妖，是邻居的女儿，有话想跟你说。"先生说："谁说你是鬼，是妖了？而你却先声称不是鬼不是妖，这不是欲盖弥彰么？"再听，外边就寂静无声了。（槐西杂志三）

季廉夫言：泰兴有贾生者，食饩[①]于庠[②]，而癖好符箓禁咒事，寻师访友，炼五雷法[③]，竟成。后病笃，恍惚见鬼来摄。举手作诀，鬼不能近。既而家人闻屋上金铁声，奇鬼狰狞，汹涌而入。咸悚惶避出。遥闻若相格斗者，彻夜乃止。比晓视之，已伏于床下死，手掊地成一深坎，莫知何故也。夫死生数也，数已尽矣，犹以小术与天争，何其不知命乎？

【注释】　①食饩（xì）：指明清时经考试取得廪生资格的生员享受廪膳补贴。②庠（xiáng）：古代称学校。③五雷法：道教方术。谓得雷公墨篆，依法行之，可致雷雨，祛疾苦，立功救人。因雷公有兄弟五人，故以五雷称之。

【译文】　季廉夫说，泰兴有个姓贾的书生，因为考试优等，得到官府供给粮食，而他却嗜好符箓、咒语等道法，四处寻师访友，求炼五雷法，最终炼成功了。后来他病重的时候，恍恍惚惚看到鬼来捉拿自己。就举起手作咒语口诀，鬼无法靠近身边。之后家里人听到屋顶上金属的响声，看到许多面目狰狞的恶鬼，气势汹汹地涌入屋中，都惊恐地慌慌张张躲开了。远远似乎听见相互格斗的声音，经过一整夜才停止。到早晨进去看，贾生趴在床下死了，手把地刨成了一个深坑，不知是什么原因。按说生死都有定数，定数

已尽了，还要以小的法术与天抗争，贾生怎么这样不知天命？（槐西杂志三）

刘友韩侍御言：向寓山东一友家，闻其邻女为狐媚。女父迹知其穴，百计捕得一小狐，与约曰："能舍我女，则舍尔子。"狐诺之。舍其子而狐仍至。詈其负约。则谢曰："人之相诳者多矣。而责我辈乎？"女父恨甚，使女阳劝之饮，而阴置砒焉。狐中毒，变形踉跄去。越一夕，家中瓦砾交飞，窗扉震撼，群狐合噪来索命。女父厉声道始末，闻似一老狐语曰："悲哉！彼徒见人皆相诳，从而效尤。不知天道好还，善诳者终遇诳也。主人词直，犯之不详。汝曹随我归矣。"语讫寂然。此狐所见，过其子远矣。

【译文】　侍御刘友韩说，他过去借住在山东一位朋友家，听说他邻居的女儿被狐精媚惑了。她父亲找到狐穴，千方百计逮住一只小狐崽，他对狐精说："你能放弃我女儿，我就放了你的小狐崽。"狐精答应了。邻父放了狐崽，狐精却仍不放过他女儿。邻父大骂狐精负约。狐精辩解说："人与人之间互相诳骗的事多了，你还来责怪我们这一类？"邻父恨透了狐精，他让女儿劝狐精喝酒，他暗地里在酒里放了砒霜。狐精中了毒，现出原形踉踉跄跄逃走了。第二天夜里，这个家里砖瓦纷飞，门窗摇摇晃晃，群狐吵吵闹闹聚集来向这家人索命。姑娘的父亲厉声说了事情的经过，就听见好像是一只老狐狸说："太可悲了！它只见到人都互相诳骗，从而效仿，不知天道报应，骗人者自己也会受骗。主人有理，侵犯这样的人不吉利。你们都跟我回去吧。"说完四周就寂静无声了。这只老狐狸的见识，比它的子孙们要深远得多。（槐西杂志三）

康师，杜林镇僧也。北俗呼僧多以姓，故名号不传焉。工疡医。余小时曾及见之。言其乡人家一婢，怀春死，魂不散，时出祟人。然不现形，不作声，亦不附人语，不使人病。惟时与少年梦中接，稍尪瘦，则别媚他少年，亦不至杀人。故为祟而不以为祟。即尝为所祟者，亦梦境恍惚，莫能确执。如是数十年，不为人畏，亦不为人所劾治。真黠鬼哉！可谓善藏其用，善遁于虚，善留其不尽，善得老氏之旨矣。然终有人知之，有人传之，则黠巧终无不败也。

【译文】 康师，是杜林镇的和尚。北方大多习惯用姓氏称呼僧人，所以他的名号没有传下来。他善长治疗疮、痈、疽、疖等外科疾病。我小时候还见过他。他说他家乡有一个人家的婢女，害单相思死了。阴魂不散，时常出来作怪骚扰人。但她不现形，不发出声响，也不附在人身上说话，不让人生病。只是时常和年轻人在梦中交欢。这个年轻人稍微体弱消瘦，她就去媚惑另一个年轻人，也不至于杀人。所以她作怪人们却不认为是作怪。就是被她媚惑过的人，也因为是在梦里恍恍惚惚，不能确定。这么过了几十年，人们不怕她，也就不去镇治她。真是狡黠的鬼啊！可以说是善于收存她想用的，善于在人们看不见摸不着的地方逃遁，善于留有余地，善于真正领会老子的旨义。但是，既然有人知道了她，有人传说她的事，那么她的狡猾机巧总归不可能不败露。（槐西杂志四）

河间王仲颖先生（安溪李文贞公为先生改字曰仲退。然原字行已久，无人称其改字也），名之锐，李文贞公之高弟[①]。经术湛深，而行谊方正，粹然古君子也。乙卯[②]、丙辰[③]间，余随姚安公在京师，先生犹官国子监助教，未能一见，至今怅然。

相传先生夜偶至邸后空院，拔所种莱菔[④]下酒，似恍惚见人影，疑为盗。倏已不见，知为鬼魅，因以幽明异路之理厉声责之。闻丛竹中人语曰："先生邃于《易》，一阴一阳，天之道也。人出以昼，鬼出以夜，是即幽明之分。人居无鬼之地，鬼居无人之地，是即异路焉耳。故天地间无处无人，亦无处无鬼，但不相干，即不妨并育。使鬼昼入先生室，先生责之是也。今时已深更，地为空隙，以鬼出之时，入鬼居之地，既不秉烛，又不扬声，猝不及防，突然相遇，是先生犯鬼，非鬼犯先生。敬避似已足矣，先生何责之深乎？"先生笑曰："汝词直，姑置勿论。"自拔莱菔而返。后以语门人，门人谓："鬼既能言，先生又不畏怖，何不叩其姓字，暂假词色，问冥司之说为妄为真，或亦格物致之一道。"先生曰："是又人与鬼狎矣，何幽明异路之云乎？"

**【注释】** ①高弟：门人弟子中成绩优良者。②乙卯：雍正十三年（1735）。③丙辰：乾隆元年（1736）。④莱菔：萝卜，可用于制作菜肴，炒、煮、凉拌俱佳；又可当作水果生吃，味道鲜美，还可以做泡菜等。

**【译文】** 河间人王仲颖先生（安溪李文贞公给他改字为仲退。但他原来的字通行已久，没有人称呼他改过的字）名叫之锐，是李文贞公的门下高足。他对经书造诣很深，而且行为方正，完全符合古代君子的标准。在雍正乙卯、乾隆丙辰年间，我随姚安公在京城，那时他还任国子监助教，没能见他一面，至今我仍怅然若失。

传说王仲颖在夜里偶然到屋后空院里，拔他种的萝卜下酒，恍惚中好像看见一个人影，以为是小偷，却忽然不见了。他知道是鬼魅，于是申明幽明异路的道理，厉声责备。一丛竹子间有声音回答说："先生精通《易经》，一阴一阳，就是天道。人在白天活动，鬼在夜里活动，这就是幽与明的区别。人住在没有鬼的地方，鬼住在没有人的地方，这就是异路了吧。所以天地之间，无处无人，无处无鬼。只要互不影响，就不妨碍相安并存。假如鬼白天进了先生的家，你责备是有道理的。现在已经是深更半夜，这里是空地，先生在鬼活动的时间里出来，进到鬼住的地方，既不拿着灯烛，又不发出声音，以致猝不及防，突然之间相遇，这是先生冒犯了鬼，而不是鬼冒犯了先生。我恭敬避开似乎已经足够了，先生为什么这样严厉地责备我?”王仲颖笑道：“你说得有理，就算了，不讨论了吧。”自己拔了萝卜就回来了。后来他和门生说起这事，门生说：“鬼既然能说话，先生又不害怕，为什么不打听一下对方的姓名，稍微对他语气温和些，问问关于地府的说法是真是假，这也是了解事物、丰富学问的一种途径嘛。”王仲颖说：“如果这样做，又是人与鬼相亲热了，还说什么幽明异路呢?”（姑妄听之一）

金可亭（此浙江金孝廉，名嘉炎。与金大司农同姓同号，各自一人）言：有赵公者，官监司。晚岁家居，得一婢曰紫桃，宠专房，他姬莫当夕。紫桃亦婉娈善奉事，呼之必在侧，百不一失。赵公固聪察，疑有异，于枕畔固诘。紫桃自承为狐，然夙缘当侍公，与公无害。昵爱久，亦弗言。家有园亭，一日立两室间，呼紫桃。则两室各一紫桃出。乃大骇。紫桃谢曰：“妾分形也。”

偶春日策杖郊外，逢道士与语，甚有理致。情颇洽，问所自来。曰：“为公来。公本谪仙，限满当归三岛。今金丹已为狐所盗，不可复归。再不治，虑寿限亦减。仆公旧侣，故来视公。”赵公心知紫桃事，邀同归。

道士踞坐厅事，索笔书一符，曼声长啸。邸中纷纷扰扰，有数十紫桃，容色衣饰，无毫发差，跪庭院皆满。道士呼真紫桃出。众相顾曰：“无真也。”又呼最先紫桃出。一女叩额曰：“婢子是。”道士叱曰：“尔盗赵公丹已非，又呼朋引类，务败其道，何也?”女对曰：“是有二故：赵公前生，炼精四五百年，元关坚固，非更番迭取不能得。然赵公非碌碌者，见众美遝①进，必觉为蛊惑，断不肯纳。故终始共幻一形，匿其迹也。今事已露，愿散去。”道士挥手令出，顾赵公太息曰：“小人献媚旅进，君子弗受也。一小人伺君子之隙，投其所尚，众小人从而阴佐之，则君子弗觉矣。《易》‘姤卦[②]’之初六，一阴始生，其象为‘系于金柅[③]’。柅以止车，示当止也。不止则履霜之初，即坚冰之渐。浸假而‘剥卦’六五至矣。今日之事，是之谓乎？然苟无其隙，虽小人不能伺；苟无所好，虽小人不能投。千金之堤，溃于蚁漏，有罅故也。公先误涉旁门，欲讲容成之术[④]；既而耽玩艳冶，失其初心。嗜欲日深，故妖物乘之而麇集。衅因自起，于彼何尤？此始此终，固亦其理。驱之而不遣，盖以是耳。吾来稍晚，于公事已无益。然从此摄心清静，犹不失作九十翁。”再三珍重，瞥然而去。赵公后果寿八十余。

【注释】 ①遝（tà）：人多，拥挤杂乱。②姤（gòu）卦：《周易》第四十四卦，姤即媾，阴阳相遇。但五阳一阴，不能长久相处。③柅（nǐ）：挡住车轮不使其转动的木块。④容成之术：容成公是古代传说中的仙人，黄帝的臣子，是指导黄帝学习养生术的老师之一。早期的记述与房中术的传播直接相关。

【译文】 金可亭（这是浙江的金举人，名嘉炎。与任户部尚书的金公同姓、同号，但各是一人）说：有位赵先生，做过布政使司官，晚年闲居在家，得了一个名叫紫桃的婢女，十分宠爱，其他妻妾夜里就到不了跟前了。紫桃也温婉妩媚多情，特别会侍候人，只要赵公叫她，她总是早已在身边，每次都是如此。赵公一向聪明机警，疑心紫桃不是一般人，常在枕边盘问她的来历。紫桃承认自己是狐女，但是与赵公前世有缘，这一辈子应该侍奉他，对赵公并无害处。赵公与她亲近时间很长了，听她这样说，也就不说什么了。赵家有个花园，园子里有个亭子，亭子两侧都有房间。一天，赵公站在亭子边喊紫桃。转眼间，两边的房间各走出一个紫桃。赵公大惊，紫桃道歉说："这是奴家用的分身术。"

春季里有一天，赵公偶尔拄杖到郊外散步，遇见一位道士闲聊起来，感觉道士说话有条有理，两个人谈得很融洽，赵公问他从哪里来。道士回答说："我是为你来的。先生本来是遭贬下凡的仙人，限期一满，就可以回归蓬莱三岛。如今，您的至宝金丹已经被狐精偷了，已经回不了仙界。再不镇治，担心您的寿数也会减少。我和您是老朋友，所以来探望您。"赵公心知是紫桃的事，就邀请道士一同回家。

道士傲然坐在大厅里，要来笔墨写了一道符，然后拉长声音呼叫，住所里忽然纷纷扰扰，出现了几十个紫桃，相貌妆容衣服穿戴，都一模一样，跪满了整个庭院。道士喊真紫桃出来。众紫桃互相看了看，齐声答道："没有真紫桃。"道士又叫最早的紫桃出来。一个紫桃走到厅前，跪下磕头，道："奴家就是。"道士喝斥她说："你偷赵公的至宝金丹，已经错了，又招引同类，一定要彻底毁了他，这到底是为什么？"这个紫桃说："有两个缘故：赵公前世曾经修炼精气四五百年，玄关坚固，若不是轮番摄取，是得不到金丹的。但赵公不是稀里糊涂的人，如果见到许多美人环绕身边，必定会察觉是来蛊惑他的，就绝对不会接纳了。所以我们始终幻化成一个人，隐藏行迹。现在事情已经败露，愿意从此散去。"道士挥挥手，放她们离开了，然后回过头来对赵公叹息道："小人以献媚的方式向君子进攻，君子不会接受。如果有一个小人抓住君子的弱点，投其所好，发动攻势，其他小人再暗中帮忙，那么，君子就不易察觉了。《周易》中'姤卦'初六的卦象为一阴始生，筮辞的图形是'系于金柅'。柅，是用来停住车轮的木块，标志着做事当止则止。如果当止不止，就像初履冰霜而不知返，脚下渐渐变为坚实的冰块。这种坚实属于假象，冰块迟早要融化，这就说明危险在开始时就已存在了。越往前走危险性越大。如同'剥卦'的'六五'显示出来的道理。眼下您的遭遇，就属于这种情形吧？然而，如果您做事无隙可乘，小人的阴谋就不能得逞；如果您没有不良的嗜好，小人就无法接近您。唐代的千金陂阻挡汝水，由于小小的蚂蚁洞而崩溃，是因为有缝隙的缘故啊。先生先是误入旁门左道，想试试容成子提倡的采阴补阳的法术，之后又贪恋女色，失去当初的道心。由于色欲日渐其深，妖物也就乘势聚集而来。漏洞出在您自己身上，狐女有什么错呢？这件事自始至终，就是这么个道理。我赶走她们而不加惩处，也是这个原因。我来得稍晚了些，对您的帮助不大。然而，如果您从此清心寡欲，不再想入非非，这样的话，您仍能做个九十老翁。”道士再三告诫赵公要保重，飘然而去。后来，赵公果真活了八十多岁。(姑妄听之一)

先师裘文达公言：有郭生，刚直负气。偶中秋燕集，与朋友论鬼神，自云不畏。众请宿某凶宅以验之，郭慨然仗剑往。宅约数十间，秋草满庭，荒芜蒙翳。扃户独坐，寂无见闻。二鼓后，有人当户立。郭奋剑欲起，其人挥袖一拂，觉口噤体僵，有如梦魇，然心目仍了了。其人磬折致词曰：“君固豪士，为人所激，因至此。好胜者常情，亦不怪君。既蒙枉顾，本应稍尽宾主意。然今日佳节，眷属皆出赏月，礼别内外，实不欲公见。公又夜深无所归。今筹一策，拟请君入瓮，幸君勿嗔；觞酒豆肉，聊以破闷，亦幸勿见弃。”遂有数人舁郭置大荷缸中，上覆方桌，压以巨石。俄隔缸笑语杂遝，约男妇数十，呼酒行炙，一一可辨。忽觉酒香触鼻，暗中摸索，有壶一、杯一、小盘四，横阁象箸二。方苦饥渴，且姑饮啖。复有数童子绕缸唱艳歌，有人扣缸语曰：“主人命娱宾也。”亦靡靡可听。良久，又扣缸语曰：“郭君勿罪，大众皆醉，不能举巨石。君且姑耐，贵友行至矣。”语讫，遂寂。次日，众见门不启，疑有变，逾垣而入。郭闻人声，在缸内大号。众竭力移石，乃闯然出，述所见闻，莫不拊掌。视缸中器具，似皆己物。还家讯问，则昨夕家燕，并酒肴失之，方诟谇大索也。此魅可云狡狯矣。然闻之使人笑不使人怒，当出瓮时，虽郭生亦自哑然也，真恶作剧哉。

余容若曰："是犹玩弄为戏也。曩客秦陇间，闻有少年随塾师读书山寺。相传寺楼有魅，时出媚人。私念狐女必绝艳，每夕诣楼外，祷以媟词，冀有所遇。一夜，徘徊树下，见小鬟招手。心知狐女至。跃然相就。小鬟悄语曰：'君是解人，不烦絮说。娘子甚悦君，然此何等事，乃公然致祝！主人怒君甚，以君贵人，不敢祟；惟约束娘子颇严。今夜幸他出，娘子使来私招君，君宜速往。'少年随之行，觉深闺曲街，都非寺内旧门径。至一房，朱槅半开，虽无灯，隐隐见床帐。小鬟曰："娘子初会，觉靦觍，已卧帐内。君第解衣，径登榻，无出一言，恐他婢闻也。"语讫，径去。少年喜不自禁，遽揭其被，拥于怀而接唇。忽其人惊起大呼。却立愕视，则室庐皆不见，乃塾师睡檐下乘凉也。塾师怒，大施夏楚。不得已吐实，竟遭斥逐。此乃真恶作剧矣。"文达公曰："郭生恃客气，故仅为魅侮；此生怀邪心，故竟为魅陷。二生各自取耳，岂魅有善恶哉！"

【译文】　先师裘文达先生说：有个姓郭的书生，刚强正直任性。偶尔中秋节聚会，与朋友谈论鬼神，他说自己从来不怕鬼。众人请他到某家凶宅住一夜试试，郭生痛快答应，带着宝剑就去了。这座宅院有几十间屋子，庭院里满是秋草，荒芜昏暗。郭某关门独坐，屋里静悄悄的，既无怪相也无异响。二更后，有人当窗站着，郭某拔出剑来正要起身，那个人用袖子一拂，他立即觉得说不出话，身体也发僵了，好像梦魇一样，但心里明白，眼睛也能看见。那个人躬身说道："先生的确是个豪迈之士，被人激将，才到这里来。好胜是人之常情，也不怪先生。既然承蒙你屈尊来到此地，本来应该稍微尽尽地主之谊，但今天是佳节，眷属都出来赏月。礼法讲究内外有别，实在不想让你见到她们。而夜深了你又无处可去，现在想请你到瓮子里去，希望你不要生气。有酒有肉虽然不多，姑且给你解闷，也希望你不要嫌弃。"于是几人将郭某抬进大荷花缸里，上面盖上方桌，然后用大石头压住。不一会儿，他隔着缸听见笑语喧哗，男男女女约有几十个人，行酒布菜，听得清清楚楚。忽然酒香扑鼻，他在黑暗中摸索，有一个壶、一只杯子、四个小盘子，还横架着一双象牙筷子。郭某正又饥又渴，姑且吃喝起来。又有几个童子绕着缸唱艳歌，有人敲着缸说：“这是主人叫娱乐客人的。”软绵绵的歌声倒也好听。过了好久又有人敲缸说：“郭先生不要怪罪，大家都醉了，抬不动大石头。先生忍耐一下，你的朋友就快来了。”说完就寂然无声了。第二天，朋友们见门没有开，疑心有什么变故，跳墙进来。郭某听见人声，在缸里大叫。大家竭尽全力移开了石头，郭某从缸里蹦了出来。他讲夜间的所见所闻，朋友们都拍手大笑。看看缸里的东西，好像都是自己家的。回去一问，家人说昨晚举办家宴，碗碟酒菜都一起丢了，正在吵着骂着寻找。这个鬼魅可以说是够狡猾的了。不过这件事只让人发笑，而不让人发怒。当郭某从缸中跳出来时，即使郭某本人，也不免自己哑然失笑，真是恶作剧啊。

余容若说：“这还是玩弄一下，像游戏一样。以前我客居秦陇一带时，听说有个年轻人，跟着老师住在山寺里读书。人们传说寺楼上有狐魅，时时出来媚惑人。年轻人暗想，狐女肯定漂亮极了，他就每天晚上到寺楼外面，祝祷些不正经的话，期望能遇见狐女。一天夜里，他在树下徘徊，看见一个小丫环招手。他知道是狐女来了，跑着跳着迎了过去。小丫环悄声说：‘先生是明白人，不必细说。娘子很喜欢先生，不过这是什么事，你还明目张胆祝祷祈求！主人恨透了先生，因为先生是贵人，所以不敢害你，只是严密约束娘子。今晚幸好主人出去了，娘子叫我来偷偷地找先生，先生要赶快去。’年轻人跟着小丫环走，觉得深闺曲巷，都不是寺里的旧路。来到一间房前，朱门半开，虽然没有灯，但是能隐隐看见床榻帷帐。小丫环说：‘娘子初次与人相会，很腼腆，已经躺在帐子里。先生只管脱了衣服就上床，不要说话，担心别的婢女听见。’说完，小丫环径直走了。年轻人高兴得把持不住，赶紧掀开被子，把床上的人搂在怀里就亲嘴。被窝里的人忽然惊跳着大叫起来。年轻人退后吃惊地一看，房屋床帐都不见了，那个人却是老师，睡在檐下乘凉。老师大怒，把他痛打一顿。他不得不说了实话，结果被老师赶走了。这真是恶作剧啊。”裘文达先生说：“郭某倚仗血气方刚，所以仅仅遭到妖怪的戏弄；这个年轻人心怀邪念，所以被妖怪陷害。两个人都是自取应得的后果，哪里是因为妖怪有善恶之分。”（姑妄听之二）

文水李秀升言：其乡有少年山行，遇少妇独骑一驴。红裙蓝帔，貌颇娴雅，屡以目侧睨。少年故谨厚，虑或招嫌，恒在其后数十步，俯首未尝一视。至林谷深处，妇忽按辔不行，待其追及，语之曰："君秉心端正，大不易得。我不欲害君，此非往某处路，君误随行。可于某树下绕向某方，斜行三四里即得路矣。"语讫，自驴背一跃，直上木杪，其身渐渐长丈余，俄风起叶飞，瞥然已逝。再视其驴，乃一狐也。少年悸几失魂。殆飞天夜叉之类欤？使稍与狎昵，不知作何变怪矣。

**【译文】** 文水县的李秀升说：他家乡里有个年轻人在山里赶路，遇见一个少妇独自骑着驴。她穿着红裙子、蓝披肩，容貌很娴雅，老是斜着眼睛瞅他。少年性情谨慎敦厚，怕招惹是非，在她身后总是离开几十步远，低着头一眼也不看少妇。走到林中深处的山谷，少妇忽然停住不走了，等年轻人跟上来，对他说："先生居心端正，真是难得，我不想害你。这不是往某某处去的路，先生错跟着我了。在某棵树下绕向某某方向，斜着走三四里，就找到路了。"说完，少妇从驴背上一跃，直上树梢，她的身子渐渐有一丈多高。不一会儿刮起风树叶乱飞，少妇转眼不见了。再看那头驴，却是一只狐狸。少年吓得差点丢了魂。莫非这是所谓飞天夜叉之类的妖怪？假如年轻人对她稍微轻薄一下，不知道会变出什么花样来呢。(姑妄听之二)

南皮郝子明言：有士人读书僧寺，偶便旋于空院，忽有飞瓦击其背。俄闻屋中语曰："汝辈能见人，人则不能见汝辈。不自引避，反嗔人耶？"方骇愕间，屋内又语曰："小婢无礼，当即笞之，先生勿介意。然空屋多我辈所居，先生凡遇此等处，宜面墙便旋，勿对门窗，则两无触忤矣。”此狐可谓能克己。

余尝谓僮仆吏役与人争角而不胜，其长恒引以为辱，世态类然。夫天下至可耻者，莫过于悖理。不问理之曲直，而务求我所隶属，人不能犯以为荣，果足为荣也耶？昔有属官私其胥魁，百计袒护。余戏语之曰：“吾侪身后，当各有碑志一篇，使盖棺论定，撰文者奋笔书曰：‘公秉正不阿，于所属吏役，犯法者一无假借。’人必以为荣，谅君亦以为荣也。又或奋笔书曰：‘公平生喜庇吏役，虽受赇骫法[①]，亦一一曲为讳匿。’人必以为辱，谅君亦以为辱也。何此时乃以辱为荣，以荣为辱耶？”先师董文恪曰：“凡事不可载入行状，即断断不可为。”斯言谅矣。

【注释】 ①受赇（qiú）骫（wěi）法：受赇，接受贿赂。骫法，枉法。骫，骨端弯曲，引申为枉曲，弯曲。

【译文】 南皮人郝子明说：有个读书人借住在一座寺庙里读书，偶然在一个空院子里小便，忽然被一块飞来的瓦片砸中了后背。不一会儿，只听空屋里有声音说：“你们能看见人，人不能看见你们。自己不知道回避，反倒责怪人家吗？”书生正在惊骇时，忽又听屋里说：“这些小婢无礼，马上教训她们，请先生不要介意。但是，这些空屋子大多是我们住着，先生凡是在这种地方，应当脸冲着墙小便，不要对着门窗，这样双方就不会互相妨碍了。”这个狐精可以说是很能约束自己了。

我曾经说过，因为僮仆吏役与人争斗没有斗赢，主人就觉得受了侮辱，人情世态就是这样。其实天下最可耻的，莫过于违悖情理。不问是非曲直，只希望自己的下属，人人都不敢侵犯就是荣耀，这果真值得引以为荣吗？过去，我的一位下属，千方百计袒护他的胥吏头目。我对他开玩笑说：“我们这些人死后，都会各自有一篇碑志，假如盖棺论定时，写碑文的人举笔写道：‘公秉正不阿，对属下犯法的吏役，坚决惩治，不讲情面。’人们必定以此为荣，估计先生也会以此为荣。假如那个人举笔写道：‘公一生喜欢庇护吏役，即使他们受贿违法，也一一设法替他们掩盖。’人们一定以此为耻，相比先生也会以此为耻。那么，您现在为什么却以耻辱为荣耀，又把荣耀当成耻辱呢？”先师董文恪曾说：“凡事不能写进史册的，就绝对不能做。”这话说得真好。（姑妄听之二）

嵩辅堂阁学言：海淀有贵家守墓者，偶见数犬逐一狐，毛血狼藉。意甚悯之，持杖击犬散，提狐置室中，俟其苏息，送至旷野，纵之去。越数日，夜有女子款扉入，容华绝代。骇问所自来。再拜曰：“身是狐女，昨遘大难，蒙君再生，今来为君拂枕席。”守墓者度无恶意，因纳之。往来狎昵，两月余，日渐瘵瘦，然爱之不疑也。一日，方共寝，闻窗外呼曰：“阿六贱婢！我养创甫愈，未即报恩，尔何得冒托我名，魅郎君使病？脱有不讳，族党中谓我负义，我何以自明？即知事出于尔，而郎君救我，我坐视其死，又何以自安？今偕姑姊来诛尔。”女子惊起欲遁，业有数女排闼入，捽击立毙。守墓者惑溺已久，痛惜恚忿，反斥此女无良，夺其所爱。此女反覆自陈，终不见省，且拔刃跃起，欲为彼女报冤。此女乃痛哭越墙去。守墓者后为人言之，犹恨恨也。此所谓“忠而见谤，信而见疑”也欤！

【译文】　大学士嵩辅堂说：海淀有个给富贵人家守坟的人，偶尔看见几条狗追一只狐狸，狐狸满身的毛都被血糊住了。守坟人可怜它，用棍棒把狗打散，救下了它，提到屋里，等它苏醒缓过劲来，才送它回旷野，放它离去。几天后，夜里有个女子敲门进来，只见她漂亮得世上少有。守坟人惊问她是从哪里来的。女子拜了两拜说：“我本来是狐女，那天遭遇大难，承蒙您搭救得以再生，如今特地来侍候您的起居。”守坟人估计她没有恶意，就收留了她。狐女每日都来与守坟人调情亲热，两个月过去了，守坟人日渐消瘦，但是他深爱女子，没有猜疑。一天晚上，两人正睡着，听到窗外有人喊："阿六你这个小贱人！我养伤刚刚痊愈，还没来得及报恩，你怎么敢冒名顶替，媚惑郎君，让他得了病？倘有不测，咱们狐族定会认为我忘恩负义，到那时，我怎么说得清楚？虽然坏事是你干的，但是郎君曾救过我，如果坐视不管，我又怎么能心安？今天，我带着姐妹们杀你来了。"狐女吃了一惊，起身想要逃走，早有几个女子破门而入，连踢带打，当场把她打死了。守坟人被迷惑的时间久了，又痛惜又愤怒，反而斥骂后来的狐女残暴，夺了他所爱的狐女。后来的狐女反复解释，他始终听不进去，索性拔刀跳起来，要为死去的狐女报仇。后来的狐女痛哭着越墙而去。守坟人后来提起这件事，仍然恨恨不已。这就是所谓"忠心而遭到毁谤，诚实而遭到怀疑了"吧！（姑妄听之二）





释家能夺舍，道家能换形。夺舍者托孕妇而转生；换形者血气已衰，大丹未就，则借一壮盛之躯，与之互易也。狐亦能之。

族兄次辰云：有张仲深者，与狐友，偶问其修道之术，狐言："初炼幻形，道渐深则炼蜕形，蜕形之后，则可以换形。凡人痴者忽黠，黠者忽颠，与初不学仙而忽好服饵导引，人怪其性情变常，不知皆魂气已离，狐附其体而生也。然既换人形，即归人道，不复能幻化飞腾。由是而精进，则与人之修仙同，其证果较易。或声色货利，嗜欲牵缠，则与人之惑溺同，其堕轮回亦易。故非道力坚定，多不敢轻涉世缘，恐浸淫而不自觉也。"其言似亦近理。然则人欲之险，其可畏也哉。

【译文】　佛教徒能用魂魄控制形貌，道教徒能互换形貌。佛教徒用魂魄控制形貌借助孕妇而转生；道教徒互换形貌是因为血脉气息已经衰竭，而大丹还没有炼成，于是借一个强壮的躯体互换。狐狸精也能换形。

我的堂兄次辰说：有个叫张仲深的人，与狐精交朋友，偶尔问起它们修道的方法，狐精说："开始是修炼变幻形貌，道行渐渐深了，就修炼蜕落形体。蜕落形体之后，就可以换形貌了。凡是痴呆的人突然变得狡猾聪明，或者一向狡猾聪明的人忽然发狂，以及原来并不学道的，忽然喜欢服用丹药炼气功，众人都对他们的性情忽然变化感到惊讶，不知道他们的魂魄神气实际上已经离开，是狐精附在他们的形体上复生了。但是既然已经换成人形，就归入人类，不能再变幻飞腾了。在这个基础上精心修炼，就跟人的修道一样，这样修成仙就比较容易。有的贪恋歌舞、女色、钱财、私利，嗜好欲望纠缠在一起，沉溺在其中，也跟人一样，半途而废堕入轮回的危险也增大了。所以，不是道性坚定的狐狸精，一般不敢轻易牵涉人世间的情缘，是担心不知不觉中受到人世间种种诱惑的浸染。"这话似乎也近理。这样说来，人世间欲望之险恶，真是可怕啊。（姑妄听之二）

库尔喀喇乌苏（库尔喀喇，译言黑；乌苏，译言水也）台军李印，尝随都司刘德行山中。见悬崖老松贯一矢，莫测其由。晚宿邮舍，印乃言昔过是地，遥见一骑飞驰来，疑为玛哈沁，伏深草伺之。渐近，则一物似人非人，据马上，马乃野马也。知为怪，发一矢，中之。嗡然如钟声，化黑烟去；野马亦惊逸。今此矢在树，知为木妖也。问："顷见之何不言？"曰："射时彼原未见我。彼既有灵，恐闻之或报复，故宁默也。"其机警多类此。一日，塔尔巴哈台押逋寇满答尔至，命印接解。以铁杻[①]贯手，以铁链从马腹横锁其足。时已病，奄奄仅一息。与之食，亦不甚咽；在马上每欲倒掷下，赖絷足得不堕。但虑其死，不虑其逃也。至戈壁，两马相并，又作欲堕状。印举手引之。突挺然而起，以杻击印仆马下，即旋辔驰入戈壁去。戈壁东北连科布多（北路定边副将军所属），绵亘数百里，古无人迹，竟莫能追，始知其病者伪也。参将岳济，坐是获重谴；印亦长枷[②]。既而伊犁复捕得满答尔。盖额鲁特来降者，赏赉最厚。满答尔贪饵而出，因就擒。讯其何以敢再至，则曰："我罪至重，谅必不料我来；我随众而来，亦必不疑其中有我。"其所计良是，而不虞识其项上箭瘢也。以印之巧密，而卒为术愚；以满答尔之深险，而卒以诈败。日以心斗，诚不知其所穷。然任智终遇其敌，未有千虑不一失者，则定理也。

**【注释】** ①杻（niǔ）：古代镣铐一类的刑具。②长枷：旧时一种套在脖子上的刑具，比一般的枷来得长、宽、重。

**【译文】** 库尔喀喇乌苏（库尔喀喇，译成汉语是"黑"；乌苏，译成汉语即"水"）的传递军报的士兵李印，曾经跟随都司刘德在山里赶路。刘德看见悬崖的老松树上插着一支箭，不知道是怎么回事。晚上他们在驿站住下，李印才说，从前路过这个地方时，看见一个人骑着马飞驰而来。怀疑是西域横行的强盗，就埋伏在深草丛中等着。马跑近了发现，是一个又像人又不像人的怪物，紧紧夹着马，马也是一匹野马。他知道是妖怪，就射了一箭，射中了。中箭的怪物发出"嗡嗡"的像撞钟的声音，化成一道黑烟散去，野马也惊跑了。现在这支箭插在树上，可知那是个木妖。刘德问："刚才看到时为什么不说？"李印答道："射的时候它没有看见我。它既然有灵通，担心它听到了来报复，所以没有说话。"李印往往就是这样机警。一天，塔尔巴哈台押来一个名叫满答尔的强盗，长官命令李印接着押送。李印用铁铐铐住他的手，用铁链从马肚子底下绕上来横锁住他的脚。满答尔当时已经患病，看上去奄奄一息。喂给他食物，他也不大往下咽，在马上总是要向下倒，只是因为系住了脚，才没有掉下来。李印只担心他会死，没有担心他会逃。到了戈壁，两人的马并排着走，满答尔又作出要倒下的样子，李印伸手去拉他，他突然挺起身子，用镣铐把李印砸倒在马下，接着拨转马头，向戈壁深处奔驰。戈壁东北面连着科布多（属北路定边副将军管辖），绵延数百里，自古没有人迹，根本无法追捕，这才知道他生病是假装的。参将岳济，因此事受到严厉惩处，李印也被戴上连头带手一起铸上的重枷。后来伊犁又抓到了满答尔。原来，额鲁特部落的人来归降的，赏赐最多，满答尔贪图赏赐，结果被擒。问他为何敢再来，他说："我的罪最重，估计你们肯定想不到我还会来；我跟随众人一起来，你们肯定不会怀疑其中有我。"他想得也确实周到，没料到人们会认出他脖子上的箭伤疤痕。像李印这样机警细心，结果还是中了圈套；像满答尔这样阴险狡诈，结果还是因使诈而败露。人们每天都在斗心计，确实不知心计还会巧妙到什么地步。但是专门倚仗心计的人，终究会遇到对手，从来没有千虑而不一失的，这是经过证明的正确道理。(姑妄听之三)

从侄汝夔言：甲乙并以捕狐为业，所居相距十余里。一日，伺得一冢有狐迹，拟共往，约日落后会于某所。乙至，甲已先在，同至冢侧，相其穴，可容人。甲令乙伏穴内，而自匿冢畔丛薄中；待狐归穴，甲御其出路，而乙在内禽絷之。乙暗坐至夜分，寂无音响，欲出与甲商进止。呼良久，不应；试出寻之，则二墓碑横压穴口，仅隙光一线，阔寸许，重不可举。乃知为甲所卖。次日，闻外有叱牛声，极力号叫。牧者始闻，报其家往视。鸠人移石，已幽闭一昼夜矣。疑甲谋杀，率子弟诣甲，将执讼官。至半途，乃见甲裸体反缚柳树上。众围而唾詈，或鞭朴之。盖甲赴约时，路遇馌妇相调谑，因私狎于秫丛。时盛暑，各解衣置地。甫脱手，妇跃起掣其衣走，莫知所向。幸无人见，狼狈潜归。未至家，遇明火持械者，见之呼曰："奴在此。"则邻家少妇三四，睡于院中，忽见甲解衣就同卧；惊唤众起，已弃衣逾墙遁。方其里党追捕也。甲无以自白，惟呼天而已。乙述昨事，乃知皆为狐所卖。

然伺其穴而掩袭，此戕杀之仇也。戕杀之仇，以游戏报之：一闭使不出，而留隙使不死；一褫其衣使受缚无辩，而人觉即遁，使其罪亦不至死。犹可谓善留余地矣。

【译文】　堂侄汝夔说，甲乙二人都以捕狐为业，住处相距十多里。有一天，他们发现一处坟丘有狐狸，打算一起去捉，两人约好太阳下山后在某处相会。乙到约定地点时，甲已经等在那里。一起到坟丘旁，看了看洞口，能藏得住人。甲就叫乙藏在洞里，他自己则躲在坟丘边的草丛里。两人打算等狐狸回来，甲堵住洞口，乙在洞里捉住狐狸。乙在黑暗中坐到半夜，还是没有动静，他想出去和甲商量下面怎么办。叫了好久，没有回答。他想出去，发现洞口却被压上了两块墓碑，仅留下一条缝隙，有一寸多宽，墓碑沉重搬不动。乙知道被甲出卖了。第二天，乙听见外边有吆喝牛的声音，就拼命喊叫。牧牛人听见喊声，告诉了乙的家人来看。请人搬开墓碑，乙已经被禁闭了一昼夜了。乙怀疑甲想要谋杀自己，就领着家里的一帮年轻人去找甲，打算抓住甲去报官。走到半路，却看见甲赤裸着被反绑在柳树上，一群人围着唾骂，有的还在用鞭子抽。原来甲赴约前往坟丘时，路上碰见一个送饭的女人勾搭他，两人就到高粱地里鬼混。当时正值盛夏，两人都脱了衣服放在地上。甲刚把衣服放下，女人就跳起来抢了他的衣服跑了，不知跑到哪里去了。幸好没人看见，甲狼狈地悄悄回家。还没到家，遇到一伙人明火执杖，看见他就喊："这个家伙在这儿。"原来，邻居三四个少妇在院子里睡觉，忽然看见甲脱了衣服来和她们躺在一起。少妇们惊慌地喊来了人，甲已经丢下衣服跳墙跑了。乡亲们正在追捕他。甲没有办法洗清自己，只有呼天唤地而已。乙说起昨晚的事，才知道都被狐狸戏弄了。

不过，侦察了狐狸的洞而计划突然袭击，这是杀身之仇。杀身之仇而用开个玩笑来报复：一个关了禁闭，并且留下缝隙让他不至于死；一个扒了衣服被捆绑挨打并且无法辩白，但是人一旦发现他就逃，让他的罪过不至于该死。狐狸这种做法，也可谓善于留有余地了。（姑妄听之三）

杨雨亭言：莱州深山，有童子牧羊，日恒亡一二，大为主人朴责。留意侦之，乃二大蛇从山罅出，吸之吞食。其巨如瓮，莫敢撄也。童子恨甚，乃谋于其父，设犁刀于山罅，果一蛇裂腹死。惧其偶之报复，不敢复牧于是地。时往潜伺，寂无形迹，意其他徙矣。半载以后，贪是地水草胜他处，仍驱羊往牧。牧未三日，而童子为蛇吞矣。盖潜匿不出，以诱童子之来也。童子之父有心计，阳不搜索，而阴祈营弁藏一炮于深草中，时密往伺察。两月以外，见石上有蜿蜒痕，乃载燧①夜伏其旁。蛇果下饮于涧，簌簌有声。遂一发而糜碎焉。还家之后，忽发狂自挝曰："汝计杀我夫，我计杀汝子，适相当也。我已深藏不出，汝又百计以杀我，则我为枉死矣，今必不舍汝。"越数日而卒。俚谚有之曰："角力不解，必同仆地；角饮不解，必同沉醉。"斯言虽小，可以喻大矣。

【注释】　①燧（suì）：火石。

【译文】　杨雨亭说：莱州深山里，有个男孩子牧羊，每天都要丢一两只羊，为此男孩饱受主人的打骂。男孩留意观察，却是两条大蛇从山间石缝里出来，把羊吸来吞吃了。蛇的身子有坛子那么粗，男孩不敢招惹它。男孩怨恨极了，就跟父亲一起想了个办法，把犁刀置放在山石缝里，果然有一条蛇被犁刀割破肚子死了。男孩害怕另一条蛇报复，不敢再在这儿放牧。他时常悄悄来这里观察，另一条蛇连一点动静也没有，猜想它迁到别处去了。半年之后，男孩贪图这里的水草比别处的好，还是赶着羊来放牧。不到三天，男孩就被蛇吞了。原来蛇藏着不出来，就是为了引诱男孩来。男孩的父亲有心计，表面上装着不去搜寻大蛇，暗中却请求军营的人，把一门火炮藏在深草中间，时时悄悄侦察大蛇的踪迹。两个月之后，发现石头上有蛇爬过的痕迹，就带着火石，夜里埋伏在石头旁边。大蛇果然下到山涧里喝水，发出"簌簌"的响声，于是一炮把蛇轰得粉碎。回家之后，男孩的父亲忽然发疯抽打自己的嘴巴说："你设计杀了我丈夫，我设计杀了你儿子，就互相扯平了。我已经深居不出来，你又百般设计杀我，我死得太冤枉了，今天我决不放过你。"过了几天他就死了。俗语说："摔跤不停，必然一起倒下；比酒不停，必然一起大醉。"这虽然是小道理，但能以小喻大。(滦阳续录一)

吴茂邻，姚安公门客也。见二童互詈，因举一事曰：交河有人尝于途中遇一叟泥滑失足，挤此人几仆。此人故暴横，遂辱詈叟母。叟怒，欲与角，忽俯首沉思，揖而谢罪，且叩其名姓居址，至歧路别去。此人至家，其母白昼闭房门。呼之不应，而喘息声颇异，疑有他故。穴窗窥之，则其母裸无寸丝，昏昏如醉，一人据而淫之。谛视，即所遇叟也。愤激叫呶，欲入捕捉，而门窗俱坚固不可破。乃急取鸟铳自棂外击之，嗷然而仆，乃一老狐也。邻里聚视，莫不骇笑。此人詈狐之母，特托空言，竟致此狐实报之，可以为善詈者戒。此狐快一朝之愤，反以殒身，亦足为睚眦必报[1]者戒也。

【注释】　①睚（yá）眦（zì）必报：指像瞪一下眼睛那样极小的怨仇也要报复。比喻心胸极狭窄。睚眦，发怒时瞪眼睛。

【译文】　吴茂邻，是姚安公的门客。看见两个孩子互相吵骂，就讲了一个故事：交河有个人，在路上遇到一个老头，因为泥滑跌倒，老头差点儿把这个人挤倒了。这人本来就蛮横不讲理，对着老头骂娘。老头发怒，想要跟这人打架，忽然低头想了一会儿，拱手赔不是，小心地询问这人的姓名住址。走到岔路口，老头告别走了。这人到了家，发现母亲大白天关着房门，叫也叫不应，里面的喘息声音极怪，他怀疑出了什么事，就把窗纸捅了个眼往里看，只见他母亲全身一丝不挂，昏昏然像醉了酒，有一个人正骑在她身上施暴。仔细一看，就是路上遇到的那个老头。这个人愤怒叫嚷，想进去抓捕，但是门窗都很结实，打不破。他急忙拿来鸟枪从窗外射击，老头叫了一声倒下了，原来是一只老狐狸。邻居们围观，都又惊又笑。这个人骂狐精的娘，只是一句空话，最终招来狐精真的报复，这可以让喜欢骂人的引以为戒。这只狐狸只图一时泄愤，反而丧了命，也足以让为一点小事就要报复的人警醒。(滦阳续录一)

《吕览》[①]称黎邱之鬼，善幻人形，是诚有之。余在乌鲁木齐，军吏巴哈布曰：甘肃有杜翁者，饶于资。所居故旷野，相近多狐獾穴。翁恶其中夜嗥呼，悉熏而驱之。俄而，其家人见内室坐一翁，厅外又坐一翁，凡行坐之处，又处处有一翁来往，殆不下十余。形状声音衣服如一，摒挡指挥家事，亦复如一。阖门大扰，妻妾皆闭门自守。妾言翁腰有绣囊可辨，视之无有，盖先盗之矣。有教之者曰："至夜必入寝，不纳即返者翁也；坚欲入者即妖也。"已而皆不纳即返。又有教之者曰："使坐于厅事，而异器物以过，诈仆碎之，嗟惜怒叱者翁也，漠然者妖也。"已而皆嗟惜怒叱。喧呶一昼夜，无如之何。有一妓，翁所昵也，十日恒三四宿其家。闻之，诣门曰："妖有党羽，凡可以言传者必先知，凡可以物验者必幻化。盍使至我家，我故乐籍，无所顾惜。使壮士执巨斧立榻旁，我裸而登榻，以次交接，其间反侧曲伸，疾徐进退，与夫抚摩偎倚，口舌所不能传，耳目所不能道者，纤芥异同，我自意会，虽翁不自知，妖决不能知也。我呼曰：'斫！'即速斫，妖必败矣。"众从其言，一翁启衾甫入，妓呼曰："斫！"斧落，果一狐脑裂死。再一翁稍趑趄，妓呼曰："斫！"果惊窜去。至第三翁，妓抱而喜曰："真翁在此，余并杀可也。"刀杖并举，殪其大半，皆狐与獾也。其逃者遂不复再至。

禽兽夜鸣，何与人事？此翁必扫其穴，其扰实自取。狐獾既解化形，何难见翁陈诉，求免播迁？遽逞妖惑，其死亦自取也。计其智数，盖均出此妓下矣。

【注释】 ①《吕览》：即《吕氏春秋》，是秦国丞相吕不韦主编的一部古代百科全书一类的传世巨著，有八览、六论、十二纪，共二十多万字。

【译文】 《吕氏春秋》中说黎邱的鬼，善于变幻成人的形貌，真的有这种事。我在乌鲁木齐的时候，有个叫巴哈布的军吏说：甘肃有个姓杜的老翁，家里很有钱。他住的地方靠近旷野，离狐狸和獾子洞很近。杜翁讨厌它们夜里嚎叫，就用火把它们都熏跑了。没过多久，他家里人看见里屋坐了一个杜翁，厅堂上又坐了一个杜翁，凡是走动坐卧的地方，处处都有一个杜翁来往，差不多有十几个。这些杜翁的相貌、声音、服饰都完全一样，管理指挥料理家务事也都一样。全家人被搅得乱七八糟，妻妾们都关上房门以图自保。妾说杜翁的腰带上有个绣囊，可以辨认出来，仔细查看都没有，大概事先就偷走了绣囊。有人教她们说："夜里杜翁肯定要进房间睡觉，你们不让他进屋掉头就走的，是杜翁；那些坚决要进屋的肯定就是妖怪。"结果晚上杜翁们一见不让进屋都退到了门外。又有人教她们说："让他坐在厅堂上，叫人抬东西从他面前走过，假装跌倒把东西打碎，叹着气说着可惜怒骂的是杜翁，反应漠然的就是妖怪。"结果都叹气叱责。怒骂喧闹了一天一夜，还是没有办法。其中有一个妓女，是杜翁最宠爱的，杜翁十天之中总有三四天都住在她那里。她听说了这件事，上门说："这些妖鬼有同伙，凡是可以言传的，它们肯定首先知道；凡是可以通过物品加以验证的，它们肯定会幻化出来。倒不如叫真假杜翁们都到我家来，我本来就是妓女，无所顾忌。可以叫一个壮士拿着大斧头站在我床边，然后我赤裸着躺在床上，和这些真假杜翁们挨个地亲热交合。这中间，比如翻身曲伸、快慢进退以及抚摩依偎等，语言所不能传达、耳目所不能听到看到的，一丝一毫的差别，我都感觉得到。这些差别即便是杜翁自己也不知道，妖狐决不能知道。我叫'砍！'就赶紧砍下去，妖怪就败露了。"人们就按照她说的去做，一个杜翁刚掀开被子，妓女大喊：“砍！”斧子砍下来，果然一只狐狸脑袋破裂死了。又一个杜翁稍稍有些迟疑，妓女喊：‘砍！’这个假杜翁果然惊慌逃窜。到第三个杜翁，妓女搂着他高兴地说：‘真的杜翁在这里，其余的杜翁都可杀掉。’于是人们砍刀和棍棒一起上，把假杜翁打死了大半，原来都是狐狸、獾子变的。那些逃走的从此再也不来了。

野兽在夜里鸣叫，妨碍了人什么事？这个杜翁却要去扫荡它们的洞穴，他被搅扰其实是自找的。狐狸、獾子既然会变形，找杜翁陈述，请求避免流离迁徙，这又有什么困难？却非要兴妖作怪，被打死也是自找的。如果说起计谋来，这些人和狐狸，都还不如那个妓女。（滦阳续录三）

族叔育万言：张歌桥之北，有人见黑狐醉卧场屋中。（场中守视谷麦小屋，俗谓之场屋。）初欲擒捕，既而念狐能致财，乃覆以衣而坐守之。狐睡醒，伸缩数四，即成人形。甚感其护视，遂相与为友。狐亦时有所馈赠。一日，问狐曰：“设有人匿君家，君能隐蔽弗露乎？”曰：“能。”又问：“君能凭附人身狂走乎？”曰：“亦能。”此人即恳乞曰：“吾家酷贫，君所惠不足以赡，而又愧于数渎君。今里中某甲甚富，而甚畏讼。顷闻觅一妇司庖，吾欲使妇往应。居数日，伺隙逃出，藏君家；而吾以失妇，阳欲讼。妇尚粗有资首，可诬以蜚语，胁多金。得金之后，公凭附使奔至某甲别墅中，然后使人觅得，则承惠多矣。”狐如所言，果得多金，觅妇返后，某甲以在其别墅，亦不敢复问。然此妇狂疾竟不愈，恒自妆饰，夜似与人共嬉笑，而禁其夫勿使前。急往问狐，狐言无是理，试往侦之。俄归而顿足曰：“败矣！是某甲家楼上狐，悦君妇之色，乘吾出而彼入也。此狐非我所能敌，无如何矣！”此人固恳不已。狐正色曰："譬如君里中某，暴横如虎，使彼强据人妇，君能代争乎？"后其妇颠痫日甚，且具发其夫之阴谋。针灸劾治皆无效，卒以瘵死。里人皆曰："此人狡黠如鬼，而又济以狐之幻，宜无患矣。不虞以狐召狐，如螳螂黄雀之相伺也。古诗曰：'利旁有倚刀，贪人还自戕。'信矣！"

【译文】 族叔育万说：张歌桥的北边，有人看见有一只黑狐狸醉倒在场屋（场院里看守谷麦的小屋，俗称"场屋"）里。开始这个人想捉住它，后来想到狐狸能让人发财，就给狐狸盖上衣服，坐在一边守着。狐狸睡醒后，身体伸缩了几次，就变成了人的形貌。狐狸非常感谢这个人的守护，和他交了朋友。狐狸时常送些礼物给他。有一天，他问狐狸："假如有人躲在你家，你能把他藏起来不暴露么？"狐狸说："能。"他又问："你能附在人身上飞跑么？"狐狸说："能。"这个人就恳求道："我家穷极了，你给的这点恩惠还不足以维持生计，而你时常赠我钱财，我又感到惭愧。如今村里的某甲很是富裕，但是怕打官司。不久前听说他要雇一个女人做饭，我想叫妻子去应聘。做了几天，叫她找机会逃出来，躲在你家里。而我就以妻子在某甲家失踪为由，说是要告官。我妻子还有些姿色，我可以诬赖他见色起意，能迫使他给我一大笔钱。得到钱之后，你就依附在她身上，让她跑到某甲的别墅里，让别人在那里找到她。这样，我就很感激你的恩情了。"狐狸答应了并且照他说的去做，他果然得到了很多钱，他把妻子找了回来，某甲因为他的妻子是在自己的别墅里找到的，也不敢再问什么。不料这个人妻子的疯病竟然好不了，她常常独自梳妆打扮，夜里好像和人在一起嬉笑，却不让丈夫靠前。这个人急忙去找狐狸，狐狸说没这个道理，亲自前往察看。不一会儿回来跺着脚说："坏了，这是某甲家楼上的狐狸，看上了你的妻子，乘我不在的时候进去迷住了她。这个狐狸我对付不了，这下可没有办法了。"这个人没完没了哀求恳请。狐狸板着脸说："比如你们村里的某某，凶横暴虐像老虎一样，假如他强占了别人的女人，你能帮别人去理论么？"后来这个人妻子的癫狂病越来越重，还把丈夫的阴谋都揭露了出来。医生针灸、术士镇治都无效，最后拖了很长时间才死了。村里的人都说："这个人像鬼那么狡黠，又有狐狸的幻术帮忙，应该没有什么差错了。不料狐狸引来了狐狸，好像螳螂捕蝉黄雀在后一样。古诗说：‘利旁倚了一把刀，贪婪的人是自己害自己。’说的一点都没错。”（滦阳续录四）

老仆刘廷宣言：雍正初，佃户张璜于褚寺东架团焦（俗谓之团瓢，焦字音转也。二字出《北齐书》本纪）守瓜，夜恒见一人，行步迟重，徐徐向西北去。一夕，偶窃随之，视所往，见至一丛冢处，有十余女鬼出迓，即共狎笑媟戏。知为妖物，然似是蠢蠢无所能，乃藏火铳于团焦，夜夜伺之。一夜，又见其过。发铳猝击，訇然仆地。秉火趋视，乃一翁仲也。次日，积柴燔为灰，亦无他异。至夜，梦十余妇女罗拜，曰：“此怪不知自何来，力猛如罴虎。凡新葬女鬼，无老少皆遭胁污；有枝拒者，登其坟顶，踊跃数四，即土陷棺裂，无可栖身。故不敢不从，然饮恨则久矣。今蒙驱除，故来谢也。”后有从高川来者，云石人洼冯道墓前（冯道，景城人，所居今犹名相国庄，距景城二三里。墓则在今石人洼。余幼时见残缺石兽、石翁仲尚有存者，县志云不知道墓所在，盖承旧志之误也）忽失一石人，乃知即是物也。是物自五代至今，始炼成形，岁月不为不久；乃甫能幻化，即纵凶淫，卒自取焚如之祸。与邵二云所言木偶，其事略同，均可为小器易盈者鉴也。

**【译文】** 老仆人刘廷宣说：雍正初年，我家的佃户张璜在褚寺以东的地头上架起瓜棚（当地百姓叫作团瓢，瓢是焦字的转音。团焦二字，出于《北齐书》本纪）看守瓜田。每到夜间，他总是能看见一个人，脚步沉重，缓缓向西北方向走去。一天夜里，张璜偷偷地跟上那个人，看他究竟去哪儿。只见那人走进一片坟地，十几个女鬼出来迎接，在一起互相调笑淫乱游戏。张璜知道此人是妖物，不过似乎蠢蠢笨笨没有什么能耐，于是在瓜棚里藏了火枪，每天夜里等着。一夜，又看到那个人从瓜棚外走过，张璜突然开枪射击，那个人轰然倒地。张璜点着火把上前去看，原来竟是坟墓前的石像。第二天，他堆起柴禾将石像烧成了灰，也没有什么灵异变化。到了夜里，张璜梦见几十个女人围成圈儿向他跪拜，说："这个怪物不知从何而来，力气大得像熊像虎。凡是新死的女鬼，无论老少都遭到他的威胁和污辱。谁敢抗拒不从，他就登上坟头，蹦跳几次，弄得坟堆塌陷，棺木破裂，坟里的新鬼无处栖身。因此，没人敢违拗他，但是大家忍气吞声很久了。如今，承蒙您为我们除了这个祸根，所以特来相谢。"后来，有个人从高川来，说是石人洼的冯道墓前（冯道是景城人，所住的地方现在还叫相国庄，距离景城两三里。冯道墓在现在的石人洼。我小时候看到残缺的石兽、石翁仲还有存在的，县志上说不知道冯道墓在什么地方，原来是继承旧志书上的失误）忽然丢了个石人，才知道正是这怪物。这家伙从五代到现在，刚刚修炼成形，时间不能说不久；但是，他刚刚能够幻化，就放纵地逞凶纵淫，最终自取烧身之祸。这件事与前面邵二云焚烧木偶，事情大致相同，都可以使那些能量有限却容易狂妄的人引以为戒。(滦阳续录五)

丹公又言：科尔沁达尔汗王一仆，尝行路拾得二毡囊，其一满贮人牙，其一满贮人指爪。心颇诧异，因掷之水中。旋一老妪仓皇至，左顾右盼，似有所觅，问仆曾见二囊否。仆答以未见。妪知为所毁弃，遽大愤怒，折一木枝奋击仆。仆徒手与搏，觉其衣裳柔脆，如通草之心；肌肉虚松，似莲房之穰[①]。指所抠处，辄破裂，然放手即长合如故。又如抽刀之断水。互斗良久，妪不能胜，乃舍去。临去顾仆詈曰："少则三月，多则三年，必褫汝魄！"然至今已逾三年，不能为祟，知特大言相恐而已。此当是炼形之鬼，取精未足，不能凝结成质，故仍聚气而为形。其蓄人牙爪者，牙者骨之余，爪者筋之余，殆欲合炼服饵，以坚固其质耳。

【注释】　①穰（ráng）：瓤。

【译文】　丹公又说：科尔沁达尔汗王的一个仆人，赶路时捡到两只毛毡大袋子，其中一只装满人的牙齿，另一只装满人的指甲。仆人心中很是惊讶，就扔到了水里。很快看到一个老太婆神色慌张急急忙忙跑过来，不停朝两边看，好像在寻找什么，还问仆人有没有见过两只毛毡袋子。仆人回答说没有看见过。老太婆料想一定是被仆人扔掉了，立刻大为愤怒，折了一根树枝用力打仆人。仆人空手与她对打，只感觉得她的衣服柔软脆弱，像通草的草心；肌肉又虚又松，像莲蓬的包瓤。仆人手指抠到她身上的地方马上裂开，但是放手之后立即凝合起来像原来一样，又像抽刀断水。相互扭打了很久，老太婆不能取胜，才放开仆人离去。临走前还回头骂仆人说："少则三个月，多则三年，我一定捉拿你的灵魂！"然而，到现在已经超过三年了，老太婆也不能作什么怪，可知她只是讲大话恐吓仆人而已。老太婆应当是修炼形体的鬼，取得的精血还不够，不能凝结成有实质的形体，所以仍然靠凝聚气息成为形体。她收集人的牙齿指甲，因为牙是骨头的剩余，指甲是筋的剩余，大概是想合起来炼制成药服食，用以充实坚固她的实质罢了。（滦阳续录五）

喀喇沁公丹公（号益亭，名丹巴多尔济，姓乌梁汗氏，蒙古王孙也）言：内廷都领侍萧得禄，幼尝给事其邸第。偶见一黑物如猫，卧树下，戏击以弹丸。其物甫一转身，即巨如犬。再击，又一转身，遂巨如驴。惧不敢复击。物亦自去。俄而飞瓦掷砖，变怪陡作。知为狐魅，惴惴不自安。或教以绘像事之，其祟乃止。后忽于几上得钱数十，知为狐所酬，始试收之，秘不肯语。次日，增至百文。自是日有所增，渐至盈千。旋又改为银一锭，重约一两。亦日有所增，渐至一锭五十两。巨金不能密藏，遂为管领者所觉。疑盗诸官库，搒掠讯问，几不能自白。然后知为狐所陷也。

夫飞土逐肉，（“断竹续竹，飞土逐肉”，《吴越春秋》载陈音所诵古歌，即弹弓之始也。）儿戏之常。主人知之，亦未必遽加深责；狐不能畅其志也。饵之以利，使盈其贪壑，触彼祸罗，狐乃得适所愿矣。此设阱伏机，原为易见；徒以利之所在，遂令智昏。反以为我礼即虔，彼心故悦。委曲自解，致不觉堕彀中。者夫差贪句践之服事，卒败于越；楚怀王贪商於之六百，卒败于秦；北宋贪灭辽之割地，卒败于金；南宋贪伐金之助兵，卒败于元。军国大计，将相同谋，尚不免于受饵。况区区童稚，乌能出老魅之阴谋哉，其败宜矣！

又举一近事曰：“有刑曹某官之仆夫，睡中觉有舌舔其面。举石击之，踣而毙。烛视，乃一黑狐，腹中有一小人首，眉目宛然，盖所谓炼婴儿未成也。翌日，为主人御车归。狐凭附其身，举凳击主人，且厉声陈其枉死状。盖欲报之而不能，欲假手主人以鞭笞泄其愤耳。此二狐同一复仇，余谓此狐之悍而直，胜彼狐之阴而险也。

【译文】　喀喇沁公丹公（号益亭，名丹巴多尔济，姓乌梁汗氏，是蒙古王族后代）说：内廷都领侍萧得禄，小时候曾经在他的府邸做事。有一次，萧得禄偶然见到一个黑家伙趴在树下，大小像只猫。他开玩笑用弹弓打，那个东西一转身，就变得像狗一样大。他再打，那家伙又一转身，于是变得像驴一样大小了。他不敢再用弹弓打，那个东西也溜走了。过了一会儿瓦石乱飞，忽然作起怪来。他知道自己遇上的是狐精，心里惴惴不安。有人教他，让他依照那怪物的样子画一幅图供奉起来，就不再作怪了。后来他忽然发现桌上放着几十文钱，知道是狐精酬谢的，就试探着收藏起来，谁也不告诉。第二天，钱增加到上百文。此后，每天都有所增加，渐渐超过了一千文。不久又改成了一锭银子，约一两多重。银子也一天天增加，渐渐加到五十两一锭。这么多的银子无法秘密收藏，终于被管家发现。管家疑心他偷盗了官库的银两，便严刑拷问，他几乎说不清银子的来历。萧得禄这才明白，自己被狐精陷害了。

“飞土逐肉”（“断竹续竹，飞土逐肉”，是《吴越春秋》记载的陈音所读诵的古歌，就是弹弓最初的样子），如果说用弹弓射击动物，本来是孩子们常玩的游戏，主人知道了，也未必会立刻过分责怪；狐精就不可能如愿陷害。先用小利引诱他上钩，逐渐满足他的贪心，让他自己触发祸端，狐精也就如愿以偿了。狐精设的陷阱，本来很容易识破；只是因为萧得禄贪财，才利令智昏。他却以为自己心意虔诚，以礼相待而感动了狐精。由于不正确的判断，不知不觉陷入了罗网。当年，吴王夫差贪图勾践的服从侍奉，最终败给越国；楚怀王贪图商於六百里的土地，最终败给秦国；北宋贪图灭辽之后辽国将割让土地，最终败于金人；南宋贪图借助元攻打金人，最终败于元军。国家大计，将相同谋，还不免上当受骗，何况一个小孩子，怎么能逃脱老狐狸设置的圈套，他的失败，实在是理所当然的啊！

丹公又举出最近发生的一件事说：“刑部某官员有个仆人，一次睡觉时，觉得有舌头舔他的脸。他抄起一块石头猛击过去，那个东西倒在地上死了。他点上蜡烛来看，原来是一只黑狐狸。剥皮时发现狐狸的肚子里面有个小人的脑袋，眉眼俱全，原来这只狐狸已修炼成了婴儿，只是还没有完全成形。第二天，他为主人驾车回家，被狐精附了体，举起凳子向主人打去，并厉声陈述自己死得如何冤枉。这是黑狐狸想报仇却无能为力，打算借主人之手鞭打这位仆人以泄私愤。这两只狐狸同样都是在报仇，我觉得这只黑狐狸强悍而直爽，比起前面那只阴险狡猾的狐狸来，要强得多了。（滦阳续录五）

狐能诗者，见于传记颇多；狐善画则不概见。海阳李丈硕亭言：顺治、康熙间，周处士玙[①]薄游[②]楚豫。周以画松名，有士人倩画书室一壁。松根起于西壁之隅，盘拏[③]夭矫，横径北壁，而纤末犹扫及东壁一二尺；觉浓阴入座，长风欲来。

置酒邀社友共赏。方攒立壁下，指点赞叹，忽一友拊掌绝倒，众友俄亦哄堂。盖松下画一秘戏图，有大木榻布长簟[④]，一男一妇，裸而好合；流目送盼，媚态宛然。旁二侍婢亦裸立，一挥扇驱蝇，一以两手承妇枕，防蹂躏坠地。乃士人及妇与媵婢小像也。哗然趋视，眉目逼真，虽僮仆亦辨识其面貌，莫不掩口。士人恚甚，望空指划，詈妖狐。忽檐际大笑曰："君太伤雅。曩闻周处士画松，未尝目睹，昨夕得观妙迹，坐卧其下不能去，致失避君，未尝抛砖掷瓦相忤也。君遽毒詈，心实不平，是以与君小作剧。君尚不自反，乖戾如初，行且绘此像于君家白板扉，博途人一粲矣。君其图之。"盖士人先一夕设供客具，与奴子秉烛至书室，突一黑物冲门去。士人知为狐魅，曾诟厉也。众为慰解，请入座；设一虚席于上。不见其形，而语音琅然；行酒至前辄尽，惟不食肴馔，曰："不茹荤四百余年矣。"濒散，语士人曰："君太聪明，故往往以气凌物。此非养德之道，亦非全身之道也。今日之事，幸而遇我。倘遇负气如君者，则难从此作矣。惟学问变化气质，愿留意焉。"叮咛郑重而别。回视所画，净如洗矣。

次日，书室东壁忽见设色桃花数枝，衬以青苔碧草。花不甚密，有已开者，有半开者，有已落者，有未落者；有落未至地随风飞舞者八九片，反侧横斜，势如飘动，尤非笔墨所能到。上题二句曰："芳草无行径，空山正落花。"（按：此二句，初唐杨师道之诗）不署姓名。知狐以答昨夕之酒也。后周处士见之，叹曰："都无笔墨之痕。觉吾画犹努力出棱，有心作态。"

【注释】　①珣（xún）：玉石。②薄游：指为薄禄而宦游于外。③盘拏（ná）：形容纡曲强劲。④簟（diàn）：竹席。

【译文】　狐精能作诗的，许多传记都有记载；狐精善于作画的就不大见得到了。海阳人李砚亭先生说：顺治、康熙年间，隐士周珣游历湖北河南一带。周珣以画松著名，有个士人请他在书房一面墙上作画。周珣画的松树根在西墙一角，枝干盘延而上，伸展到北墙，而树梢还占了东墙一二尺的地方；只觉得满座浓荫，似乎远远有风吹来。

士人备了酒肴，请朋友来一起欣赏。大家正围着画站在墙下，指点赞叹。忽然一个朋拍掌笑弯了腰，随即朋友们都哄堂大笑。原来松树下还画着一幅男女淫乐的画图，一张大木床上铺着长长的竹席子，上面有一男一女，赤裸裸交合；眉目含情，媚态逼真。旁边两个婢女也裸体站着，一个摇扇子赶苍蝇，一个双手托住女人的枕头，防止枕头被挤压揉搓掉到地下。这是士人和妻子、婢女的画像。大家哄笑喧哗走近去仔细看，只见人像的面目十分逼真，即使仆人们看了也能认出画中人是谁，于是个个都捂着嘴笑。这位士人十分愤恨，对着空中指手画脚，痛骂狐精作怪。忽然房檐处有声音大笑道："先生太不文雅了。从前我听说周先生画松出名，没有亲眼见过。昨晚得以观赏他的画，趴坐在画下舍不得离去，没来得及躲避你，我也未曾抛砖扔瓦冲撞你。先生突然就骂得那么恶毒，我心中实在不平，因此和你开个小玩笑。先生不自我反省，还像昨天那样粗暴无礼，那么我将把这种图画在你家白板门上，叫路人也笑笑。先生还是盘算盘算吧。"原来士人在昨晚上准备请客的用具，和奴仆点着蜡烛来到书房，突然有个黑色的东西冲开门跑了。士人知道是狐魅，曾经大骂了一通。这时大家都来说情，请狐精入座；在上座设了一个虚位。不见狐狸的身形，而它说话声宏亮；依次斟酒斟到跟前就干了。只是它不吃菜肴，说："有四百多年不吃荤了。"临散去的时候，狐狸精对士子说："先生太聪明了，所以往往盛气凌人。这不是修养德行的方式，也不是保全自己的方式。今天的事，幸好遇见的是我，如果碰上脾气大得像你一样的狐精，灾难就从此发生了。只有留心学问才能改变一个人的气质，希望你努力。"狐精郑重地叮嘱完告别走了。再看墙上，那幅秘戏图已经消失了，像洗过一样。

第二天，书房的东墙上，忽然有几枝着色的桃花，衬着青苔碧草。花不很密，有已经开的，有半开的；有已经落下的，有八九片落下还没落到地上的，随风飘舞；花瓣正侧横斜，好像在空中飘动，这尤其不是笔墨所能表现出来的。上面题了两句诗：“芳草无行径，空山正落花。”（按：这两句是初唐杨师道的诗句。）没有署姓名，知道是狐精为答谢昨夜的酒宴所作。后来隐士周珝见了这幅画，赞叹道：“一点儿都没有笔墨雕琢的痕迹。让我觉得我的画还有尽力经营、有心作态不自然的地方。”（滦阳续录六）